記憶の火葬

在日を生きる
いまは、かつての〈戦前〉の地で

黄英治

影書房

記憶の火葬

†

目次

Ⅰ　記憶の火葬

Ⅱ　在日を生きる——いまは、かつての〈戦前〉の地で

Ⅲ　壊れた世界の片隅で

Ⅳ　書評――知恵と希望を探して

I

記憶の火葬

記憶の火葬

父の危篤が伝えられたのは、すでに私が松戸市の自宅を出た後だった。その日は「国民の祝日」とされる二〇〇三年の「文化の日」で、私の四十六回目の誕生日でもあった。

休日の朝、私が早くに家を出たのは、二日前に韓国から迎えた友人らと、埼玉県の高麗神社へバスハイクに出かけるためだった。三男一女の〝末っ子〟不在のわが家に、八歳年長の長兄啓治、姉で五歳上の純香《すみか》、三歳違いの次兄広治から相次いでもたらされた「父危篤」の報は、だから、否応なく妻の崔鐘淑《チェチョンスク》が受け続けることになった。妻は携帯電話を持たぬ私に連絡のしようもなく、私からの連絡と帰宅を待ち続けるしかなかった。

父のことが心の片隅になかったわけではない。だが私は、バスハイクの高揚した気分のまま、電話連絡も怠り、夜半過ぎまで韓国からの客人と酒を酌み交わし、放歌していた。終電はすでにゆき、タクシーで相乗りの友人の家を経由して帰宅したのは、すでに翌日の午前三時になっていた。

音を立てぬようにドアを開けてなかにすべり込むと、思いもかけず灯りがついていた。妻が玄関へと私を迎えにやってきた。

「親父のことか……」と聞かれてうなずく妻の姿に、眠気と酔いがすうっと失せていくのがわかった。

「アッパ（父さん）が出てからすぐにN市の啓治兄さんから。それからC市の姉さんと神戸の兄さんからも連絡が入ったの。担当のお医者さんから、もう今日明日中だろうからっていわれたんだって」

持病の心臓疾患が悪化し、父がG県の社会保険病院の集中治療室に収容されたとの連絡を受けたのは、五日前だった。その後、頻繁に連絡を取り合った母や姉から、病状は安定している、いずれ退院できるのではないかと、楽観的な見通しが伝えられていた。

私は部屋のなかをうろうろしながら、「とにかく、朝になったら病院へいかなあかんわなあ」と間抜けたことを口走っていた。

私と妻の友人知己で、両親あるいは片親を亡くしている人は少なくない。そんなことが話題にのぼると、きまって妻は「この歳になるまで四人の親が健在なのは幸せなことよ」という。その幸せがいま、形を変えようとしていた。

父黄小岩《ファンソアム》、通名山川亀吉は、一九二〇年五月二十七日に朝鮮慶尚北道達城郡《キョンサンブクトタルソン》（現大韓民国大邱《テグ》広域市）の農家の次男に生まれ、強制連行で日本にきた在日朝鮮人一世である。母は山川芳子という通名の方がしっくりくる在日朝鮮人二世で、一九二七年三月十日にG県で生まれた。本名は鄭順香《チョンスニャン》である。

二人は一九四五年十二月八日に結婚した。

両親が生きていてくれることを〝幸せだ〟といえるには、親たちが「ボケてもおらず、寝たきりでもない」との保留条件がついている。これに加えて、「同居も必要なく、金銭の仕送りもいらない」

ならば、ほぼ完璧だろう。

　私の両親は元気だった。おまけに長年の工場労働で積み立てた厚生年金で、自立した生活を送れる経済力がある。そして、私たちが思い出したときに、ありあわせの愛情を示せば、心から喜んでくれる素朴な人たちだった。私たちの甘えにふやけた幸福感は、老人問題の未発という、危うい偶然に支えられていた。


　ちょうど一年前だった。父がいつも〝ぼうじゅ〟――在日一世の父は、「息子＝坊主」をこうとしか発音できない――と呼び、でき愛していたビーグル犬のロッキーが、老衰のために息を引きとった。享年十六。そして父と母は広い家で、ほんとうに二人きりになった。

　私が〈丘の家〉と呼ぶ田舎の家は、一九七七年に完成した。N市のベッドタウンとして、ほどなく十万都市になろうとするK市が、まだK町だったころのことである。この町に在日朝鮮人の世帯は少なかった。私が知っていたのは、わが家と母方の実家、駅前の「竹田さん」ぐらいだった。

〈丘の家〉は、私が小学生のとき、松の緑におおわれた見隠山と呼ばれた丘を無残に削りとって、町で一番早く造成された住宅地にある。父母はまず、そこの南向き斜面の区画約七十坪を手に入れた。母によると、父は土地を寝かせておいて、値上がりしたら転売して利殖することを考えていたらしい。しかし、母はすぐにでも家を建てることを主張して、随分けんかをしたという。

　結局、母の主張が通って、土地購入から三年後に、四ＬＤＫ二階建て、庭とガレージのついた家が完成し、そこへ引っ越したのである。

〝新しくてきれいで広い家〟は家族の、とくに母の念願だった。

長兄は別の家で生まれたが、後の三人はそこで生まれ、暮らした〈もとの家〉は、K市旧市街の、いまはさびれきった、しかし、当時はK町のメインストリートだった商店街から一区画奥まった四つ角にあった。築五十年にはなろうとする古い二軒長屋で、前にはその頃のK町料亭政治の舞台「千鳥」があり、長屋の隣は畳屋だった。

〈もとの家〉は六畳二間に土間の台所、後に屋根裏に八畳ほどの勉強部屋を増築したが、父母と中高生へと成長しつつあった三男一女の六人家族が暮らすにはあまりにも手狭だった。便所は家の外の別棟にあり、電気さえなかった。その前にはT信用金庫があり、駅へ向かう人が通る道から丸見えで、おまけに長屋の裏手に住んでいた別の一家と共用だった。父母には、そんな家に親戚を泊め、客をもてなすのを、はばかる感情があったはずである。私も中学生になると、自分の部屋もない陋屋《ろうおく》に友人が来るのを避けようとした。

子どもらはみんな、〈もとの家〉から公立の〝日本人学校〟へ、通名を名乗って通った。それでも学校中のだれもが、山川兄弟が朝鮮人であることを知っていた。末っ子の私でさえ、けんかをすると「チョーセンジン」と罵られたりしたのだから、長兄や姉への差別のまなざしと悪意は、ひとしおだったはずだ。

何の財産もない共働きの工場労働者の両親が、四人の子どもを育てながら、何とかやりくりをして家が建てられたのは、母の「まっとりゃあ。いまに家建てるでね」とも、「銭ない、銭ない」ともいう口癖に凝縮される強い思いと、暮らし方があったからだ。

こうしてようやく建った〈丘の家〉だったが、新築が合図であったかのように、子どもたちはこの家から離れていった。完成当時、すでに私は大阪におり、後に東京へと引越し、そこで在日二世の妻と結婚して家族を構成した。だから私は、〈丘の家〉にゆくことはあっても、暮らしたことがないのである。私は大阪で出会い参加するようになった在日韓国青年同盟（韓青）の活動を契機に、本名で生活しそれに基づく生き方をするようになった。

商業高校を、ほとんど満点に近い成績で卒業した姉の純香は、親戚の仲介で入社した会社勤めの後、〈丘の家〉新築の翌年五月に結婚した。相手は神戸・長田のケミカルシューズ問屋を営む朝鮮人男性に嫁いだ叔母（母の妹）の紹介で交際していた、同業メーカーの日本人男性。そうして神戸で暮らし、後に夫の転勤で〈丘の家〉から車で四〇分ほどのC市で暮らしている。

それから二か月後の盛夏、事件がおこった。工業高校を卒業後、叔父（母の弟）が経営する鉄くず回収の仕事をしていた次兄の広治と交際していた女性の妊娠がわかったのである。在日朝鮮人の恋愛のご多分にもれず、彼女は日本人だった。当然、彼女の両親は猛反対した。いまでは次兄と義姉弘美との結婚を喜び、孫たちをかわいがっている彼女の父だが、そのときは日本人一般として、猛反対の理由を、率直に表現したものだ。

ちょうど夏休みで帰省していた私は、次兄らの交際と結婚を許してもらえるよう、最後のお願いにゆくという長兄、次兄と義姉ともども、彼女の家へいった。義姉の両親は、交際に反対するわけではない、つき合うならちゃんとつき合ってほしい。そのためにもいったんは白紙に戻すべきだ。結局、「腹の子どもを処分してしまえば……」ということだ。

私たちは、義姉の意思を尊重して「子どもを産ませてやってほしい」と、ひたすら頼み続けるほかなかった。何度目かの押し問答の後、義姉の父は顔をそむけながらつぶやいた。

「血が混じるで……」

一瞬凍りついた空気が激しく奔流した。

「それが本音なら話は終りでしょ！――お前ら、もういけ」長兄が叫んだ。

「いかせんぞ！」

「放して！」

「弘美ちゃん落ち着きゃあ。あんたがいったらお母さん生きとれんよ」

「そこをどけ！」

「どかんぞ！　いくならおれを殺していけ」

怒声と愛憎が渦巻く一幕の後に、次兄と義姉はその場から出奔した。

二人は姉を頼って神戸へゆき、一月ほど居候した。広治は長田の叔母の店で働かせてもらうことになり、弘美は翌年無事に男の子を出産した。その後、次男も生まれ、震災をへたいまも、長田のケミカルシューズ問屋で働き、神戸で暮らしている。

実は、次兄らが転がり込んだとき、姉も妊娠していた。あまり広くもないマンションに、つわりに苦しむ二人の女性が暮らした。姉は義姉に先立つこと一か月、女の子を出産した。

〈丘の家〉でもっとも長く暮らした長兄の啓治は、勉強や運動もよくして、母の期待を一身に集める存在だった。その期待にこたえて、北陸地方の国立大学の建築学科に一浪して入学した。東大闘争で入試が中止になった年だった。全共闘運動の余熱をうけた長兄は、在日朝鮮人であるがゆえに、自治会を掌握していた新左翼セクトに接近し、また、それを理由に深入りを慎重に避けた。東京での決起集会へ参加はしても、機動隊へ突入する部隊には入らなかった。当時の入管法には、「六、暴力主義破壊活動団体・政党のメンバー、治安攪乱団体又はこれと密接な関係を有するもの。七、その他、法務大臣が国益、公安を害する行為を行ったと認定する者」との強制退去の規定があったからだ。

私が大学に入り、新左翼系の集会やデモに参加していることを知った長兄が、「お袋のことを忘れずに、絶対危ない部隊に入るなよ」といったことがあった。

「H大セクトのキャップやった川口。あの優秀な川口も、多分おれの心底の怖さはわからなんだはずや。あいつも逮捕されたことがあるけど、完黙で出てこれた。おれらはそれができんのや……」

長兄は八七年九月、在日三世の義姉との結婚を契機に、職場に近いN市で暮らすことになった。翌年二人に長男が生まれた。そして一九九〇年十月、一家で日本に帰化をした。

帰化する直前、東京へ出張してきた長兄が私を呼び出した。

「差別は根強い。子どもにおれと同じような思いをさせたないんや」

帰化する理由をこう説明した兄は、世界情勢を知るのに落合信彦と大前研一が参考になるとも力説した。私にマルクスの『経済学・哲学草稿』とポール・ニザンの『アデン・アラビア』を教えてくれた面影は、なかった。

家族とはこうした〈離散と始まり〉を免れないのだろう。同じ父母のもとに生まれ育とうとも、それぞれ偶然の岐路で人生を選択し、生活を始めることで、ものの見方や考え方をたがえていく。だがはっきりしているのは、私たちの家族が、日本社会に安住していられる家族でも、個人でもなかったということである。

〈在日朝鮮人は地球上のどこへいこうとも絶対的にマイノリティである〉

私たち兄弟は、これに規定されて、そこから始め、アイデンティティと、それに基づく人生を選ぶしかなかったのだ。
確かにだれしも、偶然に投げ込まれた時間と場所から人生を始めるしかない。しかし、在日朝鮮人は偶然にではなく、日本帝国主義―植民地主義体制によって、ほんの百年前にこの地球上に生みだされた存在である。この大きく普遍的な偶然と、歴史の必然の作用を、ともに背負う在日朝鮮人ひとりひとりの選択は、したがって、一筋縄ではゆかない。そして、日本で生まれ育った在日朝鮮人に、本当の選択があったかどうかは、だから、わからない。

家族の念願が実現したとたん、次々と訪れた〝離散と始まり〟によって、〈丘の家〉は盆や正月を除くと、静かで淋しい老人の家となった。

そんな家へ、長兄が家を去る一年ほど前につれてきたロッキーは、たちまち〈丘の家〉の寵児になった。まさしく〝ぼうじゅ〟として遇され、愛された。夫婦の会話の大半が、愛犬をめぐるものになった。愛犬の死は、とくに父を強く打ちのめした。
〈丘の家〉の庭、松の木の根本は、ビニールと厚手の布で被われている。そこはロッキーが一年前に埋葬された場所である。

ロッキーの死後、寒くなりはじめるころから、父はしばしば軽い心臓発作を起こして、入退院をくりかえした。心臓障害は父に軽い痴呆の症状を与え始めていたらしい。
愛犬の死による心の空白と、心臓疾患による脳への酸素供給の低下に因果関係があったかどうかは、医師ではない私にはわからない。ただはっきりしているのは、〝ぼうじゅ〟がいなくなって、語りかけ、見つめ、いつくしむ対象を失った父は、その孤独な目で母の一挙手一投足を見続け、それが気にいらなくて仕方なくなっていったようなのだ。

在日朝鮮人一世の夫・父がしばしばそうであったように、かつて父も、母に暴力をふるった。食膳をひっくり返し、その怒りの激しさで子どもたちを凍りつかせた。だが、母もそこは朝鮮の女で、ただで叩かれていなかった。寸鉄で刺し、大いに抵抗しさえした。

いさかいがなんとかおさまった後、いつものように母が涙を流しながら櫛で髪をすくと、父に引っ張られて抜けていた数十本もの髪の毛がすきとられた。それをむしってくずかごに捨てる姿は、いつも記憶の井戸からたちのぼってくる。当時、私たちははっきりと母の味方であり、父は敵だった。

そんなやりきれない修羅場が演じられたのは、私が低学年のころまでだっただろうか……。原因は父の浮気・女性問題だったことを後に知った。父は歳をとり、子どもたちは成長した。長兄はすでに高校生だった。絶対的な力関係が逆転し始めていたのである。

ところが、軽い痴呆の発症とともに、遠い過去のものとなっていた母への暴力が、少しずつ息を吹き返していた、というのである。私は昨年の十二月二日に、関西への出張の帰途、ロッキー死後の父のことが気がかりで、〈丘の家〉によってみた。いま思い返すと、父の言動のちぐはぐさ、母の父への態度のとげとげしさは、痴呆と暴力に由来していたようだ。母がそのとき私に訴えたのは、「お父ちゃんは何かにつけてわひ（私）に文句ばっかいう。ほやでなるたけ話さんようにしとる」ということだけだった。

年が明けた一月の半ば、父はかなり大きな心臓発作をおこした。母がニトロを父の口へ押し込んだので大事にいたらず、救急車でゆきつけの病院へ入院した。この発作で痴呆状態が一層進行したのだった。父は病院嫌いで、常に早々に家へ帰ろうとし、今回もそうした。

しかし、帰ってきた父の様子は明らかにおかしかった。〈丘の家〉が自分の家と思えず、夕食を終えるとどこかへ〝帰ろう〟とする。なじみの電気店へゆき苦情を訴える。当時まだ運転していた七〇CCのバイクで転倒しておきあがれず、近所の人が連れ帰った。

母は徘徊する父について回らなければならない。そのころ電話で「お父ちゃん、ちょっとこのごろおかしいで」と私に告げたことがあった。私は「ボケ」という単語を思い浮かべ、「とりあえずお姉ちゃんに連絡しやあ」と進言した。だが母は父の奇行を歳のせいにしようとしていた。


一月の終りに決定的な事件がおこった。

一杯やって夕食も終えると、父はいつものように〝帰ろう〟とする。母は「お父さん、こんな寒い夜にどこへ帰ってくの。家はここやで、帰ってかんでもええんやよ」とさとすようにいった。

「お前はいつもおれに口ごたえする。しゃべれんようにその口をこわしたる」

父はそう叫ぶと、そばにあった鉄芯の枠にビニールが藤のように編み込んである枕をふりあげた。まず母の唇へ、さらに顔面と頭部へと連続的な打撃が加えられた。母はとっさに買い物など外出にもって出るカバンをつかんで玄関へのがれ、そのまま走って逃げた。

街灯も少ない丘のふもとに、できたばかりのコンビニがある。母はまばゆい光に引きつけられて、そこへ入っていった。レジの青年は、頭と唇から血を流し、顔面を青黒く腫らした老婆に驚き、目を見張った。だが事情を聞こうとはしなかった。母はまっすぐレジへゆき十円玉を差し出していった。

「お兄ちゃん、わひ手が震えて電話がかけれんで、すまんけどタクシー呼んでくれんかな」

こうして母は姉の家へと向かった。

その後の姉の措置は的確だった。絶望、悲しみ、怒り、恐怖。戻りたがらぬ母に、「いま帰らんと、ずっと帰れんようになる」といって、翌日母を連れて〈丘の家〉へいった。玄関に入った母を見て、「何しとった」と怒声を発した父だが、姉を見ると黙り込んだ。はっきりと状況をさとった姉は、長兄と相談し、遠隔地にいる次兄と私に連絡してきた。

「とにかくあんたの目で確かめて、それなりの覚悟をしてほしい」と。

連絡があった週の日曜日、二月九日、兄弟たちは〈丘の家〉に集まった。前夜到着した私を、父は「この人はどこのだれだろう」という表情で、首をかしげてまじまじと見つめた。痴呆になった父は、民族団体の専従をしている末っ子を一番心配していたというのに……。トイレへの歩行さえ困難な父を介助しながら、私の心は立ちつくしていた。

そんな状態でも父は、その夜も夕食を終えると、「ほんならおれは帰るで」と外へ出ていった。この夜は姉がつきそい、十分ほどで戻ってきた。分譲区画を一周して帰ってくるのだという。症状は進行しており、徘徊、失禁、認識障害はますますひどくなっている。

わが家の〝老人問題〟が始まったのだ。そのときの思いは、父の暴力でつけられた青黒いあざを額に残している母が、何度もくり返した、「なんでこんなおぞい病気になっちまったんやろう。この歳になってこんな目にあうとは思わなんだ」との嘆きに集約される。

だが、〝老人問題〟とは、まさに「この歳」になって直面するものだ。やはり自分の目で見て、私がだれかわかってもらえず、ふらつく腰を支え、あの強く怖かった父の下着を下ろして、その糞尿の匂いをかぎ、それを処理してはじめて、この問題がわが身の責任であると自覚できた。

集まった私たちの話題は、父をできる限り手厚く介護し、母の負担とストレスを軽減することにつきた。私たちは異口同音に、「何年かかるのか」「どれくらい金がかかるか」ともらし、「ほんでも親やで……」と自分にいい聞かせる、決り文句をくり返した。

兄弟全員とそのつれあいらとの対面の数日後、長兄と姉が介護保険サービスの利用を申請し、ケアマネージャーが調査に訪れた。彼女は、父の状態はもちろんだが、母の傷に驚き、「大変でしたね」と声をかけてくれたという。父は「要介護四／最重度の介護を必要とする。／食事・排せつ衣類着脱にも介護者の全面的な介助を必要とする。尿意、便意が伝達されていない」と認定された。この認定は要介護度のランク二位で、介護給付量も多いためになかなか認定してくれないものらしい。「おばあさんの傷がマネージャーの心証に影響を与えた」というのが、姉の評価だった。

それからは主に姉が〈丘の家〉に泊り、父を病院へ連れてゆき、母の買い物をしてあげた。それと並行して、特別養護老人ホームの空き状況を調査し、自宅介護と施設介護を組み合わせて、母と姉の負担を軽減する方策もとられた。

二月二十二日、土曜日の午後だった。こちらからかけた電話の発信音がとぎれ、確かに受話器があげられたのに、聞きなれた母の声が伝わってこない。そのかわり嗚咽が耳に突き刺さってきた。「どうしたの」という問いと、嗚咽のやりとりが続いた後、「おとうちゃん、山へおいてきた」――ようやく母がしぼり出すようにいうと、えっえっえっと声をあげて泣き続けた。私はできるだけ冷静に、辛抱強く事情を母に問い続けた。そうしてやっと、その日の午前、姉といっしょに、一か月間の長期入所ができる特別養護老人ホームへ父を連れていったことがわかった。私の電話は、ちょうどそこから帰宅したときにかかってきたというのだ。

「四人部屋に入ってなあ、別れるときにお父ちゃんが『おれをひとりにしておいていくんか』っていやあてなあ」というと、また激しく嗚咽する。「――本当にかわいそうで。わひが苦労したらええで。明日、お兄ちゃんと様子見にいくことになっとるけど、いってお父ちゃんがわひのこと憶えとったら、連れて帰ってくるつもり」と続けた。

「思ったとおりにしたらええよ」としかいえなかった。母との通話を終え、姉に電話すると、「すごく動揺して自分を責めとるようやけど、連れて帰らんほうがええ。本当のところ、お母ちゃんも私も限界やよ」といい、「このことはお兄ちゃんにも連絡しとくで」とつけ加えた。

父は冬の間は〈丘の家〉に戻らず、二度の長期入所で健康を回復した。規則正しい生活と食事で心臓機能が改善されたのか、痴呆状態からほぼ完全に脱却して家に戻った。そして春、夏、秋を、好きな酒をたしなみながら、相変わらず母にさまざまに指図する〝指図マン〟として、去年よりも頻繁に訪ねてくる子どもら夫婦、孫たちと、まずは平穏に過ごしたのである。

「父はいったいどこへ〝帰ろう〟としていたのだろう」

私は、西進する新幹線のなかで考えていた。

十一月四日未明に知った「父危篤」の報の後、短く浅い眠りで朝を迎えた私は、都内の朝鮮学校へ電車通学する小五の汎一《ポミル》と小三の潤一《ユニル》を送り出した後、「状況がわかったらすぐに連絡するから」と妻にいいおいて、喪服をもって家を出た。連休明けの一週間が始まるその日のラッシュはとくに激しく、新幹線も満席だった。

もう一つの気がかりが胸にわいていた。それは兄弟や血縁集団のなかへ、異物として入っていかざるをえない、私たち家族の居心地の悪さについてだった。血縁の大半は日本に帰化し、日本人の配偶者を迎えている。こんな〝同化在日朝鮮人〟血縁集団のなかへ、本名で暮らし、子どもらを少し前まで〝きんにっせい〟と〝きむじょんいる〟の写真が飾ってあった、就職や金もうけの何のたしにもならない「あの」朝鮮学校に通わせている、変わった家族として入ってゆかねばならない。そんな気鬱があるのだ。

名前一つをとってもそうだ。私の場合、長兄ら血縁は、昔から呼びなれた通名の「英治《えいじ》」といえばすむ。私もあえて「ファン・ヨンチと呼んでくれ」と要求しない。だが、妻と子どもらには朝鮮式の名前しかない。だから妻に「ちょんすぎさん」とか「ちょんちゃん」と話しかけ、子どもらも朝鮮語の発音で呼ぶしかない。わが血縁は、妻や子らの朝鮮式の名前を呼ぶたびに、日頃忘れている彼ら内部の朝鮮も呼び出されることになる。

ある意味で、血縁から受ける無言の同化圧力や、かもしだされる朝鮮への拒否感は、日本人のそれよりも強く激しいと感じられるときがある。多数派への極端な自己同一化とでもいうのか、日本社会から受けてきた同化圧力が、彼らのなかでさらに圧縮されて噴出するのだろうか。

といって、私の家族が兄弟・血縁らに排斥され、不利益をこうむっているわけではない。妻などは、その社交的でもあり人懐っこい性格と態度で、みんなからとくに愛されているといえる。だが、そういうことではなく、ある社会でマイノリティがマジョリティから受ける、マジョリティが決して感得できないあの圧迫を、在日朝鮮人というマイノリティ集団のなかのマイノリティとして、私や妻が感じている、ということなのだ。

出発前の心構えを胸に刻む。「喪主の兄貴の方針にしたがう、意見はいわない、できることはなんでもする。これでいいだろ」というと、妻は「そうそう、本当にそうしてよ」と、私に念を押すように答えた。

「〝帰ろう〟とする父は、するとどこからやってきたのだろう」

私が知る限り、たった一度だけ、父がみずから強制連行と逃亡の記憶を口にしたことがあった。それは私たち夫婦の結婚式の前日、私と妻の両親が顔合わせの食事をした場でのことだった。妻の父も在日一世のため、初対面の話題はおのずと故郷の話となり、日本への渡航と在日経験の交換となったからだ。

父は二十歳のころ日本へ連れてこられ、東北地方のダム工事現場で働かされたという。

「飯もあんまりくれんし、寒《さむ》うて仕方なかったもんで、こんなとこにおったら死んじまうと仲間と話して逃げたんです」

この話は長く私の心に残り続けた。くわしく聞きたいと思い続けていたのだが、父と息子の微妙な関係がある。また離れて暮らしていることもあって、〈丘の家〉へいっても、かえって話し始められなかった。そこで父に好かれている妻に「故郷のことや強制連行のことを聞き出してくれ」とたのんだ。ところが父は、妻の問いにも「まあそんなことええやないか」といって、とりあってくれない。

いまにして思えば、語ろうとしなかった、父の真情が納得できる。思い出したくない記憶なのだ。それを半ば強いられるように話しても、うまく話せるはずもないし、話しても本当にはわかってもらえない、との諦念があったのだろう。

私は父方の祖父母の顔を知らない。会ったことはもちろん、写真さえ見たことがない。母の実家近くで生まれ育った私ら兄弟は、外祖父母に可愛がられた。だから遠く〝異国〟の朝鮮に生き、そして私が幼いころ亡くなった祖父母に関心をもたなかった。父がこんな子どもらに、朝鮮にまつわる何かを話す気持ちにならなかったのもうなずける。父は、私たちに話さなかった場所からやってきた。私たちが顔さえ知らない、姑母（コモ・父の妹）によれば「やさしい人やった」オモニがいた半島から、日本へ連れてこられた。父はそこへ、〝帰ろう〟としていたのかも知れない。

思いは深まる。〝あたりまえ〟が〝不思議〟となって心からわきだしていた。どうして、インテリなどでは決してなかった父が、母語の朝鮮語も、異国語の日本語も、ともに読み書きができたのだろうか、と。

父の学齢期は植民地時代の一九二〇年代後半から三〇年代半ばまでで、当時の朝鮮での就学率は男子中心の三〇％程度にすぎなかった。学校へ通っていたら、皇民化教育で母語も異国語も習得はできたはずである。

後で神戸に住む姑母に、父が学校へいっていたのかと確かめると、

「私らのとこは田舎でなあ、貧乏《ぴんぼ》やしな。学校《かっこ》から上の兄《に》さんに来いと呼び出しあってもいかせなんだのにから、どうして次男やったあんたのお父《と》さんが学校へいける」

と教えてくれた。つまり、父は少年時代に文字を学習し、習得したのではない。

姑母は一九三八年に満十五歳で、すでに日本に来ていた姑母夫《コモブ》のもとへ〝口減らしのように〟嫁いできた。一九四一年には現住所の神戸市長田区に居住していた。そして日本に強制連行されてきた父

が、秋田県のダム工事現場から逃亡してきて、そこで短期間一緒に暮らしたと証言した。

逃亡について西成田豊は、『在日朝鮮人の「世界」と「帝国」国家』（東京大学出版会、一九九七年）で次のよう明らかにした。

福岡県で一九四二年六月現在土木建築の逃亡率が五三・七％にのぼり、また逃亡者の出身地域は一九二〇～三〇年代に多数日本へ渡航・流入した朝鮮人の出身地である全南、慶北、慶南の逃亡率が群を抜いて高かった。逆に同時期に渡航・流入者数が少なかった京畿、黄海、江原の逃亡率が著しく低い。つまり、「出身道別の逃亡率の相違は、既住在日朝鮮人の縁故をたどった逃亡が相当広範囲に展開されていたことを推測させる」。そして、「『移入』朝鮮人の逃亡はきわめて組織的であり、そこには逃亡を手助けする在日朝鮮人の『世界』が頑強に存在していたことを窺わせる」と結論づけた。これは慶尚北道出身で肉親がすでに日本にきていた父の逃亡にも当てはまるだろう。

父が保存していた在日朝鮮人の同化と統制を目的とする「協和会」の「協和会手帳」（大阪協和会発行）によると、父は一九四二年ごろには大阪市西淀川区に居住して工場で働いていた。協和会は各警察署長が支会長となっており、在日朝鮮人は自動的に入会し、協和会手帳を常時携帯せねばならない。父が協和会手帳を所持していたということは、父の存在を警察が把握して管理監視下に置いていたということであり、一方父はかつて逃亡した事実を何とか隠ぺいして、「合法」的存在になっていたということになる。

そこで、父がどうやって母語の朝鮮語と異国語の日本語の読み書きを習得したかだ。まず朝鮮語は母によると、「朝鮮におる間に覚えたらしい」とのこと。「頭のええ人やで、どうにかしておぼえたみたいやよ」とつけ加えた。

日本語は、となると、どうにもわからない。これも独学かも知れない。一方当時、日本帝国主義は朝鮮人への徴兵制実施に備えて、協和会を通じた在日朝鮮人青年への軍事教練活動とともに「正しき日本語の習得に重点」を置く夜学を開校していた。これが父の日本語習得に何か影響を与えたのかも知れない。

解放後父は母と結婚し、神戸で同郷人が製造するケミカルシューズを関東方面に行商して、かなりの金を動かせるようになったという。しかし、浮気相手の女性に蓄えた金を「だましとられて」(母の言葉)しまい、絶望して韓国に帰ろうとしたという。これを母の父、私にとっては外祖父が「朝鮮語もできん芳子を韓国にやれん」と強く引き止めて、祖父が暮らすG県K町へ呼びよせた。

父は当時、K町周辺にもあった亜炭炭鉱での労働を皮切りに、一貫して肉体労働者として働いてきた。常に封を切らずに月給袋を母に渡し、母はそれを押し頂いて「ご苦労様」と受けとる。その光景は、いま私の規範となっている。

だが夫婦げんかの原因である女性問題は後を絶たなかった。母にいわせると、「やさしいとこがあるで、金のかからん素人の女にようもてたかも知れん」というのだ。「外の女はええわな。苦労したのはわひだけやもん」と話しながら、少しすねて見せた。

そんな情景も逸話も、まるごと父の人生であり、父と母の息子、娘である私たちの人生の根幹をなす物語である。私はかつて、母に暴力をふるう父の敵だった。その思いが長い間、私が父に接する態度を、ぎこちないものにしていた。女性への暴力はいまも絶対に許しがたく、その罪は消しがたい。だが、二十歳をすぎたころから、父を歴史のなかでふたたび見い出し、記憶をたどり、そのときどきの父や家族にまつわる物語を、いまの私の理解力で読みなおすと、父への愛が回復し、ある種の尊敬が生まれてくる。私は父の敵ではなく、歴史と記憶と物語をわかちもつ、父と子であることを再発見するのである。

G社会保険病院についたのは午後零時ごろだった。教えられていた通り東棟二階の集中ケア病棟へ向かったが、入り口は堅く閉ざされていた。うろうろしていると、となりの待合室の戸が開き、姉が顔を出した。

「いまついたの。まあ喪服もちゃんともってきて」と姉に迎えられて部屋に入ると六畳ほどの畳敷きのなかに、長兄と母がいた。「昨日なんか、はあ（もう）死んじまったかと思ったよ」と母がいう。担当医からの連絡でケア病棟に入ると、父の呼吸は弱まり、血圧が下がり、何度呼びかけても反応を示さなかったというのである。それが午後になってもちなおし、意識を回復して母の姿を認め、看護師らに冗談さえいったという。だが、危篤状態であるのは変わりなく、いつ容体が急変してもおかしくない、というのが医師や看護師の判断だった。そんな話をしていると、神戸から次兄夫婦が到着した。

午後の面会時間になったので、次兄夫婦と私が病棟へ入り、父と面会することにした。インターホンで看護師に入室の許可をえて、入り口で割烹着のような白衣をつけ、石鹼で手をていねいに洗い、アルコールで消毒して仕上げる。この一連の行為は、この病棟への通過儀礼のようなもので、集中ケア病棟が他の場所とは異なる〝命待つ間〟であり、〝命を繫ぐ間〟であることを訪問者に強く自覚させるためのものなのだろう。

入り口からすぐに右に折れてケア室に入ると、三つ目のベッドに父がいた。父は心電図、有効酸素摂取、血圧、脈拍、呼吸数の計測、酸素マスク、栄養剤・不整脈用剤・強心剤、利尿剤の点滴と、陰茎につながった尿を採取する管などにつながれていた。顔をのぞき込むと目をあけていた。額が一層広くなり、白髪もふえている。透明な酸素マスクにおおわれた鼻から下は、入れ歯をはずしているので細長く、しゃくれたようになっていた。

「おれがわかる」と次兄が声をかける。するとすぐに「お前広治やろ。こっちは英治。ほんで弘美やないか」と、くぐもった声ながら、はっきりと答えた。「山川さんよかったねえ。みんなきてくれたよ」と担当の若い看護師が日常会話よりも二度ほど高いトーンで父にいうと、うれしそうにほほ笑んだ。彼女は「食事の途中だったけどあげてみる」とベッド横の台の上にある食器を指差した。なかにはまったくご飯粒のない重湯が入っていた。

私が「お父ちゃん、ご飯食べる」と、看護師がしたように耳元で少し高いトーンで聞くと、うなずきながら「食べな死んじまうやないか」と答える。一本取られたとみんなが笑い声を上げると、「ビール飲みたい」と追い討ちをかけてきた。意外なほど明晰な頭脳の働きに驚き、安堵した。「なんや、ものすごお元気やないか」と次兄が声をあげた。

私は恐る恐るスプーンで重湯を口元へはこび「はい、口あけて、入れるよ、飲み込んで」とやってみたが、タイミングが合わずに重湯が唇からもれてしまう。次もうまくいかないが、少し入った重湯を自力で飲み込んだ。とたんに激しくむせる。私はそれにおののいてしまい義姉に代わった。彼女も緊張していたが、それでも私より数段うまく飲ませた。次にグレープ味のゼリーをあげたが、父が激しくむせたので、看護師が細い管を喉の奥深く挿入して素早く吸引した。父が苦しそうに首を左右に振るので、「苦しいねえ山川さん、ごめんね」といいながら、なれた手つきで吸引する。看護師は「これ嫌いやね山川さん。ほんでもやらんと大変なことになるでがまんしてね」と、あやすように父に話しかけていた。

吸引が終わって落ち着くと、父が私たちに「まあええで、お前《まあ》らごはん食べよ。早《はよ》いってラーメンでも食べよ」と、右手をひらひらさせて帰れと合図した。

母と二組の兄夫婦、姉と私の七人がそろったところで、今後のことを相談するため病院を後にした。私と長兄夫婦が昼食をとっていなかったので、近くの郊外レストランで話がはじまった。葬儀社の件、墓は作らない、永代供養で骨は○○寺へ、連絡先の確認……。およそ長兄の案に異論はなく、私が「お母ちゃん、それでええの」と念を押すと、「うん、そんでええよ」と答える。

「意識のあるうちに会えて一応別れをいえたと思う。今日の様子では今晩、明日ということもなさそうやし、仕事もあるので」と、次兄は夜の面会時間にもう一度父に会って、その日のうちに神戸へ戻っていった。

私は今晩は母と姉と一緒に〈丘の家〉に泊り、翌朝の面会後に東京へ帰ることにした。

一昨日からの疲れを引きずって熟睡した私が目覚めたのは七時過ぎだった。母と姉はすでに起きて病院へゆく準備をしていた。私は家へ電話し、出勤前の妻に「昼の面会を済ませたらそちらへ帰る」と伝えた。喪服は、東京ですぐに必要な知己も思いあたらないので、〈丘の家〉においておくことにした。

十一月五日、姉の運転する車で午前十時ごろ病院についた。私は職場に電話をするために二人と別れ、おくれて集中ケア病棟についた。病棟前で母と姉が固い表情で立ち話をしている。「なんでなかへ入らんの」と聞くと、医師から、今日一杯か、あるいは明日の早朝との通告を受けたというのだ。やはり未明に血圧が下がって危なかった。強心剤を増量していまは安定しているが、いつ逝ってもおかしくないという。とにかく父に会ってから妻にどう連絡するか決めようと思った。

入室の儀式をすませて父の枕もとへ近づき、声をかけると、意外なことに目を開けた。「英治やよ」というと、わかったと目で合図した。

私たちが一通り声をかけ終わると、看護師が「回りを気にせずに会えるように、お部屋を移りましょうね」といって、病棟のいちばん奥にある別室へと父のベッドを移動させた。そこが集中ケア病棟の最重症患者が入る部屋で、命を天に送る場所だった。

移動を見届けた私は、妻に「子どもを連れてすぐくるように」と連絡した。

一人部屋へ移ってからの父は、大きなふいごのように、ごーごーと肩を上下させて呼吸し、意識が混濁しているようだった。

G社会保険病院は私鉄線の駅前にある。私は夕方、妻らが着く時間を見計らって駅へ迎えにいった。時間を無駄にしたくなかった。とにかく息があるうちに、妻と子らを、父と私の歴史にしっかり結びあわせたかった。

駅で迎えた三人を病院一階の待合室に座らせた。いつになく神妙な汎一と潤一に、おじいちゃんはいま懸命に病気と闘っている、いずれ人はこの世から去っていかなければならないがそれは自然なことだ、心をしっかりもって会うようにと話し、妻にうなずいた。

妻が「アボジ」と声をかけると父が目をあけた。子どもらは「おじいちゃん」と声をかけた。父は松戸から嫁と孫がきたのがわかったようだ。目を動かし、首を上下させて、妻の問いかけに答えていた。子どもたちが父の手をとって「おじいちゃんがんばってね」というと、「うんうん」とうなずく。

本当は子どもが入れない決りの部屋なので、いったんそれくらいにして、妻は残り、子どもたちは待合室へ引きあげることにした。汎一が目を真っ赤にしてまばたきしない。私と潤一が待合室に入ろうとすると、「ぼくトイレにいってくる」といって離れていった。泣き顔を見られたくなかったらしい。

父はその夜、生涯最後のビールを飲んだ、というより、なめた。婦長が許可してくれたのだ。水差しに入れたビールを、妻が「アボジ、ビールよ」といって一口、姉が「おじいさんよかったね」といって一口、兄が無言で一口。父はうれしそうに口をあけて、吸い口からごくり、ごほごほ、ごくり、ごほごほ。看護師も「よかったね」といってくれたが、三口目でひどく咳きこんでしまった。吸引すると、飲んだビールがそっくり出てきた。

その夜は私と長兄が泊り込んで付き添うことになった。それは気が重いことだった。兄がことあるごとに私に向ける、日本マジョリティそのものの圧力が厭わしいのだ。

「知っとったか、親父は日本人になりたかったんや」と長兄がいう。

兄が何をいいたいか、よくわかっていた。だから、父の意をくんで「日本人」として葬儀全般をおこなう。変な提案や口出しをするな……。

京都に住む同胞の友人は、兄弟、親戚らすべてを敵に回して「オモニが呼んだ名前で送ってやりたい」と、父の葬儀を本名でやることを主張して頑としてゆずらず、ついにそれを実現した。通名を生活上の便宜や差別・摩擦の回避のために使わされ、使い続けてきた在日朝鮮人一世が、生涯を閉じるにあたって、〝オモニが呼んだ名前〟で葬送されるというイメージは、哀切で美しい。

だが私は、松戸の家を出るとき、そして新幹線のなかで、長兄の意向に異をとなえぬことを固く決めていた。長いものにまかれようとする卑屈さで……。

父の容体は悪化しつつ安定しており、十一月六日の夜が明けた。

昨夜、久しぶりに自宅へ戻って休んだ姉が八時半ごろ病室にやってきた。父に声をかけたが反応はなかった。時折目をあけたりするのだが、意識が戻ったのか、単なる生体反応なのかはわからなかった。ただ痰を吸引するときは、拒否するかのように大きく首を振り、身をよじった。

長兄が仕事関係の連絡で病室を出てゆくと、姉がそっといった。

「位牌ぐらいは黄小岩でええんやないの、葬式は山川亀吉でするにしても」

「いや、お兄ちゃんが嫌がるで、だまっとったほうがええよ。いらん話になったら面倒くさいやら」

姉は「意外だ」という表情で私を見た。姉の思いに私はうながされ、父の耳もとへ顔を近づけた。

「아버지 다 됐지요. 편안히 쉬십시오」（父さんもう十分です。ゆっくり休んでください）

何の反応もなかった。そこでなるべくやさしく大きな声で、

「작은 바위야、뭘하고 있어. 빨리 일어나야지」（小岩や、何してるの。早く起きな）

と、父の母が呼んだ名をいってみた。

「いま何ていった」

詰問口調に振り向くと、姉が目頭を押さえていた。その向こうで長兄が驚きの目を見開き、私を凝視していた。私は答える前に父の反応を確かめようと視線を戻した。父は目を固くつむり、荒い呼吸

をしているだけだった。

「親父の母さんが親父を呼んだいい方で呼んだら反応があるかと思ってね。ほんでもあかんかったな。작은《チャグン》 바위《バウ》っていって、小さな岩という意味。親父の兄さんが바위《バウ》。慶尚道なまりの発音やけど岩ということ。それで親父は小岩なんで、小さいという意味の작은《チャグン》をつけて、작은《チャグン》 바위《バウ》になるわけ」

「何でそんなこと知っとるんや」

「長田の姑母に教えてもらった」

父は十一月七日午前十時一分、静かに息を引きとった。

十一月七日の夜と八日の午前、山川亀吉名義の通夜と葬儀は、すべて型どおりにおこなわれていった。戒名は「良鑑玄武居士」とされた。葬儀社がさがしてきた臨済宗の僧侶は遺族との顔合わせの場で、

「亀という字は戒名にしにくいんです。あれこれ考えて、中国神話に北の守り玄武、これは亀のことです。玄武を入れてすわりがようなったんです」

と、自慢げに説明した。「本当にええ戒名で」と葬儀社の担当部長が合いの手を入れたので、私たちはもう一度頭をさげた。

「玄武は玄武岩とつながる。黄小岩の岩も戒名に入ったやないか」

次兄の広治がしきりに感心していた。だが私は次兄の牽強付会に同意できなかった。僧侶はまちがいなく長兄を経由して葬儀社から伝えられた、〝山川亀吉〟という名前だけを見て、くだんの戒名をひねり出したろう。とはいえ、この牽強付会は、広治兄が父の本名、朝鮮人であることに、こだわり

をもっていたことを教えてくれた。次兄の思いが、うれしかった。

葬儀の終り、喪主の長兄が、みずから起草した会葬お礼のあいさつをした。

「本日はお忙しいところ、父亀吉の葬儀におこし頂きまして、ありがとうございました。父は十一月七日早朝、他界いたしました。

思えば父の生涯は、物質的には決して豊かなものではありませんでしたが、四人の子どもと九人もの孫に恵まれ、心豊かな生涯でした。そして私たちは、父がそうした市井の、ごくありふれた人生を、大過なくまっとうしてくれたことを、誇りに思っております。また本人も、みなさまのお力添えをえながら、八十三歳の天寿をまっとうできたことを感謝し、安堵して旅立っていったと思います。

最後ではありますが、みなさまの今後のご健勝を、亡父亀吉にかわりまして、心よりお祈り申し上げます。

本日はまことにありがとうございました」

草稿には炭鉱労働者を始めとする父の職歴部分が確かにあった。この短かすぎるあいさつからさえも、その単語が失われた。それにしても、父を葬送するためのこのあいさつは、帝国主義―植民地時代の朝鮮で生まれ育ち、日本に強制連行されて始まった在日六十二年の人生の、全否定とはいわないまでも、半否定ではないか、との思いが消せなかった。

これは父の物語なのか。実は兄の物語ではないのか。物質的に豊かでなくとも、市井のごくありふれた人生を、大過なくまっとうせよ。それが理想だと諦観した兄は、父の人生に仮託し、しかも無意識に、そして自分の善意を露ほどにも疑わず、こんなにもまずしい物語を創作し、披露したのだった。

「啓治兄ちゃん。親父は何で日本人になりたかったんやろうか」
「なぜ」が欠落し、「いま」が肯定され、歴史が否定される。
どこのだれの人生であろうと、それはこの全時空において、絶対的に唯一無二でしょ。ある人生を〝ごくありふれた〟などというのは、ごう慢以外の何ものでもないんじゃないの。ましてや、親父のような在日朝鮮人の生涯は、たとえ市井に埋もれていたように見えても、平凡でも、安楽でもなかったのは、長男でぼくより八年も長く親父を見てきたお兄ちゃん、あなたが一番知っているでしょ。

父の記憶は火葬された。帝国主義―植民地時代を生き抜いた、父がその脳髄に刻み込んでいたさまざまな記憶は、火葬場の煙突から、原子となって大気に放出された。永遠に物語られない記憶。失われた記憶。

父の記憶をみすみす火葬してまったという大きな悔い、その罪。私はそれをどう償えばいいのか。父にまつわる母や姑母の記憶がある。そして、私の記憶も。そんな記憶を、彼らの物語ではなく、私たちの物語として、この世の言葉にしよう。

葬儀を終えて、私と妻、二人の子どもたちとあわただしく帰京する列車のなか。疲れて眠ってしまった次男の横顔を見ながら、私は〈記憶の火葬〉という言葉を反すうしていた。

智慧の墓標

だれにも祖父母が二人ずついるものだ。だが私は、父方の祖父母のことを、名前以外、まったく何も知らない。写真すら見たことがない。名前にしたところで偶然知ったに過ぎない。十年ほど前だった。韓国政府発給の旅券を申請しようと、必要書類として父の本籍地から戸籍謄本を取り寄せた。郵送されてきた謄本に父の両親の名前が記されていたのだった。当時の私は、韓国政府から「反国家活動」をうんぬんされていた。だから旅券発給は絶望的で、それを知りながらの旅券取得試図だった。結局、時間と金と労力の無駄だと判断して旅券取得は放棄した。この試みの、たったひとつの収穫は、故国の祖父母の名前を知りえたことだった。

祖父母の名前を知ったとき、ふたりはすでに異界へと旅立っていた。朝鮮に生まれ、父を産み、育て、日本に奪われ、朝鮮に死んだ〈私の祖父母〉。ふたりの存在を、その名前で確かめられたとき、いいようのない後悔が、体の芯から目頭にのぼり、あふれた。いまもそれを昨日のことのように記憶している。

私が〈ここに—こうして—いる—こと〉。つまり生きていること。まさに文字通りの意味で、私が、ここに、こうして、いられる、のは、朝鮮に祖父母が生まれ、生きていてくれたからだ。生きていることは、悲しみであり、苦しみである。それと同じくらい、喜びでもあり、希望でもある。生きていることを、ほんの少し立ちどまって考えてみると、あたりまえと聞き流している箴言《しんげん》の、底なしの深みに気づく。私がいつも想起する言葉は、「諸行無常」と「万物流転」であり、「汝自身を知れ」だ。

そうして〈生きていること〉を思いかえすと、いつも政治哲学者のハンナ・アーレント（一九〇六―七五）の次の言葉が浮かび、心をゆする。

「なるほど、人間は死ななければならない。しかし、人間が生まれてきたのは死ぬためではなくて、始めるためである。活動は常にこのようなことをおもい起こさせる。このように活動に固有の能力、すなわち、破滅を妨げ、新しいことを始める能力がなかったとしたら、死に向かって走る人間の寿命は、必ず、一切の人間的なものを滅亡と破滅に持ち込むだろう」（『人間の条件』志水速雄訳、ちくま学芸文庫、三八五ページ）

始めることは希望につながる。生きているからこそ、始められる。希望にむけて、滅亡と破滅をさけ、世界という場を、〈私たちの次の、私たち〉にゆずりわたすために。これを度はずれで、的はずれの楽天主義だと地面に叩きつけるのは簡単だ。だが、叩きつけようとする刹那《せつな》に彼が、自分のなかの欺まんを意識しないわけにいかないだろう。希望はないより、あったほうがいい。悲しみや苦しみは、あるより、ないほうがいい。喜びはなくてはならない。

このように考え、書く私。朝鮮の土になった祖父母が、この世界に生きていてくれなかったなら、私は、ここに、こうして、いなかった。ふたりは私に希望をくれたのだ。

「ハラボニム、ハルモニム。私はあなた方を忘れて生きてきました。本当に懐かしく、いとしい人を知らず暮らしてしまったのです」

あのとき冒頭からあふれた後悔を、なんとか言葉にするなら、こうなるだろうか。後知恵ではあるけれども。

もちろん、自分が生まれたとき、すでに祖父が、あるいは祖母が、この世を去っていたということなどは、世間にはありふれている。また、さまざまな理由で、祖父母どころか、父母さえ知らずに成長せざるをえなかった人も少なくない。だが、在日朝鮮人の二世は、祖父母を知らずに成長する場合が格段に多い。歴史的には、〈天皇制大日本帝国〉の朝鮮植民地支配によって離散させられた民族の子孫であること。私の父は強制連行で日本へやってきた。そのため地理的に父母と祖父母は玄海灘に隔てられて、朝鮮と日本とに別れて暮らさざるをえなかった。そのうえ、互いに貧しかった。だから地理的懸隔を埋めることは困難を極めた。政治的にも、祖国の南北分断と同族相殺の悲惨な戦争があった。米ソ冷戦で朝鮮半島と済州島に渦巻いた政治暴力は、黒々とした恐怖の影を投げかけ、玄海灘の荒波を一層逆巻かせたのだった。

しかし、私が祖父母を懐かしいとも、いとしいとも思わず暮らしてしまえたのは、それだけではない。

私が生まれ暮らした岐阜県可児《かに》郡可児町（現可児市）、ひいては平均的な日本社会には、昔もいまも〈チョーセンジン〉に向けられる病的ともいえる制度的差別と、日本人の差別のまなざしがある。そして、実際に打ち下ろされる民族差別の刃もある。子どもの私がそれから身を守るすべは、まわりのみんなが私を、〈チョーセンジン〉だと、〈知っていることを、知らないふりをして〉、私が〈チョーセンジン〉ではないかように底が知れた道化芝居をすることだった。それだけでは足りない。もう一歩進んで、〈チョーセンジン〉に攻撃的になること。日本人の差別のまなざしを身につけ、日本人の〈チョーセンジン〉べっ視と優越意識の伝染病にしっかりと感染し、憎悪を心に浸潤させることだ。

恥の意識で思い出す。父が数年ぶりに受け取った故郷からの手紙と写真に、私は見向きもしなかった。小学校三、四年のころだったろう。父はしきりに注目させようとした。クナボジ＝兄さんの息子が有名な大学に合格したといっていたように記憶する。いま思えば、写真にはもしかしたら、祖父母も写っていたのかもしれない。だが、「日本人」の私には関係のないことだった。韓国に暮らす肉親の消息は、異邦人のうわさでしかなかった。親愛の情は、私自身の見えざる手で、絞殺されていた。

もうひとつあった。それは子どもにとって決定的な影響力をもつ母。彼女のチョーセン嫌いだった。一九二七年に日本で生まれ、尋常小学校に通い、一応日本語が読み書きできた母。だが、朝鮮語は聞きとれても、片言以下にしか話せなかった。一度も朝鮮にいったことがない朝鮮娘。舅《しゅうと》と姑《しゅうとめ》に会ったことさえない嫁。父の肉親としてただ一人日本に嫁いでいたしっかり者の妹、小姑にやりこめられる兄嫁。日本でしか暮らせないと思い、豊かでない経済事情に生きていた母が、父の故郷、肉親からの便りに顔をしかめていたのを、私は見ていた。便りがくれば、父はいくばくかの金と物を送ろうとした。父と母の諍《いさかい》が数日続いた。子どもらは母の肩をもった。

人は空を飛べない。だからエドワード・サイード（一九三五―二〇〇三）がいうように「人間の歴史にまつわるすべてのことが、地上に根ざしている」（『文化と帝国主義二』大橋洋一訳、みすず書房、三七ページ）のだ。生まれ育った土地の違いは、父と母の間に最初から横たわっていた、埋めつくせぬ深い深い亀裂だった。在日朝鮮人一世と二世の違いは同時代、同世代、同民族の夫婦にとっても決定的だった。私と父、父の肉親と私の間にも、父と母の間にあった以上に、深いクレバスが暗く冷たい口をあけていた。

祖父母の名前を知り、思わず涙を流してから十年。しかし、暮らしという魔物が、またいつしか祖父母への思いを、心の片隅へと追いやってしまった。そうして、父が逝くのを見守りながら、永遠に失われてしまう記憶があるということに、あらためて駆り立てられた。しかし、祖父母の記憶をひろい集めるのは、父が旅立ったいま、神戸に住む姑母《コモ》、韓国の大邱《テグ》市に住む叔父に頼るほかない。それは容易なことではない。だから私は、まず、私の記憶のなかに生きている、母方の祖父母のことを、わずかながらも書き留めておこうと思ったのだった。

父方の祖父母とは異なり、もう一組の老夫婦は、いつも私の目の前にいた。同じ町に住み、たとえば、もらい風呂に毎日でかけてゆく、わが家にとって精神的にも生活の便宜においても、背骨を支えてくれる在所・本家だった。孫の私の顔を見れば、腹を空かしていないか心配し、小遣いをくれ、本気で叱り、心からかわいがってくれた。私も祖父母を愛し、甘えた。だが、ふたりは、とくに祖母は、〈チョーセン〉そのものでもあった。だから私は、家族と親戚だけの世界では甘え、日本人のまなざしがある場所では、疎遠にふるまういやらしい小ざかしさを身につけていた。これも恥の意識なしには思い出せない。そんな子どもの自分を、いまわが子に見るのはつらい。朝鮮学校に通っているのに、街中や私の兄姉が集まる場では、私や妻を「おとうさん、おかあさん」と意識的に呼び変える。私たちの希望の力が弱すぎるのか。この社会はなにひとつ変わっていない。変えられていない。

外祖母、趙連伊《チョヨニ》は一九七一年五月一日、六十四歳で亡くなった。

外祖父、鄭熊述《チョンウンスル》は一九八一年五月二十四日、八十五歳で後世《ごせ》へと旅立っていった。もうずいぶん前のことになる。

これから記すのは、外祖父、鄭熊述の物語の断片である。

鄭熊述は、通名を「川上一郎」といった。熊述は〈天皇制大日本帝国〉で仕事を始めようとしたその日に、創氏改名された。朝鮮でのそれの強要に先立つこと、十四年も前のことである。


鄭熊述は〈ふり向かせる男〉だった。

大釜一杯にコメを入れ、ひたひたに水を満たし、半日かけてどろどろに煮つめて飴を作る。ざるで漉《こ》して熱いうちに一斗缶に流し込んで一晩おく。翌朝早く、冷えて固まり、重みを増した一斗缶を二本背負い、両手に一本ずつ提げて、広見駅から名鉄の一番電車に乗る。まずたいていの人が、その姿を見てふり向いた。だが、飴の一斗缶をもっていなくても、人びとはふり向いたものだ。

彼は端厳な偉丈夫、わかりやすくいえば〈すごい男前〉だった。身長は六尺、百八十センチほどもあり、筋肉質で均整のとれた体つきをしていた。がっしりとした肩から少し長めの首が伸び、五部に刈られた頭の形はほどよい丸みを帯びていた。大きな耳が目立ったのは、その髪型のせいでもあった。広めの額を区切るまっすぐで太い眉の下には、二重まぶたの大きな眼が強い光を放っていた。肉の薄い鷲鼻気味の鼻がまっすぐな縦線を顔に引き、肉厚のやや大きな唇が、大きくて頑丈な門歯を隠していた。こめかみからおとがいへの線が太く縁取られたように見えたのは、たいていの動物の骨を嚙み砕いてしまう顎《あご》の力のせいかも知れなかった。

熊述の背筋は、立っていても座っていてもまっすぐに伸びており、歩く姿や立居振舞いには、ある種の気品があった。その品のよさは、衣服の着こなしで、さらに引き立てられていた。別にぱりっとした洋服を着ていたというのではない。彼は多くの在日朝鮮人と同じように、飯場の親方、飴屋、酒の密造、養豚、ボロやブリキの廃品回収、反物の行商などに従事した。だから、それに見合う作業着を着ていた。だが、妻の趙連伊が砧で打ち、釜で煮て汚れを落とし、足でふみ、子どもに手伝わせて引っ張り合ってしわを伸ばした衣服は清潔だった。足元は常に地下足袋で、膝までがとてもすっきりしていた。これは念入りな作業の結果だった。まず、ズボンの折り目をまっすぐ引っ張る。膝を頂点に足首とすそ先で二等辺三角形を作り、正確に脛《すね》の線に沿って親指側へきっちりと折りたたむ。そして靴下を素早く引き上げ固定する。こうしてゲートルを巻いたように仕上げられた。その形が気に入らなければ何度でもやり直した。

厳しい肉体労働をしている者の姿形や衣服は、どこかしらくたびれてしまうものだ。衣服にかまうことより、まず食う物に思いは集められる。鄭熊述には、そんな姿とは距離があった。なぜなら、食えていたからだ。そして、自分が働くというより、生来の勘のよさと、頭の回転の速さで、巧みに先を読み、〈人を使い、人を動かす〉ことに長けていたからだった。

熊述は名古屋の駅裏で飴を金に替え、反物を仕入れる。全部を反物に使わない。帰りに善師野《ぜんじの》で途中下車し、博打場《ばくち》へ行くためだ。そうして、二・三日帰らないことがたびたびあった。博打だけでなかった。可児町音頭に「亜炭の出どこ」と歌われたこの土地には、亜炭成金目当ての芸者置屋と、坑夫相手の花街が多かった。熊述はそんな場所に好みの女を見つけ、「囲って」いた時期もあった。

仕入れた反物は、自転車で久々利《くくり》や二野村の農家へ行商に行き、イモや米、野菜に代えた。これが飴の原料になった。こうした商売が成り立ったのは、熊述が座談の名手だったことにもよる。見てきたこと、聞いてきたこと、今日あった出来事を、顔の角度、目配り、声の強弱をつけて、下手な落語家顔負けに、生き生きと描写した。そして必ず人を笑わす落ちをつけた。だから、熊述はだれからも好かれた。

自転車で、両側と真中に雑草が生えた、久々利川沿いの田舎道を行く熊述を、すれ違う農民は、やはりふり向いた。顔見知りとははっきりとした声であいさつを交わし、時には立ち話をした。すると、人の輪ができ、笑いがおきた。

いまから六十年を少し超えるぐらい前のことだ。

亜炭の話が出た。これはすでに忘れられつつあるので、鄭熊述に直接かかわることではないが、物語の背景として、可児の亜炭炭鉱のことにふれておくことにする。

亜炭は石炭に比べ炭素成分が低く、水分が多い。そのため燃えにくく、火力が弱く、煙と燃えかすが大量に出る。要は質の悪い石炭のことだ。

〈天皇制大日本帝国〉の近代化・産業化、侵略戦争が石炭―炭鉱と切り離せないように、炭鉱と朝鮮人もまた、決して切り離すことができない。炭鉱のあるところに、必ず朝鮮人がいた。

巨大な記録文学者、上野英信（一九二三―八七）。上野は大炭鉱地帯だった筑豊の廃坑の炭住に居を構え、「日本資本主義の原罪である炭鉱こそ、同時に日本人民の解放運動の原点であるはずだし、原点でなければならない」（『上野英信集5　長恨の賦』径書房所収、「『はなし』の復権」）との信念で、坑夫の労働と生活、悲惨と喜び、差別と連帯、圧制との闘いと裏切り、そして離散を、生涯にわたって記録し続けた。上野はこう断言する。

「（前略）炭鉱労働者に対する差別意識こそが、じつに世界にもまれな日本石炭資本の罪悪を黙認する最大の要因になっているからである。およそ二十世紀の文明国にはありうべからざる低賃金、長時間労働、婦人と幼少年の坑内労働、暴力支配、大災害、等々の悲惨から世人が目をつむることを可能ならしめた力は、一にもってこの差別意識であったのである。この暗い差別意識のあるところ、到底、人はみずからの足を踏まれる痛みをもって、他の痛みを受けとめることはできない。ここでなによりも強調しておかなければならない点は、日本資本主義の石炭政策は、みごとにこの差別意識に便乗し、これによって比類ない安全と繁栄をえたことである。そしてさらに、対内的には部落差別、対外的には朝鮮民族差別の積極的な活用によって、石炭資本は決定的な差別政策を構築するに至ったのである」（同上、「新たなる闘いの門出の弔旗として」）

遠く遠く離れた筑豊と常磐、石狩などの大炭田地帯は、地底でつながっていたのである。「モエン炭」と揶揄《やゆ》され、「山でいうならた柴刈りていどの些細な営為だった」と、一九五〇年代に岐阜県東濃地方の亜炭ヤマで働いた映画写真作家の趙根在《チョグンジェ》（「坑夫の歴史を刻む天恵の人」、上野英信集月報3所収）が証言する亜炭のヤマも、やはり地底でつながっていた。

『可児町史—通史編』（昭和五十五年二月一日発行）の第二部歴史、第五章近・現代、第五節産業、第五項鉱業の一、亜炭の項目に次のような記述がある。

「昭和十二年に日中戦争が開始され、それとともに石炭が統制され、燃料需給は窮屈になった。しかし、そのとき亜炭は統制外に置かれたことから、石炭の代用燃料として、使用範囲が拡大することになり、産業界から需要が起こった。そのため可児地区はでは順次新坑が開発され、大規模採掘が開始されて、その産額は上昇の一途をたどった」

つまり、侵略戦争が鄭熊述の住む可児を一躍、「亜炭の可児」として全国的に注目させることになったのだった。戦争と可児の亜炭ヤマはこうして結びつけられた。

『可児町史』にはまた、次のような記述がある。

「戦時中労務者は次々と応召又は徴用などにより減少したが、これに変り《ママ》朝鮮人が大量に出稼ぎに移入して、一時は労務者の半数以上を数えるに至った。そしてまたその月産額も六万〜七万トンに昇ったが、昭和二〇年八月一五日に終戦となり、需要工場の閉鎖、朝鮮人労働者の大量帰国、敗戦時の虚脱状態などにより亜炭もついにほとんど休業状態となり（中略）しかし、社会状勢も次第に安定し、各産業も徐々に復興し、石炭の生産地が遠隔である中部地方では、亜炭の需要も逐次増加して、同二一年に入ると、漸次増産に向かった」

鄭熊述一家以外に、ほとんど見かけることがなかった朝鮮人が、亜炭炭鉱への「移入」によって、急増することになった。『町史』の資料には一九四一年から四五年の労務者数の統計が空白となっている。そこでデータの数値が均衡する年度で朝鮮人坑夫数を大まかに類推してみると、戦後の一九四六年に出炭量が八十万トンで労務者数四千六百八三人で、それに近似するのは一九四三年の出炭量七十四万八千トンだ。すると、「一時は労務者の半数以上」だった朝鮮人坑夫は、約二千五百人にものぼったといえる。この数は、一九四〇年の国勢調査で可児町の人口が一万七千七百五十一人だったことから推定して、約一五、六％にも達する値だ。

このように、可児でも、石炭と戦争と朝鮮人の悪縁の円環が閉じられたことになる。

ところで、この記述には重大な誤り、疑念が指摘できる。それは「朝鮮人が大量に出稼ぎに移入して」という部分である。この記述の筆者が考える「戦時中」の終点は本文にもあるように明らかで、〈天皇制大日本帝国〉敗戦日の一九四五年八月十五日だ。しかし、起点がわからない。〈天皇制大日本帝国〉が真珠湾を奇襲攻撃した一九四一年十二月八日なのか、挑発的な軍事演習で引き起こした盧溝橋事件による日中戦争勃発の一九三七年七月七日なのか。文脈からすると前者なのだろうが、そうであるならなおさら、この時期に「朝鮮人が大量に出稼ぎに移入」することなどありえない。当時、朝鮮から「内地」への自由な渡航は阻止されており、一方で厚生・内務当局と朝鮮総督府が一元的に朝鮮人を「募集」して労働市場へ強制「移入」した。つまり、戦時強制連行・動員だ。そして、もっとも労働力不足に悩んだのが、石炭産業だった。大炭鉱も、亜炭炭鉱も、労働力不足の事情は同じだった。『可児町史』は朝鮮人強制連行の事実を隠ぺいし、わい曲した。〈天皇制大日本帝国〉の敗戦後、「朝鮮人労働者の大量帰国」があった事実が、さらに強制動員を証明している。「強制」がなくなれば、動員場所から離脱するのは当然のことだからである。

可児の亜炭炭鉱は、鄭熊述が行商に出かけた、久々利方面の山中にもあった。熊述は行商の合い間に、炭鉱の同胞を訪ねたのだろうか。

可児町の亜炭炭鉱は敗戦後、一時の繁栄の後、〈天皇制日本国〉の「エネルギー政策の転換」で大炭田地帯がたどった廃坑、閉山の運命をたどり、一九七〇年にすべての坑口が閉ざされた。ただ、朝鮮人が全員帰国したわけではない。家族もちの朝鮮人はまだしばらくの間、炭鉱で働いた。私の父も、一九六二年まで炭鉱にいた。

もうひとつだけつけ加えておこう。『可児町史』には一行の記述もないが、可児の久々利には、入り組んだ地下トンネルで構成された三菱の軍需地下工場跡が一部現存している。稲荷山の階段脇に、入口が黒々と口をあけていた。私が子どものころは「おちょぼ稲荷の洞窟」とよんで、よく遊びにいったものだ。

『朝鮮人強制連行調査の記録　中部・東海編』（朝鮮人強制連行真相調査団、柏書房）によると、ここは一九四四年十二月二十五日ごろから工事が始まった。大林組が請け負った。各地から「徴用」されたり、連行されたりした朝鮮人約二千人、その家族を含めると六千人が寺院・集会所などに分宿したが、足りなかったので一千七百五十人が民家の納屋や小屋に入ったという。この大工事は翌年の夏までにほぼ完了したが、日帝の敗亡で稼動することはなかったという。

鄭熊述は、地区の人口以上の人間を動員して、発破をかけ、ボタを運び出すこの大工事を見ていたはずである。そこで働く同胞の姿も。

鄭熊述はなぜ〈天皇制大日本帝国〉にやってきたのだろう。話好きの熊述だったが、自分がなぜここへ流れてきたのかを話したがらなかった。熊述だけではなく、がいしてこの年代の在日朝鮮人は、朝鮮からの渡航に関して口が重い。なぜなら、彼らが故郷を、祖国を後にしたのは、絶対的に——といっていいだろう——希望を抱いてではなかったからだ。それは流亡の旅立ちだった。すでに朝鮮は〈天皇制大日本帝国〉の植民地だった。

〈天皇制大日本帝国〉人（日本人）が植民地朝鮮へ移動する。彼が朝鮮に足を踏み入れたその瞬間、本国でうだつのあがらなかった人間、愚劣極まりないやっかい者が、「自由で才能豊かな、将来性のある人間」に変貌できた。〈天皇制大日本帝国〉人である、たったそれだけの理由で植民者は、精神的に、どんなに「高貴な」両班出身の朝鮮人よりも、優位に立つことができた。そして、彼らの野望と横暴は、〈天皇制大日本帝国〉軍隊と警察の銃とサーベル、天皇制日本民族至上主義＝差別イデオロギーに基づく数々の植民地法で支えられ、守られたのだった。

反対に、〈天皇制大日本帝国〉軍隊と警察、植民者に圧迫され、追放され、ところてんのように朝鮮から押し出されて日本に渡ってきた朝鮮人は、どうだったのか。〈天皇制大日本帝国〉の「内地」に足を踏み入れたとたん、差別と蔑《さげす》みに全身が射つくされた。そんな惨めな思いを、口に出して反すうしたくはないだろう。だが、何かのはずみで、故郷の話をすることはある。自尊心が傷つかないように、きれいな追憶だけでつむがれた話。そうして折にふれて語られた言葉で、熊述の渡航を再構成するしかない。

鄭熊述は一八九六年、朝鮮王国慶尚北道大邱府《キョンサンプクトテグ》近郊の中農の長男として生まれた。姉がひとりいたという。家は大きく、周りには柿などの果樹がたくさん植えてあった。鶏や豚を飼育していたが、熟れて落ちた柿を半ば放し飼いの豚が一生懸命食べていたこと思い出す、と語ったことがある。家には四、五人の作男がいた。のどかな朝鮮の農村風景が目に浮かぶようだ。

しかし、時代は騒然としていた。熊述が生まれる二年前には甲午農民戦争があり、それに重なって日清戦争がおこった。翌年には閔妃《ミンビ》（明成皇后）が暗殺され、義兵が蜂起した。生まれた年には国号が朝鮮から大韓帝国にかわった。学齢期にさしかかるころには日露戦争があり、〈天皇制大日本帝国〉が乙巳保護条約を強制して、朝鮮は実質的に植民地に転落してしまった。武装抗日義兵が全国各地で決起し、〈天皇制大日本帝国〉軍隊、憲兵、警察と衝突をくり返した。だから熊述は義兵が敵を攻撃する銃声を聞いたかも知れない。さらに、青年期の一九一九年には三・一独立運動があった。熊述は「大韓独立万歳」を叫び、大邱府内を行進した可能性がある。

鄭熊述が義兵の銃声を聞いたか、万歳を叫んだかは、はっきりしない。ひとつはっきりしているのは、熊述は読み書きができないまま成人したということである。中農だった鄭家は、一人息子の熊述に読み書きできるようにさせようと書堂《ソダン》に通わせた。弁当を作男にもたせて一緒に送り出しさえした。ところが熊述は書堂へは行かず、山や大邱府の街へ出かけて遊び、弁当だけを食べて帰ってきた。そうこうしているうちに朝鮮は植民地にされ、〈天皇制大日本帝国〉の土地調査事業であっという間に、鄭家の土地は奪われ、零落してしまった。そうなるともう書堂どころではなくなる。こうして熊述は生涯、文字の世界とは無縁の人生を歩まなければならなくなった。熊述はそれを後のちまで悔やんだ。後年、富山県や岐阜県で飯場を仕切っていたときも、大きな工事を請け負って、これで暮らしが楽になると思ったときに限って、腹心が金を持ち逃げするか、口約束とぜんぜん違う契約書を鼻先に突きつけられた。

しかし、よくよく考えてみると、熊述が書堂に通い続けて朝鮮語の読み書きができるようになったとして、日本語が公用語として強制された植民地朝鮮で、また後年、流れてゆく〈天皇制大日本帝国〉で、どれほど彼の身の助けになったか、疑問ではある。もちろんこの疑問は、ことの善悪を捨象した暴論だ。だが後に、熊述が痛烈に文字が読めないことを悔やんだ言語は、日本語だった。帝国の支配言語が、在日朝鮮人一世の鄭熊述を生涯苦しめた。その苦しみは、仮に朝鮮語が読み書きできたとしても、解消されない。だが、朝鮮人が朝鮮語を読めない、書けないのも、自分のせいではあるにしても、心穏やかではない。母語と支配言語の文字から二重に疎外された熊述の苦しみは、痛切でありすぎたために、かえって吐露されることはなかった。

文字と無縁ではあっても熊述は、数の計算、つまり金勘定は正確で速かった。これが文字を読めぬ熊述の弱みを大きく補っていた。熊述は長じるにつれて、大邱の裏町に出入りするようになった。体も大きく美少年の熊述は、頭の回転も速かったから、その筋では一目置かれる存在になった。けんかも強く度胸もあった。

ずっと後に熊述は、次男の秀男にけんかの仕方を伝授したことがあった。

「ええか、やるときは一発で決めなあかんぞ。手で殴ると痛いしあんまりきかんでな」

と言って、両手を三十センチほど開いて見せて続けた。

「ほんで、こんくらいの棒をもっとけ。それで相手の腹の真中を突くんや。そこに入りゃ、息がでけんようになって相手は絶対うずくまる」

熊述は、じっと秀男の目を見て言った。

「顔は殴るなよ。すぐに血が出て、悲惨になるし傷が残る。傷が残ると相手はそのことをずっと根にもつもんや。ほんで、やったら、すぐ逃げよ、わかったか」

熊述の両親は、遊び呆ける息子を心配して、身を固めさせることにした。相手は大邱府内の旅館で働くまだ十七歳の趙連伊だった。熊述は二十七歳になっていた。熊述の父はなけなしの金をはたいて、夫婦で旅館をやらせることにした。旅館は結構繁盛した。働き者のうえに料理上手の連伊のおかげだった。そうなるとますます、熊述は遊ぶ。遊べば借金が増える。ほんの二年ほどで進退きわまってしまった。

鄭熊述は〈天皇制大日本帝国〉へ渡航した理由をはっきりとはいわなかったが、どうやってこの国

へきたかに関しては「モジビ」だといっていた。「モジビ」とは모집、募集のことだ。

当時、日本人の労働ブローカーが朝鮮各地で暗躍していた。彼らは、工場や土木工事、低賃金労働力をもとめて朝鮮人に出稼ぎを勧誘した。熊述はそれに従って、朝鮮を後にした。どうも、借金がかさみ、朝鮮にいられなくなった、というのが真相のようだった。だが、その背景には〈天皇制大日本帝国〉の植民地支配という大状況があった。ある時代に生きる人びとは、さまざまな事情を抱える。熊述は、学術書にある、当該時代の日本渡航理由の「その他」、に分類される〈遊び人〉だったのだ。

渡航年は一九二六年、航路は釜山―下関だった。熊述と連伊は九人の子宝に恵まれる。熊述が渡日するとき、前年に生まれた長女の鄭珍香《チョンジニャン》が母の背中で泣き声をあげていた。

下関に着いたところ、手配師が富山県の庄川水電堰工事に行かないかと誘った。とにかく「内地」へ、ということだったので、朝鮮人同行者とともにその求めに応じた。山陰線と北陸線を乗り継いで、うんざりするほど長い時間をかけて飯場に着いた。飯場は庄川に沿って三棟並んでいた。一棟に十人ずつ入るようにいわれ、熊述は川上の飯場に入った。すると日本人の親方がやってきていった。

「朝鮮の名前はわからん。わかりやすい方がいいのでおれが名前をつけてやる。背の順番に並べ」

大男の熊述は先頭に立った。

「この飯場は一番上流にあるから川上で、お前は一郎」と熊述を指差し、「次は二郎、それから三郎、四郎……」

こうして鄭熊述は、「川上一郎」になった。

私の母は鄭熊述の次女で、本名は鄭順香《チョンスニャン》、結婚前の通名を川上好子といった。母に確かめたところによると、「生まれたときから通名を使っていた。一切朝鮮の名前なんか使わなんだ」とのことだった。また、祖父の通名、「川上一郎」はどうやってつけたのかとの問いに対しては、「役場の人がつけてくれたみたい」といっていた。母の答えから確実にいえることは、東萊鄭《トンネ》氏の創氏改名と、「川上」の創氏が時期的にまったく無関係で、また「一郎」も熊述と何らかの連関性があるとは考えられないことだ。そして、不確実ではあるけれども、本人ではなく、日本人が彼らの便宜上、日本式の名前を祖父にあたえたらしいということだ。

この疑問に明確な回答を与えてくれたのが、朝鮮植民者二世の詩人、村松武司（一九二四―八三）が朝鮮植民者一世の母方の祖父からの聞き書きと、村松の〈植民者の目〉という論考で編んだ『朝鮮植民者―ある明治人の生涯』（三省堂、昭和四七年）に所収された「ある朝鮮人の『創氏改名』」という文章だった。

「手配師は彼らを一〇人単位の班にわけたあと、次のように言った。『はじめの者から順番に名前をつけよう。なんにしようか。……よしきた、はじめが一郎、次が二郎、その次は三郎』。吉北一郎――ヨシキタ・イチロウはその筆頭であった」

この文章を呼んだとき、私の目は大きく見開かれていたはずである。「そうだったのか」と小声でつぶやいていたかも知れない。

村松は続けて、創氏改名の強制には、日本側の政治的意図があったと指摘し、「だが、それだけではない。日本人側から朝鮮人を日本名で呼ぶとき、あるいは日本名を名づけるとき、なにげない残忍なゲームがあったことを指摘しなければならない」と書く。

そして私はまた、はたと気がついた。父の通名が「石井亀吉」だったことの意味に。この通名も、昌原黄氏《チャンウォンファン》になんのかかわりもない、残忍な悪意に満ちた「日本人製」のものだったのは間違いない。

「川上一郎」こと鄭熊述は、富山の飯場で頭角をあらわした。人の配置と段取りが恐ろしくうまかったのである。熊述は使われる側から、使う側になった。長く土木工事の飯場の親方として仕事をした。北陸から長野、長野から岐阜へと、木曽川に沿って渡り歩き、可児へとたどり着き、ついにそこに定住することになった。日本語もあっという間にうまくなった。

〈ふり向かせる男〉の鄭熊述は、土木関係者、地主、採炭・砕石業者など、可児町の顔役たちとじっこんになっていった。彼のもつ不思議な魅力が、そんな人物らを引きつけた。また熊述は、彼らの頼みごとを、嫌な顔ひとつせず引き受けた。そんな相互作用がはたらいたようだ。

朝鮮人に選挙権があった時代。いや、公式的には〈朝鮮人がいなかった時代〉、「川上一郎」は顔役に頼まれ、町会の選挙や県会の選挙に走り回った。仕事もそこそこに、選挙事務所に入りびたり、気炎をあげる熊述を、連伊は冷ややかに見ていた。とくに、投票すべき人物の名前をカタカナで書く練習をくり返す熊述を見るのがいやだった。

「朝鮮に帰ったところで食っていけん。ここにおるのが一番ええ」

これが熊述の口ぐせだった。植民地から渡ってきて、この土地で九人の子どもたち育てた熊述の〈智慧の言葉〉だった。

鄭熊述は生前、二基の墓を建てた。太多線の可児駅から列車に乗って多治見方面へ向かうと、すぐに可児川の鉄橋を渡る。渡り切った右手に墓地が見える。墓はそこにある。

一基は一九四七年三月三十日に十七歳で夭折した三女、すみ子の墓である。これは一九六五年七月に建立された。亡くなってすでに十八年が経過し、木の墓標は朽ち、積み上げられた赤ん坊の頭ほどの数個の石が、わびしさを倍化していた。そこで熊述はいずれ自分も入る墓をちゃんとしておこうと考えたのだった。

土葬されたすみ子の骨を拾うために、朽ちた墓標を抜き、石をどけ、スコップで掘り返した。次男の秀男と一緒に、かなり深く掘って、ようやく棺おけの木屑と白い骨の破片が出てきた。形は残っていなかった。なるべく大きなものをひろって、水で洗い、骨壺に納めた。連伊はずっと泣いていた。

そして白御影石のやや小さめの墓が建った。南向きの正面にはすみ子の戒名、「桂厳成香大姉」。北向きの裏面には「昭和廿二年三月三十日　川上すみ子　十七才」。東面には「昭和四十年七月　一郎建之」と墓標が彫られた。

もう一基は連伊の死後一年の一九七二年四月に建立された。当然、連伊の遺骨を納めるためだったが、自身も、さらには一族が入るためのものだった。となりの墓と同じく、南向きの正面には「東莱鄭家之墓」。東面には、建立された時点では、「趙光連伊大姉／昭和四十六年五月一日亡／俗名　趙連伊　六十四才／通名　川上志づ子」。そして、北面には「昭和四十七年四月建之／鄭熊述／通名　川上一郎」と彫り込まれた。

それから十年後の五月、死後一年間、秀男の手で供養されてきた熊述の遺骨も納骨され、東面に「白雲軒鄭山熊述居士／昭和五十六年五月二十四日亡／俗名　鄭熊述　八十五才／通名　川上一郎」がつけ加えられた。

石に刻まれた文字。決して消せない文字。

文字を知らず、朝鮮とのつながりもなく、人生のほとんどを「川上一郎」として生き、死んだ鄭熊述が、「東莱　鄭家之墓」との墓標に込めた智慧と願いはなんだったのだろう。

この墓標を初めて目にした十四歳の私は、横に記された祖母の通名を恨んだ。川上の親戚であることは町内中、学校中が知っている。チョーセンジンだとの看板をかけられてしまった、と。

いまこの墓標に対座すると、祖父の智慧が伝わってくる。石に刻んだ矜持と歴史の真実。鄭熊述は、「川上一郎」とされた朝鮮人がいたという決して消せぬ事実を、墓標にしたのだった。激動する時代を生き抜いた、深い智慧で。

「おれはここにいた」

「さあ、孫たちよ。ひ孫たちよ。この墓標に向きあえ」

「日本人よ、〈天皇制大日本帝国〉時代を、戦後の〈天皇制○日本○国〉時代を生き抜いた朝鮮人がいたことを知れ」

横取りされた過去（一）

——外国人登録原票の写しを手にして

いささか唐突な書き出しだが、アルベール・メンミの言葉を引くことから始めたい。

メンミは一九二〇年、フランス植民地統治下にあったチュニジアの首都チュニスに、貧しいユダヤ人馬具職人の子として生まれた。奨学金をえてアルジェ大学、続いて宗主国のパリ大学に学び、パリ大学の社会心理学教授となった。現在もフランス語で著作を発表する作家・評論家として活躍している。「メンミは、植民地社会における現地人、アラブ社会におけるユダヤ人、ヨーロッパ社会における北アフリカ出身者という、三重に屈折した被抑圧者としての自己の個人的体験に徹底的にこだわり続けることにより、現代社会における支配と隷属、抑圧と差別という普遍的な問題を鋭く抉り出すことに成功している」（アルベール・メンミ著、菊地昌実・白井成雄訳『人種差別』法政大学出版局、一九九六年、訳者あとがきより）。こうした思索の結晶であるメンミの人種差別の定義は、厳密かつ実態的で、あらゆる差別を白日にさらし、それと闘う人びととの有力な武器となっており、定評がある。

人種差別とは、現実の、あるいは架空の差異に、一般的、決定的な価値づけをすることであり、この価値づけは、告発者が自分の攻撃を正当化するために、被害者を犠牲にして、自分の利益の

ために行うものである。（同前書）

ここまではアルベール・メンミの紹介であって、私が引きたい彼の言葉は、『あるユダヤ人の肖像』（菊地昌実・白井成雄訳、法政大学出版局、一九八〇年）にある、次のようなものだ。

「（前略）およそどんな作家も、自分の物語のきわめて特殊な独自性を通じて、人間の状況全体のある地点に到達することを願わぬものはいない。ところで、かかる道程が他の多くの道程を思い出させるということはよくある。つまり、ユダヤ人としての私の人生は他の多くのユダヤ人の人生であったし、この肖像は単に私の肖像にとどまらないということになる。（中略）要するに、本質的にユダヤ人に共通する状況が確かに存在しており、〈ユダヤ人の状況〉なるものについて語ることができると、私は考えている」

私は作家ではないが、アルベール・メンミの願いがよくわかる。この間、私は、アボジが黄泉《こうせん》の客となったことに触発されて、肉親にまつわるいくつかの物語を書き記してきた。それは、メンミが言うように、本質的に在日朝鮮人に共通する状況が確かに存在しており、〈在日朝鮮人の状況〉なるものについて語ることになると信じるからだ。そして、私は、まだそれを続けなければならない、とも考えている。

アボジ（父）とオモニ（母）の外国人登録原票（登録原票）の写しを手にするまでには、思いのほか、手間と時間がかかった。

アボジの三回忌法要の前日、オモニがひとり暮らす〈丘の家〉へと向かった。アボジの遺骨は、名古屋市覚王山の日泰寺に納骨された。だから、法要だけなら、東京から名古屋で日帰りができるし、わざわざ〈生まれ故郷〉の岐阜県可児市まで足を伸ばす必要はなかった。それでも私が〈丘の家〉へ向かったのは、かねてから手にしたいと思っていた、両親の登録原票の写しを入手するためだった。申請は、登録原票が保管されている居住地の市町村役場の外国人登録課に本人が、また故人であるアボジの場合は、同居人だったオモニが申請手続をしなければならない。物忘れが激しくなり、足腰も弱くなったオモニが市役所へいき、ひとりで申請できるはずもない。私が彼女の手を引いて役所へいき、彼女に代わって書類に記入し、署名だけはオモニがする。こうした作業が必要だったからだ。

とはいえ、久しぶりに〈丘の家〉で一泊することは、息子としてささやかな親孝行ができることでもあった。オモニの独居を慰労し、食事をともにし、ひとつ屋根の下で眠ること。それだけのことだったが、法要へいくのに、愛知県春日井市に暮らす姉がオモニを迎えに〈丘の家〉までくる必要はなくなり、喜ばれもした。

私が申請したのは、両親のすべての外国人登録原票。つまり、一九四七年から現在まで半世紀以上に渡るもの。可児市役所にあるのは最近のものだけで、古いものは東京の入国管理局がマイクロフィルムとＤＶＤで電子保存して「三十年管理」している（二〇〇六年二月一日、法務省に電話で確認）。市役所から入管局にコピーの要請をして、返送されてくるまで二週間ぐらいかかるとのことだった。

三回忌から三週間ほどたってオモニから、「市役所から受け取ってきた」と電話があった。「コピー代、千二百円払ったよ」

「何が書いてあった。どう、面白い」

「字が細かいでわからん。けんど、なんや写真がようけ（たくさん）貼ったるなあ」

受渡しのために私は翌日、電話でオモニに説明したとおり、私の自宅の住所を大書した大型封筒を同封した手紙を〈丘の家〉へ送った。

日記を書くとか、生活記録を残すなどということとは無縁に生きてこざるをえなかったアボジとオモニにとって、外国人登録原票の記載事項は、唯一、文字として残された年譜ともいえる。これが、警察をはじめ日本の国家権力に監視され管理されるために、強制されたものであったとしても。

そこに記された記述のすべては、私の人生にまっすぐにつながっている。

外国人登録原票は、外国人登録法（外登法）によって在日外国人に義務づけられた居住・身分関係の登録を記載したものだ。現行の記載事項は、①登録番号（アルファベット記号と数字あわせて十桁）②登録の年月日③氏名④出生の年月日⑤男女の別⑥国籍⑦国籍の属する国における住所又は居所⑧出生地⑨職業⑩旅券番号⑪旅券発行の年月日⑫上陸許可の年月日⑬在留の資格（入管法に定める在留資格及び特別永住者として永住することができる資格）⑭在留期間（入管法に定める在留期間）⑮居住地⑯世帯主の氏名⑰世帯主との続柄⑱家族構成（家族の氏名、出生の年月日、国籍及び世帯主との続柄）⑲日本にある父母及び配偶者の氏名、出生の年月日及び国籍⑳勤務所又は事務所の名称及び所在地――が記載され、登録者の写真が貼りつけてあり、署名も要求される。以上の記載事項に変更があれば、二週間以内に届けなければならない。罰則は厳しく、変更届を忘れたり、怠ったり、また外国人登録証の常時携帯義務に反すると、「懲役若しくは禁錮又は二十万円以下の罰金」に処せられる。

かつてはここに、「左手ひとさしゆび」の指紋欄があった。指紋は生涯不変、万人不同。したがって、犯罪捜査の決め手となる。それを外国人登録に導入したのは、外国人＝犯罪者という差別と偏見に基づいている。とくに日本政府がそれを持ち込もうとした時期は、朝鮮戦争のさなかの一九五二年四月で、ポツダム勅令だった旧外国人登録令が廃止され外国人登録法が公布、施行されたときだった。朝鮮戦争が勃発した一九五〇年十二月末の在日朝鮮人登録人員は五十四万四千九百三人で、全体の登録在日外国人五十九万八千六百九十六人の九一％を占めていた（法務省統計年報）。つまり、指紋登録制度の対象は、まさに在日朝鮮人だったのである。それは朝鮮半島の熱戦と、日本での反戦・反米運動に対応するための治安管理目的だった。

しかし、〈天皇制大日本帝国〉（日帝）の植民地支配を経験した在日一世らは、民族的自尊心から指紋制度に強く反対した。そのため、日本政府は実施を先延ばしせざるをえなかった。ようやく一九五五年三月から実施に移されたが、順調に進んだわけではない。日本社会を覆う朝鮮人差別の壁に阻まれて、大きく注目されることはなかったが、毎年指紋押なつ拒否者がおり、抵抗は続いた。

指紋押なつ拒否が、「外国人だから当然」とする差別の壁を越えて、ようやく社会的な関心を呼んだのは一九八〇年九月、東京の新宿区役所で在日一世の韓宗碩《ハンヂョンソク》氏が拒否したことから始まる、押なつ拒否の連鎖だった。こうして在日朝鮮人を中心に、日本市民も呼応した廃止運動が高まり、一九九三年に在日朝鮮人などの特別永住者、二〇〇〇年には非永住者についても指紋押なつが廃止され、在日外国人から指紋を採取し登録する制度は全廃された。ところが最近、これが復活されたのである。

二〇〇六年三月三十日、十六歳以上の外国人に入国審査時の指紋採取や顔写真撮影を原則として義務付ける「出入国管理及び難民認定法改定案」が衆議院本会議で可決された。

この改定案は、日本政府が二〇〇四年十二月にまとめた「テロの未然防止に関する行動計画」を踏まえて策定したもので、指紋などの生体情報をコンピューターに登録し、過去の強制退去者らと照合することを想定しており、別人になりすましての入国を阻止することなどをねらいとしている。

しかし、外国人を「テロリスト予備軍」との先入観に基づいて管理の対象としてのみとらえ、人権とプライバシーの保護という観点はまったくない。そのうえ、「テロリスト」の定義もあいまいで、「公衆等脅迫目的の犯罪行為」を実行した者だけでなく、その「予備行為」または「実行を容易にする行為」を「行うおそれがあると認めるに足りる相当の理由がある者」まで含まれており、不明確な定義のもとで誤認事案や入管当局による恣《し》意的な運用拡大のおそれがある。

そのため、「政府は、本法の施行にあたり、次の事項について格段に配慮すべきである」として、①外国人が提供する個人識別情報のうち指紋については、指紋の利用にかかわる国際的動向等を勘案し、その実施時期を慎重に定めること②提供された個人識別情報の保有期間については、本法の施行後の運用状況およびプライバシー保護の必要性を勘案しつつ、出入国の公正な管理に真に必要かつ合理的な期間とすること③提供された個人識別情報の出入国管理の目的以外の利用については、慎重に行い必要最小限のものとすること④新たに退去強制の対象とするテロリストの認定については、恣意的にならないよう厳格に行うこと——との付帯決議が採択された。だが、この付帯決議にもなんら具体性はなく、いくらでも拡大、わい曲解釈できる。特に③は、取得した個人識別情報を「テロ対策」だけでなく一般の犯罪捜査にも使用することを認めたもので、法の目的外使用を法務省自らが認め、公言したものだ。

改定案で規定されている指紋や顔写真提供の義務付けは、米国で実施されているＵＳ―Ｖｉｓｉｔにならったものといわれているが、外国人の入国あるいは再入国時にこうした規定を設けているのは、二〇〇六年三月現在、世界中で米国だけだ。しかし、テロ対策としての有効性は確認されておらず、米国がUS―VISITを導入した当初、ブラジルが同国入国に際して米国人だけに同様の提供を義務づけることで抗議を行うなど、各国の反発を呼び起こした。

外国人登録法と出入国管理法は、一九五二年に「外国人登録令」から分離したもので、在日朝鮮人を治安管理・抑圧・追放することを主な目的として定められた法律だったことを想起すべきだ。今回の改定で、外登法で廃止された指紋押なつ、個人生体情報の採取を「テロ対策」という名目で、入管法によって復活させたのである。

現在のところ、個人識別情報の提供義務は、在日同胞ら特別永住者や公用で来日する外国人は対象外としているが、特別永住者と同じ歴史的背景をもち、一時帰国ののち「密航」などで再来日した経緯をもつ「定住者」には入国時の指紋情報の提供を義務付けるなど、歴史的経緯への配慮という点においても整合性がない。

そして、日本社会の朝鮮民主主義人民共和国（北朝鮮）バッシングを考えるなら、北朝鮮に帰国した肉親に会って戻った在日朝鮮人に対して指紋採取のハードルが下げられるのはいとも簡単だと、薄ら寒い想像力が働く。日本の首相や主要閣僚の思想と発言、権力に対する批判的言説空間の萎縮、サブカルチャーやネット空間を占拠している排外主義と右傾化の現状からして、あっという間に、指紋採取がすべての外国人に拡大され、いずれ日本国民にも強要される事態が訪れないとは断言できないのである。

こうして在日朝鮮人―外国人は、ほぼ完全にプライバシー＝「居住関係及び身分関係を明確」にさせられ、日本政府―公安による「公正な管理」（カッコ内は外登法第一条の条文）をほしいままにされている。外登法第四条の三（登録原票の開示等）には、「4　国の機関又は地方公共団体は、法律の定める事務の遂行のため登録原票の記載を利用する必要があると認める場合においては、市町村の長に対し、登録原票の写し又は登録原票記載事項証明書の交付を請求することができる」とされている。つまり公安警察は、在日朝鮮人のほぼ完璧な個人情報を、いつでも、思いのままに入手し、彼らの目的のために利用できる。この事実は、繰り返し指摘され、片時も忘れられてはならないことである。

〈天皇制大日本帝国〉（日帝）の「朝鮮人戦時労働動員」―強制連行によって、いやおうなしに始まったアボジの在日暮らし。アボジは在日六十四年目の二〇〇三年十一月に後世《ごせ》へと旅立った。生涯最後の数日間、枕元にオモニ、兄姉らと付き添いながら、私は改めて、〈私という存在〉の血と骨、肉と思考の原形を、この世に送り出したアボジの人生行路の、ほとんど何も知ってはいないことに思い至った。やがてアボジが絶望的な昏睡状態に入ったとき、その思いは、取り返しのつかない大きな悔いとなって、私の心のなかに住みつくことになる。

アボジの人生行路のある断面。私の記憶を脳中のある一点――そこに意識を集中すると、なぜか心がじんと熱くなるその場所からまさぐると、切れ切れにさまざまな情景が浮かんで来る。浮かんでは来るのだが、それには、はっきりとした輪郭はない。炭鉱らしい場所の大きな風呂場、オモニとの諍《いさかい》で発した怒声と嫌悪をもよおす暴力。最初に勤めた製陶工場の釜場の熱さ、次に勤めた耐火煉瓦工場の埃《ほこり》。ホンダ・カブからヤマハ・メイトへと乗り継いだ通勤用バイクのエンジン音。一合五勺ほどの晩酌を終えて大きなげっぷをした後、必ずオモニに向けて「ご飯」――「ゴワン」と私には聞こえた――と命じた声音……。だがそれらは、私が生まれた後の、それも、もの心ついてからのことでしかない。しかも、大学進学にともなって家を出て同居時代の幕を下ろした息子が記憶する、非歴史的で独断的な、父の八十三年の人生からすると、極めて短かい期間に属するものでしかない。さらに、このイメージは、錯誤に基づいている危険性さえある。その実例をここに記そう。これは、同時に、私が両親の外国人登録原票の写しの入手にこだわった理由も説明するはずである。

私は一九九九年十月、同年八月に外国人登録法が「改正」され、公安警察だけでなく、在日朝鮮人ら外国人も「市町村の長に対し、当該外国人に係る登録原票の写し又は登録原票に登録した事項に関する証明書の交付を請求することができる」（同法第四条の三の二・登録原票の開示等）ことになったので、さっそく自身の外国人登録原票の写しを請求し、入手した。

申し込んで、市役所から連絡を受けてそれを手にするまで、二週間ほどかかっただろうか。B5版六枚、B4版二つ折り二枚の計八枚のコピーを受け取った。最初の二枚は現物の紙質の悪さと時間の経過で茶色く変色した原票の複写らしく、全体に濃いスクリーントーンがかかったような黒点に覆われ、記載事項がかろうじて読める一九五七年（昭和三十二年）十一月二十一日に新規登録されたもの（原票の記載事項の引用に関しては不本意ながら日本の元号も併記する）。私は同年十一月三日生まれだ。次の四枚は原票の書式が変り、一九六〇年（昭和三十五年）十一月二十一日から一九八九年（平成元年）までのもの。これも紙の変色がはじまっているようで、コピーの端には黒くスクリーントーンがかかっている。だが、それよりも汚らしいのは、四枚目と六枚目に採取された「左手ひとさしゆび」の指紋欄が五か所、黒く塗りつぶされていることだった。

原票によると、私は一九七二年（昭和四十七年）十一月四日、満十五歳と一日で、黒インク回転式で指紋採取されている。それから五回、一九八四年（昭和五十九年）三月三十一日まで、三年ごとに同じ方式で指紋押なつさせられ、六回目は無色の薬液による平面指紋方式で採取された。それは一九八九年（平成元年）の三月十三日と記録されている。

私は外国人登録の確認のたびに役場、区役所、市役所で指紋押なつをしてきた。思い起こせば、中学と高校のときには卑屈な感情を、大学生時代には屈辱感を抱き、そして、民族意識を形成しつつ光州民衆抗争を決定的な転機として民族運動に参与し始めた八〇年以後は、激しい怒りを抑えるのに苦労した。それは、外国人登録法で指紋押なつを強要されたすべての在日同胞に、少なからず共通する感情だろう。喜んで指紋押なつした同胞は一人もいなかったはずだ。しかし、私は押なつを拒否しなかった。一人暮らしのアパートで、外国人登録上の世帯主となり、自主的に押なつか、拒否かを判断できるようになっても、そうした。指紋を押さないことによって、自身はもとより、私が常勤（専従）していた在日韓国青年同盟（韓青）――光州虐殺の下手人、レーガン・中曽根と反ソ反北朝鮮の三角軍事同盟を形成していた全斗煥《チョンドファン》軍事独裁政権ともっとも先鋭に対峙していた――への被害（逮捕、自宅・事務室への家宅捜索、起訴、裁判）が予想されたからだ。すべての在日同胞は指紋押なつの廃止を願っていた。しかし、全員がただちに押なつ拒否の行動をとれない、複雑な、さまざまな判断があった。

原票の写しには、私の顔写真が八枚見られる。十四歳から四十一歳まで、最初の三枚は眼鏡をかけておらず、まだ視力を維持していたことがわかる。少年から青年へ、青年から壮年へ、最後の一枚は額の後退が著しく、容貌が中年へとの激変しており、われながら、その老化が痛々しいほどだ。こうした変化も、だれかに把握されていたんだと、妙に感心してしまった。

さて、錯誤についてだった。それは私および家族の国籍変更にかかわる。

私の一番古い原票の国籍は「朝鮮」となっている。二枚目の原票の国籍欄は、「朝鮮」が二重線で消され、「韓国」との判子が押されている。つまり、私の国籍は変更されたのである。

国籍欄に記された「朝鮮」という文字には、植民地支配と冷戦・分断にかかわる複雑な経緯がある。日帝植民地下の朝鮮に生まれたアボジ、日帝本国で生まれたオモニともに、いやおうなく「日本国籍」の朝鮮人だった。そして日帝敗亡後、日本を占領したＧＨＱ（連合国総司令部）＝米国は、在日朝鮮人は「一応日本国籍を保持する」とし、日本政府は「義務の面では日本人」「権利の面では外国人」との法的地位を付与して、民族学校の閉鎖を命じ、在日朝鮮人を「外国人とみなす」外国人登録令（一九四七年五月二日）を発布し、外国人登録を開始した。

アボジとオモニの登録原票の最初と次のページは、この外国人登録令に基づくものだ。両親は一九四七年（昭和二十二年）十月三十日に、そろって外国人登録している。その記述内容に関しては、後で少しふれることになる。ここで指摘したいのは、両親が外国人登録した時、朝鮮半島には独立国家が存在していなかった、という歴史的事実である。それどころか、この年には米ソ共同委員会が決裂（七月）し、米国によって朝鮮問題が国連に持ち込まれて（十一月）、米軍政地域＝三十八度線以南の単独政権樹立が画策され、白凡《ペクボム》・金九《キムグ》が以南単独政権樹立に反対を声明（十二月）するなど、米国の冷戦政策によって民族分断の危機が進行していた。

しかし、「日本国籍を保持している」とされながら、「外国人だから登録せよ」と命じられた若い在日朝鮮人夫婦は、登録事項として国籍を申告しなければならなかった。だが、申告すべき独立国家がまだない。そこで二人は、親戚、知り合い、すべての同胞がそうしたように、まぎれもない朝鮮民族の一員として、国籍欄に「朝鮮」と記した。

冷戦激化の結果、翌年の八月十五日に大韓民国（韓国）、九月九日には朝鮮民主主義人民共和国（北朝鮮）が国家の樹立を宣言した。そして五二年四月二十八日、日本政府が米国を中心にした連合国とのあいだで締結したサンフランシスコ講和条約が発効して、在日朝鮮人の「日本国籍」は喪失を宣言された。民族分断と「日本国籍喪失」にともなって、在日朝鮮人は、南北のどちらを支持するのか、あるいはどちらも支持しないのか、との個人の内心が、国籍欄への記載を強要されることで顕在化させられ、日本政府の察知するところとなった。

大多数の在日朝鮮人の故郷は、韓国政府の支配地域にある。そこへ行くには、「朝鮮籍」を「韓国籍」にしなければならない。日本政府は、米国に追従して露骨に韓国を支持し、「朝鮮籍」と「韓国籍」との間に不当な差別を設けて、国籍変更を誘導した。その最たるものが、韓国を「朝鮮半島における唯一の合法政府」として一九六五年に締結された韓日条約にともなう「協定永住権」の付与だった。韓国政府を「支持」するとの意思表示として、国籍を韓国に変えれば、「永住権」――といっても退去強制条項つきで、それも軍事独裁政権が支配する韓国へ強制送還される――を審査してあたえるというものだ。

協定永住の申請＝朝鮮から韓国への国籍書き換えをめぐって、これを推進する在日本大韓民国居留民団（現在、在日本大韓民国民団、民団）と、阻止しようとする在日本朝鮮人総聯合会（総聯）の幹部が、大阪の生野区役所などで激突する事態も発生した。このように、在日朝鮮人にとってもっとも切実な居住権をテコに、冷戦と分断状況が、在日社会へと、最悪の形で持ち込まれた。

わが家とその周辺ではどうだったか。私の〈生まれ故郷〉は岐阜県可児《かに》郡可児町（現在は可児市）

で、民団と総聯の支部どころか分会さえない土地だった。協定永住権の申請は、一九六六年一月十七日の韓日法的地位協定発効から始まり、申請期間は五年とされ、一九七一年一月十六日が締め切り日だった。この締め切りが迫ったころ、家族内で紛争が起きた。

当時、大学生だった長兄は、協定永住権の申請に強く反対した。日本の学生反乱がいまだにその余熱を保っていた時期だった。彼は在籍する大学の、新左翼系組織が掌握する自治会で活動していた。「朴軍事独裁と日帝の野合、政治取引に反対だ」と主張した。そして、協定永住を取得しても、実質的に何も変らないとも説明した。

長兄は当時、サンフランシスコ講和条約締結以前の一九四九年五月十八日生まれで、在留資格は「法律一二六号」だった。

「法律一二六号」とは何か。またややこしい説明が必要になるのだが、在日朝鮮人とは、そうした説明を必要とする、帝国主義―植民地主義が生み出した、極めて複雑な存在なのだ。当事者だった在日同胞もこれを忘れてしまっているかも知れない。だが重要なことなので、しばらくお付き合い願いたい。

「法律一二六号」は、日帝が朝鮮を植民地支配した事実を認定して日本政府がしぶしぶ制定した、数少ない法律のひとつである。先述したように、講和条約の発効にともなって、「日本国籍」の喪失を宣言された在日朝鮮人は、一般外国人と同じように、出入国管理法（入管法）――外国人の出入国管理と違反者、「好ましからざる外国人」の強制退去の根拠となる――の適用を受けることになった。しかし、自らの意思で、自国のパスポートを持って、日本政府のビザをえて入国する一般外国人と、日帝植民地支配の結果、在日することになった朝鮮人とでは、その歴史的背景と現実がまったく異なる。この一般外国人と在日朝鮮人の間のギャップを埋めるための苦肉の策が「法律一二六号」だった。この名前は一九五二年に制定された百二十六番目の法律という意味で、正式名称は「ポツダム宣言の受託に伴い発する命令に関する件に基づく外務省関係諸命令の措置に関する法律」である。同法は在日朝鮮人のための特別規定を次のように設けた。

「日本国政府との平和条約の規定に基づき同条約の最初の効力発生の日において日本の国籍を離脱するもので、昭和二十年九月二日（日本が降伏文書に調印した日）以前からこの法律施行の日まで引き続き本邦に在留するもの（昭和二十年九月三日からこの法律施行の日まで本邦で出生したその子を含む）は、出入国管理令第二十二条二の第一項の規定（永住許可規定）にかかわらず、別に法律に定めるところによりその者の在留資格及び在留期間が決定される間、引き続き在留資格を有することなく本邦に在留することができる」

つまり、在日朝鮮人は「当分の間、在留期間」の定めなく在留できる、というものである。在留資格ならぬ「在留資格」が「法律一二六号」で、それは植民地支配という否定しがたい事実に基づく、消極的永住権の付与でもあった（この段落の記述は、金昌宣『加害と被害の論理』朝鮮青年社、一九九二年によって、筆者の必要に応じて表現を改めた）。

ちなみに、日本政府が難民条約の批准にともなって入管法を改正して「出入国管理及び難民認定法」を成立させ、それとの整合性をもたすために「法律一二六号」と「特定在留」（法一二六号の子）、「特別在留」（法一二六の孫）の在日朝鮮人（大多数が朝鮮籍）に、「特例永住」という永住権を認めたのは、ようやく一九八一年からだ。また、その十年後の九一年五月に「出入国管理特別法」（日本国との平和条約に基づき日本の国籍を離脱した者などの出入国管理に関する特別法）が成立して、「協定永住」と「特例永住」をあわせて「特別永住」という在留資格が生まれた。日本政府が在日同胞を政治的に選別し、抑圧し、差別の道具として悪用してきた居住権＝在留資格が、日帝の敗亡後四十六年目にして、やっと統一された。この長い歳月は、日本政府が決して反省も清算もしていない、生き続ける植民地主義の現存を物語っている。

長兄の「法律一二六号」という在留資格は、日本政府にとって不本意ながら、実質的には永住権を認めるものだった。私はというと当時、「特定在留」だったから、在留資格は不安定で、三年ごとの外国人登録の確認申請にあわせて、在留期間を更新確認するようになっていた。兄の反対の背景には、こうした在留資格の違いも存在していたともいえる。

また、姉は講和条約前の一九五二年四月二十三日生まれで、「法律一二六号」対象者だが、外国人登録申請が講和条約発効後になったせいなのか、なぜか特定在留になっていたようだ。

つまり、六人家族のうち、在留資格「法一二六」が父・母・長兄で、姉・次兄・私は「特定在留」だった。アボジの主張としては、家族の在留資格が分かれており、小さい方の子どもたちの在留資格が不安定だから、協定永住を申請すべきだ、というものだった——と思っていた。

私がはっきりと記憶している情景がある。北陸地方の大学から久しぶりに長兄が帰郷し、それを喜んだオモニが、いつもより豪勢なおかずを用意した夕食の場面。協定永住申請の書類を出してきて、帰るまでに書いておけと言ったアボジに、長兄が強い反対を表明した。楽しい食事の雰囲気は吹き飛んだ。険悪な表情で二人が言葉をやり取りし、オモニはうろたえる。そして激高したアボジが大声をあげた。

「家族がばらばらになってもええんか」（「かじょくがぱらばらになってもええんか」と私には聞こえた）

同じ町内のオモニの実家は、ハラボジ（外祖父）の強い意向――「ええか、おれらは朝鮮やぞ。韓国やないぞ」――によって、協定永住申請は、何ら議論の対象にならなかった。かえって叔父たちからすれば、申請締め切り直前にざわざわしていたわが家、つまりアボジに対して、いまさら何を大騒ぎしている、という冷ややかな反応を示していたことを、かすかに思い出す。母の実家はいわゆる総聯系ではなく、同胞組織との関係は一切なかったのだが……。

結局、わが家は、長兄を除いて協定永住を申請し、許可された。この家族の紛争は、自我を形成し始めていた少年の私に、深い印象を残した。民族の分断と、家族の分岐の始まりが、初めて具体的に暮らしのなかに入り込んできたからだった。さらに、協定永住許可の同じ年の秋、初めて指紋押なつを強制されたこともあいまっているだろう。この深い印象が、後々までの錯誤を私に植えつけたのだった。

私は高校に入ってから、これまで書いてきたような在日朝鮮人の法的地位の歴史と現実を、書物によって少しずつ知り始めた。そして中学一年のときの協定永住をめぐるアボジと長兄の印象深い口論などから総合して、私および家族が、協定永住申請に合わせて国籍を「朝鮮」から「韓国」に変えたと思い込んだ。それは、アボジが熱心な民団の活動家でもなく、関係が深いわけでもなかったことからいって、当然の判断だったと思う。

ところが、である。取り寄せた私の登録原票の三枚目、「変更登録欄」の左二段目に「昭和37・

1・8」「法9の1の申請（2）の欄を韓国とする」という記述を発見したのである。国籍変更の証明として「大韓民国国民登録証による」という記述も見られる。つまり、私は協定永住許可の十年も前に、また韓日条約締結よりさらに三年前に、「朝鮮籍」から「韓国籍」へと国籍変更がなされていたのである。後にアボジ、オモニの原票で確かめると、二人も同日に国籍変更されている。しかし、私が長兄の外国人登録証を見せてもらった時に格別印象深く記憶した、国籍「朝鮮」、在留資格「法126の1」は間違いない。

その後さらにわかったことがある。アボジと家族の協定永住権申請と許可には、時間差があったのである。

アボジの三回忌の法要で〈丘の家〉＝実家に一泊したとき、納戸に放置してある箪笥《たんす》の引出しから、アボジが保存していた古い書類をいくつか手に入れた。半世紀も前の借用書や、〈もとの家〉を入手した時に支払ったお金の領収書といっしょに、「永住許可書」が五枚出てきた。もちろんアボジ、オモニ、姉、次兄、私のものだ。文面は「日本国に居住する大韓民国国民の法的地位及び待遇に関する日本国と大韓民国との間の協定の実施に伴う出入国管理特別法第一条第二項に基づき本邦で永住することを許可する」となっている。書面には上から許可番号欄、四角の枠内に題目、氏名、性別、生年月日、本籍とあり、先の文面に続いて、「昭和○年○月○日」と空白つきの許可年月日記入欄、そして法務大臣と印刷され、「前尾繁三郎」のゴム印と朱肉印が押され、枠外の最下段に外国人登録番号記入欄がある。

それで明らかになったのは、アボジが家族に半年も先立って協定永住申請をして、許可されていたことだ。彼は一九七一年七月二十九日に、許可番号「234726」で協定永住を許可された。オモニを始め私たちは、一九七二年二月十四日に、許可番号「282037」から連番で「282040」（これが私の番号だ）までとなっている。

また、国籍変更の根拠とされた父母の「大韓民国国民登録証」——檀紀四二九四年（一九六一年）十二月二十三日、大韓民国駐日代表部・大阪事務所のなつ印——も出てきた。

二つの、私がまったく知らなかった事実。これは何を物語るのか。ひとつは、私の印象深い鮮烈な記憶の意味が、「朝鮮」から「韓国」への国籍変更時点の錯誤のうえに成り立っていたため、大きく異なってくるということである。当時の朴正熙《パクチョンヒ》軍事独裁政権と日本政府が、「協定永住」をテコにして在日同胞を国籍変更へとかりたて、在日社会では民団が大きく「組織力」を伸ばしたことは周知のとおりである。しかし、アボジはこうした「一般同胞」の動向とは異なり、より能動的に「韓国」を国籍として選択したことになる。したがって、長兄との「論争」は、もう少しイデオロギッシュな様相を呈していたのかも知れない。また、家族に先立つ協定永住の申請・許可も、アボジの政治的な指向性と、これがそれより大きな要因だと思われるが、在日一世として、抑えがたい望郷の念がそうさせたのではないか、と想像できる。海の向こうの朝鮮にある生まれ故郷への思い。それは二世のオモニ、三世で日本に同化されていた子どもたちには、計りがたいほど強かったのだろう。「協定永住」許可者は、再入国申請で「できる限り好意的に取り計らう」とし、近親者の日本訪問にも「できる限り好意的な配慮を払う」とされた。アボジが積極的に「協定永住」を取得しようとした動機は、まさにここにあったのだ。

それはアボジの登録原票の記述に明らかだった。一九六五年（昭和四十年）一月二十八日の欄に

「昭40．1．16伊丹空港より再入国許可を得て出国」とある。韓日国交正常化の前に、アボジは韓国へ帰っている。このとき私は小学一年生。もの心はついていたはずだ。しかし、これは私の記憶の片隅にさえ存在していなかった。アボジの写しを見るまでは、〈あったのに、なかった事実〉だった。続く同年二月二十六日の欄の記述は「法12条の2の3項の申請受理。同日証明書返還」となっている。これは旧外登法十二条の二の規定（再入国許可を受けて出国する者の登録証明書）に関するものだ。アボジは伊丹空港の入国審査官に外登証を提出しなければならず、そうした。入国審査官はアボジの外登証を出国前の居住地の役場＝可児町役場に送付した。故郷訪問を終えて日本へ戻ったアボジは、再入国した日から十四日以内の二月二十六日に、可児町長に登録証の返還を請求し、可児町長は同日、アボジに登録証を返還した——ということである。こうした記述から推察するに、アボジは一週間から十日ほど韓国に滞在したことになる。何と煩雑な手続きが必要だったのだろうか。ため息が出る。

そうだ、国籍変更は望郷やみがたい思いから、協定永住の取得は出入国の簡便化への期待からだった。きっとそうだろう。この望郷の念は、一世のアボジと、二世以下の私たち家族が、絶対的に分かち持つことができなかった感情である。すると、アボジと長兄の「論争」は、在日世代間の葛藤であり、望郷の念に燃えてぐらぐらと煮え立つ熱湯に、冷徹な政治判断とイデオロギーの氷を投げ込む消耗戦でしかなかった、ともいえるのである。こうして、感情の水位はあがり続け、あふれ出し、結局、収拾が取れなくなるほかなかった。

もうひとつある。このように、私が近年までまったく知らなかった過去があった。そうしたことは、一般的になくはないことだろう。しかし、私の場合は、本人が知らず、錯誤していた事実を、日本政府＝国家権力はきっちりと把握し、記録していたということが特異なのである。つまり、国籍変更手続きを主導したアボジは逝き、そうした法律関係に無知でもあり、無頓着でもあるオモニがそんな話を私にするはずもない。また、協定永住許可後の満十五歳と一日で手にした「外国人登録証」（手帳版）に、国籍変更がいつだったかを示す記述はなかった。つまり、外国人登録原票の写しを入手しなければ、私自身が決して知りえなかった過去があった。私の存在にかかわる、決して軽くはない「朝鮮」から「韓国」への国籍変更の過去が、日本政府に〈横取りされていた〉のである。

私がアボジとオモニの外国人登録原票の写しを入手しなければ、と思ったのは、これ以外にも〈横取りされた過去〉があってはならないし、もしも〈横取りされた過去〉があるのなら、それを取り戻さなければならない、と考えたからだった。

〈横取りされた過去〉を取り戻すことは、決して過去を懐かしもうということではない。

在日朝鮮人の不安定な在留権、民族差別に加え、政治的な差別もほしいままにされ、治安管理、抑圧、弾圧など、植民地支配の反省と過去清算がないまま放置されてきた法的地位は、闘いによって、本質的に残存し続ける治安管理問題はありながらも、少しずつ改善されてきた。しかし、現状を見るとき、その憤怒を呼び起こす過去を、単なる過去として忘れ去ることはとてもできない。むしろ、その呪うべき過去が、未来としてわれわれに迫っていることがひしひしと実感できる。「北朝鮮バッシング」などは、その最たるものだ。したがって、私たちは、未来に、この誤った過去をくり返さないため、〈横取りされた過去〉を取り戻し、過去をしっかりと自らのものとしておかなければならないのである。

最後に提案したい。在日同胞の読者の方がたは、ぜひ自分の外国人登録原票の写しを入手してほしい。そしてもし、ハラボジ、ハルモニ、アボジ、オモニがご存命であるなら、一緒に役所に行ってくださるようお願いして、その方々の登録原票の写しも手に入れてほしい。きっと、私のように〈横取りされた過去〉が見つかるだろう。

横取りされた過去（二）

——アボジとオモニの外国人登録原票の写しを手にして

前回に続いて、今回も唐突な書き出しになるが、一九四八年に起こった済州島四・三蜂起を主題とした金石範《キムソクポム》の一万一千枚の大長編小説『火山島』（全七巻、文芸春秋、一九九七年）の記述を引くことから始めたい。

本作の第二巻には、第五・六・七章が収められ、前の二章は主人公のひとりで、日本生まれの南労党員・南承之《ナムスンジ》が、党済州島支部副委員長の康蒙九《カンモング》に同行して蜂起の二か月前に日本に密航し、資金と物資を在日同胞から調達する物語が描かれる。済州島四・三蜂起、ひいては朝鮮の現代史に在日朝鮮人社会と在日朝鮮人が直接的に、かつ深く関わっていたことが示されるのだが、そこに、こんな記述がある。

「在日朝鮮人の強硬な反対にもかかわらず外国人登録が昨年の春に実施されたが、それからまだ半年になっていなかった。登録とはいっても、集団一括登録や代理登録などの在日朝鮮人側の要求が通ったために、二重登録、幽霊登録、内容不確実登録、それに登録漏《も》れがあったりして、登録事務不備のままその機能を十分に発揮しえないでいたのである」

前回の重複になるが、ここでいう「外国人登録」とは一九四七年五月二日発布の外国人登録令に基づくものである。私のアボジ（父）とオモニ（母）は、同年十月三十日に外国人登録している。それはすでに半世紀を超えた、ほぼ六十年前のことになる。

私の両親は、金石範が記録したように、「内容不確実登録」をしていた。これは彼らの外国人登録原票の写しから確認できる。そのことから今回の記述を始めていこう。

アボジとオモニは、最初の外国人登録のため、常時携帯の外国人登録証と登録原票に貼り付ける写真を、それぞれ二枚用意した。そのときは代理登録が可能だったのだから、二人がそろって岐阜県可《か》児《に》郡可児町（現可児市）役場へいった可能性は低く、アボジが一人で出かけていったように思える。

写真といえば、アボジとオモニの登録原票の写しには、それぞれ十六枚と十五枚の顔写真が貼られている。コピーの状態が悪くて、ほとんどが黒く塗りつぶされたようになっている。だがなぜか二回目の登録切替の一九五〇年（昭和二十五年）一月三十一日に貼られた写真は、二人ともに表情が読み取れる。私がこの世に生まれる七年前の、まだ若々しい両親の肖像。これにわが家のアルバムではなく、官憲資料で接するというのは、まさに〈在日朝鮮人という存在〉を象徴しているようだ。当時も、その後も貧しく暮らしていたわが家に、カメラがあったとは思えない。実際、私が小学校の低学年のころ、かなり大きなボディにレンズが二つ装着された、上部のふたを開けてのぞき込む式のカメラを、アボジがどこかから手に入れてきたことを記憶している。それがわが家のカメラ第一号だった。だから二人はそろって「可児写真館」――この写真館は現存している――へ出向き、登録用の写真を撮ってもらったはずである。そんな風に手間といくばくかの金がかかった、貴重な写真だ。この当時の写真は、家にはまったくない。法務省は、登録原票をマイクロフィルム化するとき、紙の書類は廃棄したという。登録原票の写しを見つめながら、運転免許証やパスポートなどのように、求めて提出した写真ではなく、強制的に提出させられたうえに、裁断され、燃やされ、失われた数百万枚の在日同胞の写真を思い、胸がうずいた。

さてアボジは、自身について、ほぼ事実どおり登録した。氏名、黄小岩《ファンソアム》。生年月日、一九二〇年五月二十七日。国籍、朝鮮。出入国港、下関。上陸許可年月日、一九四〇年七月八日。職業、土木。国籍の属する国における住所又は居所、慶尚北道達城郡玄風面城下洞《キョンサンブクトタルソングンヒョンプンミョンソンハドン》。出生地、同前。現住所の地番、岐阜県可児郡広見末広町。そして、登録番号は二十六番。

この登録事項は、アボジの存命中に、私が無理強いで聞き出した日本への渡航のいきさつを裏づける。彼は「どうして日本へ来たのか」との私の問いに、「徴用令でやないか」と、吐きすてるように言って顔をそむけたのだった。つまり、アボジは炭坑や土木会社の「募集」が「朝鮮官憲によって強制供出される」——一九三八年四月一日の「国家総動員法」に基づいて閣議決定された「労務動員実施計画綱領」による「募集」時期に、戦時労働動員——強制連行された。ちなみに、次の段階として朝鮮総督府が一九四二年二月二十日に決定した「労務動員実施計画による朝鮮人労務者の内地移入斡旋要綱」による「官斡旋」の時期があり、国家権力の強制を伴う徴用令は一九四四年九月から発動された。『朝鮮人戦時労働動員』（山田昭次他、岩波書店、二〇〇五年）によると、日本との国交正常化交渉で歴代の韓国政権は、「徴用」という言葉を「法的用語ではなく、徴用の他に募集や官斡旋を含む強制的動員の実質を表現する用語」として使った。民衆もそれにならって「戦時労働動員を全て徴用と呼んでいる場合が多い」と明らかにした。アボジの言葉使いは、まさに民衆のものだったのである。

もうひとつ、「登録番号二十六番（オモニは二十七番）」は、いろんな想像をかきたてる。先述のように外国人登録令は五月初めの発布で、二人の登録はそれから約半年後の十月の終りだ。この短くない期間は何を意味するのだろうか。おそらくアボジは、当時の在日朝鮮人全員がそうだったように、外国人登録と、かつて所持を強要された協和会手帳——彼はこれを解放後も大切に保存していた——と瓜二つの、常時携帯を強要される外国人登録証に強い反感を抱いていたのだろう。しかし、官（おかみ）も未登録を放置できない。それでいく度かの登録慫慂《しょうよう》があったし、重罰規定を盾にした脅迫まがいの登録強要もあっただろう。それがこの半年間を物語るように思われる。また、二十六番という数字は、当時の可児町に居住していた朝鮮人数を単純に示しているようだ。アボジは二十六番目に登録した人で、オモニは二十七番。その後、何人登録したかはわからないが、百人を越えるほどではなかったように思える。この地方は質の悪い石炭＝亜炭鉱山が多数存在しており、日帝時代の可児町の朝鮮人炭坑夫数は、最盛期で約二千五百人程度だと推定される。地下軍需工場の建設もあり、多数の朝鮮人が強制動員された（これに関しては「智慧の墓標」に詳述した）。朝鮮人労働者のほとんどが強制連行だった。そのため解放後、彼らの大部分が祖国への帰還を急いだ。『可児町史—通史編』（昭和五十五年二月一日発行）には「昭和二〇年八月一五日に終戦となり、需要工場の閉鎖、朝鮮人労働者の大量帰国、敗戦時の虚脱状態などにより亜炭もついにほとんど休業状態となり……」との記述がある。私の記憶でも、町内に朝鮮人は数えるほどしかいなかった。しかし、二度目の登録切替（一九五〇年一月三十一日）で登録番号は三十二万一千百七百四十四（321744）となる。この時点で、登録番号が在日朝鮮人の治安管理のために、全国一律に記号化されたことがわかる。

自分のことはおおよそ事実どおり登録したアボジだが、オモニの登録に関しては、きっとメモを見ながら、かなり事実とは異なる申告をした。氏名、鄭順香《チョンスニャン》。生年月日、一九二六年一月三十一日。国籍、朝鮮。出入国港、下関。上陸許可年月日、一九二六年八月十五日。職業、なし。国籍の属する国における住所又は居所、記述なしの空欄。出生地、岐阜県可児郡広見町伊香一五六六。現住所の地番、岐阜県可児郡広見町。世帯主の氏名、黄小岩。続柄、妻。登録番号、二十七番。

一見して明らかなのは、一九二六年一月三十一日に岐阜県可児郡の現住所で生まれたオモニが、同年八月十五日に下関から入国していることのおかしさだ。それはまったくありえないことではない。可能ではある。だが、〈天皇制大日本帝国〉（日帝）による朝鮮植民地支配政策の根幹が一九二〇年から産米増殖計画期になり、一九一九年に実施した朝鮮人の日本への自由渡航を、日本の不況と失業問題の深刻化のために制限を加え、一九二三年五月に「朝鮮人労働者募集に関する件」（内務省警保局長名義の通牒）で「朝鮮総督府と協議を遂げ自由渡航及び団体渡航に対しては成る可（べ）く之（これ）を阻止する」ことにした。さらに一九二四年二月、「朝鮮人に対する旅行証明書の件」により、渡航証明書の扱いを厳しくし、一九二五年十月からは釜山港で「渡航阻止制」を実施している（渡航制限に関する部分の記述は、朴鐘鳴編『在日朝鮮人』明石書店、一九九五年による）。つまり、一九二六年八月に、在日朝鮮人が玄海灘をたやすく往来できる状態ではなかった。しかし、まだこのときには、こんなにつじつまが合わない登録が可能だったのだ。そこには外国人登録制度の未整備、戦後期の日本政府と在日朝鮮人の拮抗する力関係が反映していたともいえるだろう。

ここで種明かしすると、実際には、オモニは一九二七年三月十日に登録された出生地と同じ場所で生まれている。それにもかかわらず朝鮮で出生したことになったのは、彼女の無筆だったアボジ、私にとってウェハラボジ（外祖父）のせいだという。日帝時代に「役場の人が言うとおりに、ええかげんに届けたもんで、そんなふうになっちまったわ」とは、オモニ自身の言葉だ。書類上、海外渡航したことになっているオモニは、満七十九歳のいまに至るまで一度も、韓国はおろか、日本の外へ出たことがない。これがまぎれもない事実である。

「冬のソナタ」でペ・ヨンジュンの大ファンになったオモニに聞いたことがある。

「ヨンさまの韓国へいってみんかね。大邱《テグ》の親戚にも会えるし」

「いやや。くたぶ（び）れるし、別に大邱の親戚に会いたいと思わん」

めっきりしわの増えた小さな顔に、さらにしわを加えるように顔をしかめて話す彼女の拒絶は、予想されたものだった。それは海外渡航の手続きの煩雑さや、体力への不安だけから発せられたものではない。朝鮮という土地、そこに住む姻戚関係の人びとから隔絶されて生きてきた在日朝鮮人女性の、人生の総体から放たれたものでもあるのだ。彼女の年齢を考えると、「日本から出たことはなかった」と、残された者らが回顧することになるのは、確実である。

一方で感慨深いのは、この「虚偽」の上陸許可年月日が一九二六年八月十五日となっていることだ。よりによって日帝からわが民族が解放された日、〈八・一五（パリロ）〉が選ばれた。この日付はアボジが考えたのだろう。いや、この日しか思いつかなかった、というほうが正確な気がする。アボジは晩年、「おれは帰化するで」と盛んに言っていた。しかし、解放から二年と少し、満二十七歳の青年だったアボジ。日本への強制連行、飯場での強制労働、そこでの民族差別に基づく虐待から決死の思いで脱走までした経験をもつ朝鮮人青年。加入せざるをえなかった協和会で親日活動もした苦い記憶も秘めていただろう。だからこそ、わが民族にとって特別な日である〈八・一五〉以外ありえなかったのだ。当時、すべての朝鮮人が共有した〈八・一五〉への特別な思いを、私はこの「虚偽申告」の日付に見る。そして、当時アボジが抱いていただろう民族魂も。

オモニの「内容不確実登録」は、いまも一部そのままになっている。そのいきさつを外国人登録原票の様式、記載事項の変更登録、在日朝鮮人への治安管理が高度化する過程を記述しながら追っていこう。

最初の登録から二年三か月後の一九五〇年（昭和二十五年）一月三十一日に登録切替が行われている。このときは、前回と同じ簡素なB５版の登録用紙で、写真もヨコ三・五センチ、タテ二・五センチのいささか変な形だ。先に触れなかった登録項目で注目すべきは、旅券番号、旅券発行年月日、在留資格、在留期間などの記載欄があることだ。当然のことながら、日帝植民地の朝鮮から、植民地支配の結果、「日本人」として渡航してきたウェハラボジの娘であるオモニが、すでに地図上から消えた朝鮮国の発給の旅券を所持しているはずもない。在留資格も、最初の登録の一九四七年十月三十日の時点では、朝鮮半島に民族国家が存在しておらず、また南北に大韓民国と朝鮮民主主義人民共和国が建国を宣言した後の一九五〇年一月三十一日（二回目の登録）の段階では、いまだ「日本国籍の朝鮮人」――日本国籍の一律、一方的な喪失はサンフランシスコ講和条約発効の同年四月二十八日――だったため、記載することができず、両方とも空白となっている。登録内容には変更がない。

外国人登録法に基づく切替となった一九五二年（昭和二十七年）十一月十八日のものを見ると、原票は題目として「外国人登録原票」と印刷された、左側二穴の厚紙カード式になったようだ。一回の切替ごとに一枚使う形式だ。右上の写真欄の大きさもヨコ三センチ、タテ四センチに拡大され、それまではなかった偽造防止の型押しがなされている。したがって、このときから本人申請が徹底され、確立されたように思われる。

アボジとオモニの原票は同日に申請し、同日に交付されている。ということは、当時三歳の長兄の手をアボジが引き、四月に生まれた六か月の姉をオモニが負ぶって、一家四人で可児町役場に出向いたのかも知れない。居住地の地番を見ると、そこから当時の可児町役場があった場所までは、徒歩で三十分あれば十分に着ける距離だ。

「秋晴れや。気持ちええな。いやな登録やけど、仕事休んで久しぶりにみんなで出かけるのも悪いもんやないな」

アボジがオモニに話しかけた。

「うん、ほうやね。これ桂ちゃん、一人で行ったらあかんよ。お父ちゃんと手つないで」

登録が終わって、四人は角正食堂で中華そばを食べた。実際にはそうでなかったかもしれない。だが――そうだったことにしておきたい。

写真欄の下には指紋押なつ欄が新設された。この段階では指紋は押されていない。登録内容をみると、出生地が「慶尚北道達城郡玄風面城下洞」とされ、本当の出生地がここで「虚偽」の朝鮮生まれへと変更された。「上陸した出入国港、下関」「上陸許可の年月日、一九二六年八月十五日」との申告とつじつまを合わせるためだろう。しかし、この住所はアボジの出生地と同じである。ちょっと注意すればわかることだが、夫婦の出生地がまったく同じというのもおかしな話だ。同胞過疎地で、田舎だったせいか、吏員が注意力散漫だったのか、厳しい詮議はなかったようだ。旅券番号以下の関連する記入欄には×印がうたれてある。

一九五四年（昭和二十九年）十一月八日切替の原票の記載は、居住地が〈もとの家〉の地番になっていること以外、核心的な変更はない。ただ、原票に「指紋原紙番号」を記入する欄が新設された。指紋はこの切替でも押されていないが、日本政府が指紋押なつの実施に着々と乗り出していることがうかがわれる。

一九五六年（昭和三十一年）十一月八日切替の記載事項は前回とまったく変更がない。ところが今回、ついに指紋押なつをさせられているのである。指紋関係の欄として「指紋事項記載欄」「指紋番号」という欄が新設されている。そこは何も記載されていないが、大きく取られた指紋欄に黒々と回転式で採られた左手人差し指の指紋が押されている。これ以来オモニは、一九八五年（昭和六十年）十月二十四日の切替まで十一回にわたって指紋採取された。

「初めて指紋取られたときどうやった」

「そんな昔のこと忘れちまったなあ。うーん、ええ気持ちやなかったと思うよ。ほんでも仕方にゃあやら。押さなんだら警察へ連れていかれちまうもん。面と向かってこのチョーセンジンて、よういわれたもんなあ」

「……」

ある日、オモニと交わした短い会話である。

一九五九年（昭和三十四年）の切替から、外国人登録原票の様式は大幅に変更された。これまで二年ごとの登録切替が、三年ごとになり、一回ごとに作られた原票を改め、二十年以上使えるように、表面に七つの登録番号欄と写真欄、裏面に八つ指紋押なつ欄が原票に配置された。外国人管理の効率化が一層進んだ印象を受ける。この原票は一九五九年から一九七七年（昭和五十二年）十月二六日の切替、したがってこれに三年を足して、一九八〇年（昭和五十五年）の十月二十六日まで有効だった。

この原票には、さまざまな登録変更が記載されている。まず、一九六二年（昭和三十七年）国籍が「朝鮮」から「韓国」に変更された。これに関しては前回、詳細に記録して解釈を試みた。次に生年月日が、「虚偽」の一九二六年一月三十一日から、実際の誕生日である一九二七年三月十日に直された。一九六四年（昭和三十九年）三月十四日のことだ。変更された生年月日欄を見ると、以前の「一九二六」の六に斜線が引かれて七が書き加えられ、「一月三十一日」には横線が引かれて三月十日と記入されている。そうなると、上陸許可年月日とされてきた「一九二六年八月十五日」では完全につじつまが合わなくなる。そこで年だけを変更して、これも「一九二六」の六に斜線を引き「一九二七年八月十五日」に上陸許可とされた。こうして彼女は生後五か月で玄海灘を渡ったことにされた。生年月日は事実に基づいて訂正されたが、出生地は「虚偽」のまま残された。どうせなら「虚偽」をすべて訂正してしまえばよかったのに、とも思える。このあたりのいきさつに関して、まだオモニから証言をえていない。

次に一九七二年（昭和四十七年）九月十九日、通称名「石井好子」を明記した。オモニだけでなく、わが家はほぼ完全に、日本式の通名で生活してきた。しかし、役場からの通知は必ず、本名で送られてくる。私は子どものころ、それを見るのがいやだった。ところで、原票の写しをさかのぼると、一枚目の二回目の切替（一九五〇年）の段階で「石井好子」の通名が記入されている。二枚目（一九五二年）は「石井順香」、三枚目（一九五四年）と四枚目（一九五六年）は通称名が消えており、氏名欄には本名だけが記載されている。アボジの登録原票を見ると、同じように二回目で「石井亀吉」の通名が記入され、それ以後、二枚目は「石井亀吉」、それ以降は「(石井)」だけが記入され、一九七一年（昭和四十六年）八月二十六日に「(石井)」が「(石井亀吉)」へと変更された。

そして、一九七七年（昭和五十二年）八月二十九日、ついにオモニの長年の夢だった「きれいで広い一軒家」＝〈丘の家〉が竣工し、引っ越した居住地の地番へと登録変更が行われた。

オモニの外国人登録原票の記載事項は、それ以後、大きな変更がない。その間、一九八〇年（昭和五十五年）からは三年から、五年ごとの登録切替となった。また、一九九五年（平成七年）から外国人登録原票の様式がかわり、在留資格が協定永住から「特別永住者（法定）」に自動的になったぐらいだ。

ひとつだけ特筆すべきは、二〇〇三年に「世帯構成員及び本邦にある父・母・配偶者の変更登録欄」に、「平成15・11・10（19）配偶者死亡につき削除（平15．11．7死亡）」と記されたことだ。一九九二年四月の外国人登録法改正で、永住者および特別永住者の指紋押なつが廃止される代りに、署名と家族登録制度が導入された。これに基づいて家族登録されていたアボジが黄泉《こうせん》の客となり、一人暮らしが始まったことが、日本国家に把握されているということだ。

詳細と厳罰をきわめる日本の外国人登録とは、このように、悲しみや寂しささえも自身の目的――効率的管理のために活用しようとする酷薄な制度なのだ。日ごろ文字を記すことがほとんどないオモニが、ましてや本名などほとんど忘れて暮らしている在日ハルモニが書かされた署名のかな釘文字の「鄭順香」を見るのは、胸が痛い。

この最も新しい登録原票にも依然として、「（9）上陸許可年月日」には「一九二七年八月十五日」、「（12）出生地」には「慶尚北道達城郡壽城面上洞363」と、「虚偽」が記されている。これはもう正されることはないだろう。それに正す必要もない。私たちにとって、何の実害もないのだから。逆に、治安管理する側に「虚偽」情報をつかませ続けているというのは、ちょっと痛快な気分だ。ただ、ちゃんと調べていないので確言はできないが、韓国の国民登録に関係があったかも知れない。使いはしなかったが、オモニは韓国のパスポートを所持していた。アボジが一緒に韓国へいくこともあろうと、民団を通じて取得したという。国民登録――パスポートの出生地が、「慶尚北道達城郡壽城面上洞363」となっているため、変更するとなれば、またわずらわしい手続きが必要になる。

いずれにせよ、何かの間違いで法務省の役人がこの文章を読んで、オモニの「虚偽」記載を正そうと躍起になるかもしれない。それもまた一興だろう。訂正しろというなら、そうすればよい。ただ、そんな彼に私は「これも在日朝鮮人の歴史を物語る歴史的な文書なのだ。もう時効ではないか」と言ってやるつもりでいる。

ここまで、オモニの登録原票記載の「虚偽」記載事項を追ってきた。ここからは、アボジの記載事項を、彼の職歴にしぼって見ていこうと思う。その人の労働の軌跡をあとづけることは、彼の人生を定義づけるうえで、ひとつの有力な指標となる。そして、アボジ―ある在日朝鮮人の生涯を定義づけることは、私を含む子どもたちが、どのようにご飯を食べさせてもらい、学校に行かせてもらえたのかを検証することにもなる。つまり、〈いまの私〉が存在できていることの、ある意味で最も根源的な確認作業になるのである。

すでに何度か書いてきたことだが、私のアボジは解放後、神戸に住み、ケミカルシューズの行商で、ある程度成功したという。アボジは大多数の在日朝鮮人と同じように、零細の自営業に従事したわけだ。そうしたのは（せざるをえなかったのは）、日本社会の朝鮮人差別のため、いわゆる会社勤めができず、「三K（きつい、汚い、危険）」労働に従事させられてきた在日朝鮮人の労働・生活の歴史的現実がある。ところが、アボジのささやかな成功は長続きせず、結局、だまされて無一文に近い状態になり、オモニの実家がある岐阜県可児郡へ身を寄せることになった。こうして彼の外国人登録は、岐阜県可児郡可児町に始まり、可児市に変ったとはいえ、同地で終わっている。この地に約五十七年間住みつづけたことになる。

さて、無一文に近いアボジが、外国人登録開始の一九四七年十月に職業欄に記した職種は「土木」となっている。おそらくは日雇い労働に従事していたのだろう。

一九五二年十一月の原票には「採炭夫」と記入されている。先述したように、岐阜県東濃地方には小規模な亜炭炭鉱が多数あった。これに関連すると思われる記述は、一九五二年十二月十一日に「居住地を岐阜県可児郡中町（三文字判読不能）に更正《ママ》」というものがある。ここは現在の岐阜県可児郡御嵩町で――ちなみに御嵩町は一九五四年十二月十一日に上之郷村、御嵩町、中町、伏見町が合併してできた――、この住所近くにも亜炭炭鉱があったことは『御嵩町史』で確認できる。日雇いの土方＝土木労働者から炭鉱労働者になり、可児町の炭鉱から、中町の炭鉱へ移ったということだ。同じ原票には、再度可児町へ引っ越したことが記されている（一九五四年五月）。

この時期、祖国では朝鮮戦争がぼっ発し、日本社会は朝鮮特需景気にわいていた。労働強度や質の問題はおくとしても、極めて不安定な日雇い労働から、少しは安定している炭鉱労働に従事できたのは、朝鮮戦争で息を吹き返した日本の産業、そしてエネルギー不足を補うための亜炭景気があったといえるだろう。そして、平和条約が締結されず現在まで継続している朝鮮戦争の不安定な休戦を迎えた。

アボジは続けて炭鉱で働いた。一九五四年十一月八日切替の登録も「職業、採炭夫」となっているが、「勤務所又は事務所の名称及び所在地」は「可児町広見瀬田炭鉱」と明示されている。これで中町の炭鉱から、可児町の炭鉱へ移ったことが確認できる。この段階でわが家は、オモニ、長兄、姉、次兄（一九五四年八月生まれ）の五人家族となっていた。

瀬田炭鉱での労働は続く。一九五六年十一月登録確認の原票にはまったく変更がない。私が生まれるちょうど一年前のことだ。そして一年が経過した。この同じ原票の裏面の備考欄に、「黄英治（参男）」との記述がある。申請された日付が判読不能だが、私が生まれたことがこのように記録――日本国に捕捉――された。六人家族になったのである。私は、アボジが炭鉱での重労働でえた賃金を、オモニの乳を通して受け取っていたということになる。

その後アボジは瀬田炭鉱から「可児町広見柿田炭鉱」とヤマを移した。その変更申請は一九六三年九月三十日に出されている。しかし、彼はその炭鉱はすぐにやめたということだ。オモニに確かめてみると、炭鉱をやめて襤褸《ぼろ》買いをはじめたという。オモニの実家が少し手広く襤褸や紙、ブリキなどの廃品回収をやっていたので、家々を回って集めた襤褸を、そのまま運び込んで日銭を稼いでいたという。これは登録に記録されていない事実だ。いずれにせよ、アボジは十三年近く従事した炭鉱労働をやめる。満四十三歳になっていた。

炭鉱労働をやめた要因は第一に、その危険な重労働が中年を超えたアボジにとって相当な負担になっていたのではないかと思われる。私はいま、アボジが炭鉱をやめた年齢を少し超えているが、肉体労働をしてこなかったひ弱さを大きく差し引くとしても、四十代後半から、がくっと体力が減退したことを実感する。私でさえそうなのだから、ずっと肉体労働をしてきたアボジにとって、肉体労働のなかでもとりわけ過酷な炭鉱労働に従事するのは限界だったのだろう。

第二には、亜炭産業の斜陽化だ。すでに一九六〇年代の初めから日本のエネルギー政策は石炭から石油へ転換が進められていた。したがって、「燃えん炭」といわれた亜炭が、これの影響を真っ先に受けるのは必至だった。一方、『可児町史』などによると、可児の亜炭鉱脈が枯渇しはじめていたこともある。採炭するためには深く掘らねばならず、それは設備投資を迫り、コストを押し上げる。このため「亜炭の出どこ」と可児町音頭に唄われた可児の炭鉱は、次々と閉山していく時期にあった。

私が鮮明に記憶するのは、後の工場へ仕事に出かけるアボジだ。炭鉱で働いていたことは、両親の会話でよく聞いた記憶があるが、逃げ水のように実体がない。ましてや襤褸屋をやっていたことなど、まったく記憶になかった。オモニによれば、子どもも増え、育ち盛りなのに、大黒柱は襤褸屋の日銭かせぎ。その当時が、わが家の歴史のなかで最も生活が苦しかった、とのことだ。

そこでオモニはタイル製造工場の「谷口製陶所」の求人に応募して工場労働を始めた。これは外国人登録原票に記載されていない。彼女は、登録上はずっと「無職」なのだ。その時期は、私が小学校に入学してある程度手が離れた一九六四年ごろらしい。一方で私は、就学前に毎日オモニの実家へいって過ごしていた記憶があるので、それより前だったかも知れない。日本の高度経済成長が始まり、中規模の下請け産業を担う工場が可児に多数立地することになった。それらの工場は専業農家では家計を維持できない農家の主婦を労働力として吸引した。日本全体で低賃金労働力が不足していたのである。

毎月給料が出る。これは、耕す土地もなく、資金もなく、とりたてて技術もない、自営業を営んでいるわけでもないが、四人の食べ盛りの子どもがいる在日朝鮮人家庭にとって、実にありがたいことだった。オモニは谷口製陶所の男性職として、夜勤もある釜場の求人があることをアボジに伝えた。彼女が働いている実績も作用したのだろう。アボジの就職は実現した。登録原票の記載によると、一九六五年十月二十九日となっている。その日が転職の日ということはないだろうが、この年の秋口であるのは間違いない。

夫婦が同じ工場に勤める工場労働者としての、文字通りの共働き生活が始まった。アボジは谷口製陶所に六年勤め、一九七一年八月二十六日（登録原票の記載）に「東和耐火工業」という耐火煉瓦を製造する工場へ転職する。オモニもその少し後だったと思うが、「高木工業」という日立の電気製品のプラスチックフレームを製造する工場へ移った。

アボジは一九八〇年十月二十五日の登録切替で職業欄が「無職」となっている。したがって、それより前にリタイアしたことになる。オモニもアボジより数年長く働いたが、厚生年金が受けられる五十五歳まで働いて、文字通り無職となった。その後二人は受給資格をえていた厚生年金で、子どもたちから一切の仕送りなしで暮らしてきたし、いま、独居するオモニは、それで経済的にはまず不自由なく暮らしている。

こうした老後は、在日朝鮮人のなかでも小数派に属する。オモニは九人兄弟の二番目の次女だ。したがって、弟妹の姻戚関係者は少なくない。しかし、そのなかで、厚生年金を受給して生活している人はいない。また、私の結婚で結んだ姻戚や、友人・知人らの両親で、私の父母のような老後を送っている人を知らない。統計的な正確さに欠けるが、少数派だとの評価は誤っていないだろう。

私の両親にそうした老後を保障したのは、会社勤めの工場労働者だったからだ。社会保険は、被雇用保険（健康保険、日雇い労働者健康保険、厚生年金保険など各種共済組合保険）と住民保険（国民健康保険、国民年金）にわけられる。被雇用保険には国籍による差別はない。年金に限っていうと、一定の事業所に働く労働者を対象にした厚生年金と公務員、教員を対象にした共済組合があり、この二つの制度のいずれの適用も受けない人を対象に国民年金制度がある。前の二つは国籍による差別規定はなく、在日朝鮮人にも適用された。そして私の両親は、厚生年金などの社会保障制度が一番安定し、充実していたときにあたっていたのだろう。現在は、バブルの崩壊と新自由主義の激浪で、厚生年金でさえ実質的に破たんしているに等しいのだから。

ところが国民年金法は、第七条で「日本国内に住所を有する二十歳以上六十歳未満の日本国民は、国民年金の被保険者とする」と規定することによって、在日朝鮮人を排除した。この差別は一九八一年になってようやく国籍条項が撤廃されることで一応廃止された。（この部分の記述は金昌宣『加害と被害の論理』朝鮮青年社、一九九二年を参照した）。現在、在日朝鮮人高齢者の無年金問題は、在日社会の重大な課題として浮上している。

年金について、オモニからこんなことを聞いた。アボジは炭鉱で働いていた当時、会社に対して雇用保険の天引きをしないように強く申し入れて、そうしたという。

「ほんなもん、その時分、厚生年金がもらえるなんて、思いもしんかった。老後なんか考える余裕なんてあるわけないやら。目の前で子どもが口あけてご飯待っとったもん。目先のお金がなにより必要やった」

彼女はそう言ったあと、こう続けた。

「ほやで、お父ちゃんの年金は、わひ（私）より少《す》けなかったよ。お母ちゃんは満期になるぐらいまで働いたけど、お父ちゃんは年金がもらえるようになって、すぐ仕事やめちゃった」

オモニの実家を継いだ、母の弟、私にとって叔父さんが、毎日工場へいくアボジによくこんなことを言っていた。

「兄様《にい》はええよ。毎月ちゃんと銭がもらえるで」

叔父さんはウェハラボジの襤褸屋を引き継ぎ、車を買い入れて廃品回収全般、後に鉄くずと製紙原料に特化してかなりの規模で仕事をした。暮し向きもわが家よりもよかった。私たち家族は、この〈おじいちゃんの家〉に本当に世話になったし、よくしてもらった。だが、そこはアボジを「石井！」と呼び、ギョロ眼で睨《にら》みをきかす偉丈夫の義父がいた。儒教的家父長制が絶対的な支配力を発揮する朝鮮人の家族関係で、妻の実家がアボジにとって居心地がいい場所であるはずがなかった。ましてや、解放後、商売に失敗して、妻の実家近くへ都落ちしてきたのである。完璧に頭があがらない。萎縮する。

叔父さんの言葉には、確かに、自営業の不安定性を嘆く心情からの羨望《せんぼう》があったのは間違いない。だがそれ以上に、商売をやる才覚がないために、毎月もらえるとはいえ、人に使われている、能のない義理の兄の甲斐性のなさを、軽く見下す感情が色濃かったと、いまにして思い至る。

しかし、その晩年、愛犬とのたわむれと、日に三合ほどの酒、ゲートボール、新聞チラシの比較検討による無駄物買いで、まさに悠々自適の無職時代二十三年を生きたアボジは、日帝時代の痛苦と肉体労働に明け暮れた解放後の労苦をある程度取り返し、自足していたような気がする。子として私は、両親になにもしてやれなかった不甲斐なさを噛みしめながら、アボジの晩年を、「ああ、よかったなあ」と思うのだ。

私たち兄弟は、このように、日雇いの土方、炭鉱労働、鑑褸屋、工場労働でえてきた賃金で、ご飯を食べさせてもらい、学校へいかせてもらった。それは生きるという意味において、子どもを育てるという意味において、朝鮮人差別が徹底的に体質化している日本社会で働くという意味において、両親の忍苦を食べていたのだと改めて思い知らされる。

いいや、私たちが喰ってきたのは、それだけではない。わが民族の現代史――いまも引き続く分断時代に朝鮮半島では、おびただしい数の人びとが、政治暴力と戦争によって、無残で、無念の死を迎えなければならなかった。それは金石範の『火山島』、趙廷来の『太白山脈』などに消せない事実として記録され、見事に文学作品化されている。アジア、世界へと視界を広げても、同様の死を死んでいった無数の人びとがいる。朝鮮特需ゆえにアボジは、炭鉱労働という過酷な肉体労働と引き換えではあっても、「安定した」職にありついた。ベトナム戦争をテコにした日本の高度成長期の低賃金労働力需要で工場労働者となりえて、その賃金で私たちは食べ、学校へ通った。要するに、私たちは、同族とアジア、世界の人びとの血をすすり、肉を食い、骨を砕いてきた、ということになるのだ。確かにそれは、貪欲《どんよく》に朝鮮人とアジア、世界の人びとの命を食い散らかした奴らの残飯、それも本当に腐りかけのおこぼれにすぎなかった。しかし確かに喰らったのだ。食べていまここにこうしているし、この瞬間にもパレスチナ人やイラク人をはじめ、帝国主義に侵略支配されている人びとの命を喰らいつづけている。私は、在日朝鮮人だからこそ、この自覚を、片時も忘れてはならないと思う。〈天皇制大日本帝国〉が「大」の字と、「帝」の字をすだれの後ろに隠しただけの〈天皇制○日本○国〉――植民地主義本国で暮らしている〈特権〉を、在日朝鮮人であっても、享受してしまっているということだ。私たちは、ひとつの強大な加害者集団のなかにほうりこまれている。

それが私にとって痛切なのは、アボジが少なくとも二回——解放後に商売に失敗した後に生まれ故郷の韓国へと、炭鉱労働者だったときに朝鮮民主主義人民共和国への帰国事業が始まり北の共和国へと、——帰国しようとしたことを知ったからだ。もし帰国していたなら、私たち家族、私の運命は大きく変っていた。かつても、いまも、朝鮮半島を覆いつくしている政治暴力と戦火、分断の犠牲になっていたかも知れない。祖国で無念に死んでいった人びとと私は、歴史的に、客観的にまっすぐつながっている。彼らが死んだから、私が生きている——という関係なのだ。

私がここに書いたことは、新しい議論でもなんでもない。すでに魯迅が一九一八年、中国近代文学最初の作品といわれる『狂人日記』で、「生きるために、人間が人間を食べる社会」の恐ろしさ、他者を犠牲にして生きている矛盾を書いている。それでもなぜくり返すのか。日常、自分が存在することの恐ろしさを忘却しているからだ。それを忘れないために、思い出すために、在日朝鮮人であるから、なおさら、思い続けなければならないから、書き記すのだ。

それはただちに、この帝国主義—植民地主義が猛威をふるう現在の世界で、いかに生きるべきか、との問いかけとなる。〈横取りされた過去〉にこだわった理由も、すべてここに収れんされる。だが、〈横取りされた過去〉を確かに取り戻すためには、それなりの努力がなくてはならない。歴史を知り、学び、その意味を理解し、いまの自分を変え、行動すること。それなくして、権力に奪われた過去を、いまと、未来の自身と、民族—祖国—世界の〈自主と平等〉のために、取り戻すことはできないだろう。

最後に。

前回、実家の納戸から、いくつかの古い文書を入手したことを書いたが、それにまつわることを記して、この極めて個人的な記録を締めくくりたい。

その古文書のなかには、アボジの〈天皇制大日本帝国〉（日帝）時代の戸籍抄本が含まれていた。それは一九四四年（昭和十九年）七月七日に発給されたものだ。「右抄本ハ戸籍ノ原本ト相違ナキコトヲ認証ス」として「（慶尚北道）達城郡玄風面長　綾田秀雄」のゴム印と面長印が押されている。この面長は日本人だったのか、朝鮮人だったのか、が気にかかる。

ところで、私と妻、二人の息子は二〇〇五年八月、「八・一五民族大祝典」に参加するためソウルを訪ねた。行事を終えた私たちは、アボジのふるさと大邱の親戚を訪ねた。そして、夏草が猛威を極める達城郡にある先祖の山所《サンソ》（山の墓）に参った。アボジの義理の姉、弟夫婦、その子ども―従兄弟たちとの初対面。にぎやかな食事と歓談。このときほど、朝鮮語が話せるようになっていて、また子どもたちに言葉を学ばせておいてよかった、と思ったことはなかった。言葉が通じるから、初めて会う人たちと、肉親の情をさらに厚く深く交わすことができたのだった。

その後、従兄弟の一人とメールをやり取りするようになった。ある日、私が創氏改名についてふれ、「自分の創氏―日本式の通名は『石井』だが、わが一門の創氏は何かと」とたずねた。彼の返事は「創氏などしなかったはずだ。そのまま黄だった」というものだった。私はずっと、それはおかしな話だと思っていた。しかし、韓国で創氏改名は日帝植民地支配の〈歴史〉の一部であり、在日朝鮮人にとってのように通名使用の〈現実〉、〈生活の一部〉ではない。だから彼の関心も、その程度の水準なのだろうと思ったものだった。

その疑問がこの戸籍抄本の発見で解けた。アボジの戸籍抄本に記された戸主の欄には、彼の伯父

「黄原達用」と記されていた。つまり、創氏は「黄原」だった。わが黄氏の発祥地とされる地名にちなむ本貫「昌原」の「原」を、「黄」に加えて「黄原」としたのだった。それではなぜ、私の通名は「黄原」ではなく「石井」だったのか。

創氏改名は朝鮮総督・南次郎の主導で一九四〇年二月十一日から施行され、八月十日までに「氏」を届出るよう命令した。南次郎の創氏改名強要は「猛暴」と表現されるほど過酷を極めた。期限までに約八〇％が届出たという（朴慶植『日本帝国主義の朝鮮支配』青木書店、一九七三年）。

アボジの下関上陸は一九四〇年七月八日と記録されている。朴前出書には、「創氏をしないものは非国民または不逞《てい》鮮人として断定して警察手帳に記入し、査察・尾行などを徹底的にするとともに、あるいは優先的に労務徴用の対象としたり、食糧その他の配給対象から除外する」との強要の事例が提示されている。

これらのことは、アボジが属する家門の創氏と、解放後も使用した通名などをめぐって、さまざまな推定を可能にする。例えば、わが一門は、朝鮮総督・南次郎が設定した期限を守らぬ気概を見せた。そのためアボジが徴用された。だがこれは、当時の日帝暴圧支配からして、考えにくい。「黄原」という本貫にちなむ創氏は、「昌原黄《チャンウォンファン》氏」門中が集団的に行ったものだろう。したがって、アボジは「黄原」という創氏を知っていた。だが、徴用先の日本人にそれを否定され、日本人にわかりやすいように「石井亀吉」と命名された。この名前を日本人がつけたことは、オモニによる父の言葉の間接的証言で確かめられている。これが事実に近そうだ。

朝鮮植民者二世の詩人、村松武司が朝鮮植民者一世の母方の祖父からの聞き書きと、村松の〈植民者の目〉という論考で編んだ『朝鮮植民者——ある明治人の生涯』（三省堂、一九七二年）に所収された「ある朝鮮人の『創氏改名』」という文章がある。私はこれまで、この文章を何度も引用した。私はこの文章を、これからも、何度でも引用するだろう。忘れてはならない事実として。

「手配師は彼らを一〇人単位の班にわけたあと、次のように言った。『はじめの者から順番に名前をつけよう。なんにしようか。……よしきた、はじめが一郎、次が二郎、その次は三郎……』。吉北一郎――ヨシキタ・イチロウはその筆頭であった」

村松は続けて、創氏改名の強制には、日本側の政治的意図があったと指摘し、「だが、それだけではない。日本人側から朝鮮人を日本名で呼ぶとき、あるいは日本名を名づけるとき、なにげない残忍なゲームがあったことを指摘しなければならない」と書いた。

日帝の悪意が、ある日本人を通して噴出し具体化した「石井亀吉」。その悪意とはこうだ。まず、黄小岩という〈オモニが呼んだ名前〉を矮小化して、「小岩」だから「石」にした。次に、「石＝丈夫」。そして「亀＝めでたい」との屁理屈をつけて、善意を施したように装って、人間ではなく、動物へと貶《おとし》めた。そんな風につけられた「石亀」＝「石井亀吉」。「昌原黄氏」となんのかかわりもない、残忍な悪意に満ちた「日本人製」の名前「石井亀吉」を、どうしてアボジは解放後も使いつづけたのか。これの使用は、「生活上の便宜、差別と摩擦の回避」（金英達『創氏改名の法制度と歴史』明石書店、二〇〇二年）だったとしても……。それを引きついで、私も十八歳まで「石井」を使ってきたのである。

〈横取りされた過去〉を取り戻すことは決して容易ではない。しかし、たゆまずやりつづけなければならない私の仕事であることを、いま、さらに重く自覚している。

Ⅱ

在日を生きる——いまは、かつての〈戦前〉の地で

新井将敬代議士の孤独な自死
――他者の価値観と方法の受容と裏切り

死んでしまったものはもう何事も語らない。
ついにやってこないものはその充たされない苦痛を私達に訴えない。
ただなし得なかった悲痛な願望が、
私達に姿を見せることもない永劫の何物かが、
なにごとかに固執しつづけているひとりの精霊のように、
高い虚空の風の流れのなかで鳴っている。

埴谷雄高（「還元的リアリズム」より）

はじめに

新井将敬代議士が自死（一九九八年二月十九日）して、二か月がたった。在日朝鮮人二世という出自を否定し、その激しい自己否定のエネルギーを推進力に、日本社会のエリート階段を上りつめようとして挫折。それでもなんとか再起を期そうとしていた矢先、不正な株取引が暴露され、証券取引法違反容疑者として逮捕が目前に迫った二月十九日、自死という手段でこの世界からすり抜けていった新井将敬氏。

日本社会のエリート集団の一員としては特異な彼の出自と経歴、自死という衝撃的な結末のためか、この長くもない二か月のあいだ、彼の生と死に関してさまざまな言説が飛び交った。一方、三月二十五日には、彼に利益提供していた日興証券事件の初公判が開かれた。その被告席には、「弁明できぬ永遠の欠席者」に全責任を転嫁しようとする自己弁護者たちだけが座った。そして同月二十九日には、彼の選挙区の補欠選挙がおこなわれた。補欠選挙には、新井氏の妻が「主人の潔白を訴える」と立候補を表明したが、結局は断念するという、本番以上に緊迫感のある幕間劇をへて、東京の国政選挙では戦後最低の投票率で、新井氏と同じ自民党の候補者が当選した。このように、彼が「いたこと」を彼方に追いやる出来事も、この日々のなかで積み重ねられている。

新井将敬氏に関するさまざまな言説と、時の流れのなかで既成事実が積み上げられ、彼の自死の意味が忘れさられていくこと。そのどちらに対しても私は、靴に雨水がしみこんできたときのような不愉快で気持の悪い違和感を押さえられない。「それはちがうだろう」という思いがつのる。なぜ彼は「あのように生き、そして自死した」のか。それをはっきりと自己確認したい思いをずっと抑えきれないできた。そのためにこの小文は、いくぶん私的な色あいを帯びるだろう。しかし、こだわりがあった。なぜなら彼が在日朝鮮人だからであり、それも私とは対局の座標で生き、そして自死した在日朝鮮人だからである。

みずからのまなざし

確かにある人間の「生」と「死」は、だれもが納得するようには記録できない。鏡に写った私や彼を、私自身であり彼自身だとはいえないように、どんなに正確を期そうとも、いったん記録された私や彼は、私や彼そのものではないだろう。逆に、彼をよく知っていると思っている者にとっては、似ても似つかぬと感じる自伝や伝記、自画像や肖像画、肖像写真が、実は彼の内実を豊かに、そして的確に表現していたりもする。たとえば印象派の画家ゴッホの自画像は、十点近く知られているが、そのどれもが別人のような容貌をみせている。しかし、彼の自画像は、まぎれもなく、その時々の彼そのものなのだ。

自伝はとくにそうだし、伝記作家がえがく人物像、そして自画像や肖像画、肖像写真も、本人や伝記作家、画家と写真家の好み、価値観、思想によって再構成された人物像である。事実のねつ造やわい曲は問題外だが、描かれた人物像は、やはり彼そのものではない。だが、すぐれた自伝や伝記、絵画や写真の魅力と価値は、実はここにある。逆に、対象をみつめる主体の好み、価値観、思想、つまり「〈みずからのまなざし〉で対象をみて、そのまなざしで〈自分にとっての対象〉を記述」し、描いていていない作品になんの意味があるだろうか。それを「他者からのまなざし」として「無効」を表明する「みずから」が当然存在する。[1]それでよいのだ。そこに対話が成立するとは必ずしも思わないが、時間の経過、歴史のなかで、いずれ「みずからの視線」も、「他者からのまなざし」も、検証されていくことになるからである。

新井氏とは対局の座標で生きている私は、祖国と民族にこだわる。祖国と民族を分断の苦痛から解放することが、私をふくめた在日同胞の生き方と暮らしをよくしていくための必要条件だと考える(それはなぜなのかの詳論は、本稿の目的ではないので別の機会にゆずるが、本稿にもにじみでているだろう)。だから、出自をかくして生活している地域の同胞青年をさがして会いにいき、彼らが民族のマダン=在日韓国青年同盟(韓青)に集うようにする。そこで祖国と民族と在日同胞と自分を結びつける知識と考え方をつたえ、歴史的現在・歴史的現実に生きている自分を、もう一度見つけ出せるようにする。そうして祖国・民族とともに生きる生き方をともにし、一緒に実践する仲間をつくる活動をする。

私がいまの自分になるまでには、それなりの過程があった。それは新井氏が日本に帰化して、「日本人」として生きることを決意する心情を、かなりの部分共有している。そんな私のまなざしで、新井将敬代議士の孤独な自死を記述し、それにまつわる、ほとんどまとはずれな言説にもふれてみることにする。

支配者―他者の価値観と方法

新井氏自身も生前語ったように、「出自は自分で選べない」。しかし、人は生まれ落ちたその時間と場所から生をはじめなければならない。一九四八年に新井氏が、一九五七年に私が生まれ落ちたこの日本社会は、朝鮮人の両親のもとに生まれた子どもたちにとっては、過酷な差別社会だった。それはいまも変わらない。ここには、「やい、チョーセンジン!」という発言や、意識がまん延している。いうまでもなく、「やい、チョーセンジン!」に類する発言には、民族差別が込められている。差別一般は、「その社会で優位を占める属性を持たない人々(集団)が、優位な属性を持たないことを標識にして、排除されたり、不利益をこうむったりして、その人間的尊厳が損なわれること」[2]と定義できよう。

「やい、チョーセンジン！」という発言は、日本の朝鮮植民地支配がきちんと清算されていないだけでなく、その後も分断と戦後処理が正しくなされず、不平等で不正常な韓日（朝日）関係が維持されているために、「劣った朝鮮人をすぐれた日本人が導く」などという、植民地支配を合理化し、正当化してきた差別意識が、いまだに日本人一般のゆがんだ価値観として残存しており、それがちょっとしたきっかけで表面化するときに発せられる。それればかりでなく、日本の閣僚がしばしば意図的にくりかえす、「日本は朝鮮でよいこともした」という発言や、「自由主義史観」なるものは、民族差別意識が残存どころか確固として存在しており、なおかつそれを維持しようとする意図が存在していることをも示してもいる。

建前においては、植民地支配を正当化する学校教育は否定されているはずだ。しかし、日本人の子どもが、朝鮮人の子どもにむかって、いまだに切り札のようにその言葉を使う事実が、それを端的に表現している。「おまえは日本人ではない」、だから「悪い、汚い、臭い、劣っている」となる。絶対にそんなことはないのだが、差別に理由などいらない。

日本社会では、当然日本人という優位な集団の価値観が圧倒的な影響力を持つ。したがって、民族教育を受けられなかったり、受けなかった在日朝鮮人の子どもたちは、この社会の一員になっていく過程で、いや応なく自分たちを低く位置づけたり、差別する価値観＝支配者の価値観や方法を、内面化していくようになる。朝鮮人の子どもに内面化された朝鮮人への、つまり自分自身への差別は、自己嫌悪、低い自尊心、低い自己評価、同類のものへの軽蔑などに転化して、自分で劣位の位置を選んでしまうことになる。[3]だから「チョーセンジン！」という言葉が、在日朝鮮人プロレスラーの長州力が言うように、「力の強い人間の手足をもぐような、すごいインパクトのある言葉」[4]になってしまうのである。私もそれを体験した。

他者の価値観と方法の受容

いまから約三十五年前、高度成長によって大きくなったパイの分け前が、ようやく日本人の庶民に届くようになり、彼らの生活をゆたかにしはじめていたが、大部分の在日朝鮮人家庭は、まだそこまでの余裕をえていなかった。このころすでに新井家は裕福で、新井氏自身は大阪の名門進学校の府立北野高校へ進学した。このとき新井家は一家で日本に帰化をする。

「朝鮮人で、お金持ちで、そのうえ東大に入りそうなお兄ちゃんがいる家」

こんな家庭は、当時の私の生活範囲、つまり近所や親戚関係にはなかった。それも、ずっと後までも。非常に恵まれていたといっていい。新井家と新井氏にとって、帰化という家族の決断は、どのような動機のもとになされたのだろうか。

新井氏の父義男氏は、『毎日新聞』の取材に答えて、「私も事業をやっているといろいろなハンディがあるわけでしょ。日本に永住するわけだし、一家で帰化したらどうかと相談したら、将敬もそうだね、いいよと賛成してくれた」[5]と動機を語っている。つまり、銀行融資など、朝鮮（韓国）籍のためにこうむる事業上のハンディが、動機の大きな部分を占めていた。これはよく理解できる実際的な問題である。

といって、「日本に永住するわけだし」という動機が、前の動機より小さいことはなかったと思う。

この言葉はけっして肯定的な声音で発せられたわけではなく、あきらめの口調で話されたことだろう。「いくら裕福でも、いくら頭がよくても、日本では、日本人（日本国籍）でなければだめだ」という思いが、この言葉の背景にはある。民族差別の激しさがこの言葉を言わしめたのだ。そして、さきに言及したように、日本社会の激しい民族差別の現実が、ほとんどの在日朝鮮人の内面に日本社会の支配的な価値観と方法を植えつけ、それの受容を強制していた。これは在日朝鮮人にとっては、日本人、日本社会という他者の価値観と方法である。しかし、新井家と新井氏は、現在とはくらべものにならないほど激しかった同胞社会の帰化者にたいする疎外を覚悟して、強制された受容から、さらに一歩踏み出す積極的受容、つまり帰化をするのである。二世で民族にたいする親近感が父の世代より希薄であり、そのうえ、裕福であり、優秀でもあったがゆえに、新井氏の日本社会の支配的な価値観と方法にたいする受容度は、彼の父親以上に高かったのではないだろうか。

「日本に生まれ、日本に育ち、日本人と何も変わらないのに、差別される」こと、ましてや、朝鮮人は日本人とはただの色や顔立ちなどがほぼ一致しているのだから、それを不条理に思うことは自然なことかもしれない。ところが、「それなのになぜ差別されるのか」という原因の究明と、「差別はあってはならない」という価値判断によって、この不条理感の吟味がなされないなら、差別の現実を受容するだけにとどまり、そこからの逃避だけが課題となる。したがって、帰化して日本国籍を取得すればよいことになってしまう。だが、ある在日朝鮮人一家が、またはひとりの在日朝鮮人が差別から逃走しても、朝鮮民族にたいする差別は残り、なくならない。それどころか、ごく少数の意識的な帰化者を除いて、差別の存在を許容し、差別をする側にすべりこんでいってしまう危険性がある。これが在日朝鮮人の帰化の特異な現実である。成熟した市民社会における権利の獲得次元では割り切れない、この社会の現実、および日本と朝鮮半島との歴史的関係が作用しているのだ。

さて、帰化によって取得する「日本国籍の事実上の効用」は、差別の武器になっていた「戸籍」を、「日本社会でのパスポートと化する」ことである。「つまり、今度は自らの正体を秘匿し、日本人の差別と偏見から逃れうる『隠れみの』[6]にできる。新井氏は、日本社会、他者の支配的な価値観と方法を積極的に受容して、「日本社会でのパスポート」を手に入れ、いよいよこの社会のエリートコースへの本格的挑戦をはじめるのである。

他者の価値観と方法の実践

在日同胞で、兄弟・親戚、あるいは知己に帰化者がいない、という人は皆無だろう。それは、一九五二年から一九九六年末までの累計帰化者数が、二十万一千六百二十人にのぼることからも推察できる。私の場合も、兄弟や親戚に帰化者がいる。彼らの帰化は、日本人との婚姻の増大という、新井家が帰化したときとは異なる在日同胞の状況を反映している反面、依然として「生活上の利便」や「民族差別からの逃避」を動機としている。その意味で、日本社会の支配的な価値観と方法を受容したうえでの決定なのだ。ただ彼らのほとんどは、「日本社会でのパスポート」をえるという目的を達成した後、それを積極的に活用して、日本社会での上昇志向を満たそうとしているわけではない。

どんな人間でも上昇志向はもっている。ただそれを達成するには、まずは学校で、次には職場でのきびしい競争に勝ちぬかなければならない。そして、それをある程度勝ちぬいた者たちにとって、その上昇志向を、もっとも手っとり早く達成する手だては、その社会の支配的な価値観と方法を徹底して受容することに加え、しっかりと実践することである。

新井氏の生きざまが示す人一倍強烈な上昇志向には、在日朝鮮人であった自己にたいする嫌悪や、自分自身の境遇をふくめた同胞にたいする軽蔑が存在していなかったとはいえないだろう。だから「日本人より立派な日本人になろうとした」新井氏は、学歴社会での一次的競争に勝ちぬくと、日本社会の支配的な価値観と方法を実践しはじめる。

新井氏の帰化後の経過をたどろう。府立北野高校から一浪して東大理科I類に入学し、経済学部に転部して、おりからの全共闘運動に参加した後、運動から手を引き、大学を卒業する。新日鉄でサラリーマン生活を送り、一九七三年大蔵省にキャリア（国家公務員試験I種合格者で本庁採用者）として入省した。入省四年目の一九七六年、厚生省に出向し、そこで当時厚相だった渡辺美智雄氏（後に自民党副総裁）と出会い、渡辺氏が大蔵大臣になったときに蔵相秘書官に抜てきされ、政界への道に乗り出し、そしてついに一九八六年、念願の自民党代議士になった。

その後、一九九二年には、金丸信・元自民党副総裁らの金権政治を鋭く指弾する「若手改革派」の旗手として、多数のテレビ番組に出演し、世論を味方に攻勢をかける。こうして新井将敬の名前が広く知られるようになった。これが彼の絶頂期だった。

しかし、こうした「改革派」という表の顔の裏側で新井氏は、日本政界の旧態依然とした体質、つまり、この社会の支配的な価値観と方法である、政官財癒着構造を利用する選挙のための裏金作りに精を出していた。自民党から衆院選に初出馬して落選した一九八三年十二月以降、渡辺氏に紹介された日興証券幹部にたいして、渡辺副総理の秘書であり、大蔵省キャリアという経歴と政界進出を準備していることを材料にして、株取引での利益供与を要求し、二億円以上の利益提供を受けていた。また、代議士になった一九八六年七月以降は、本人口座のほかに、他人の名前を借りる借名口座を開設して、利益提供を受けていたことも明らかになっている。今回の自死の引き金になったのは、この借名口座の開設と利益提供の要求が明るみに出たためだった。

「改革派のスター」として一時もてはやされた新井氏も、政界再編の荒波のなかで変転をくりかえす。一九九四年四月に自民党を離党して自由党を結党、年末の新進党結成に参加したが、一九九六年六月に離党、そして一九九七年八月、結局は自民党に復党した。その復党も、かつての同志がいる旧渡辺派は引き受けを拒み、勢力拡大を目指していた旧三塚派が数合わせ要員として引き受けてくれたにすぎない、みじめなものだった。三塚派では派閥の長や実力者とは個人的なつながりがなく、孤立した存在だったという。[7]

他者の価値観と方法からの裏切り

このように新井氏が、基本的には日本社会の支配的な価値観と方法にもとづく裏金作りに精を出し、一方では売名のために金権打破、政官財癒着を糾弾する「改革派」の仮面で強烈な上昇志向を満たそうとしても、常に彼の前に立ちはだかったのは、皮肉なことに、日本社会の支配的な価値観と方法だった。彼が受け入れ、実践したこの社会の支配的価値観と方法が、新井将敬を裏切り続けた。

新井氏が一九八三年十二月の総選挙に、自民党候補として旧東京二区（東京大田区）から出馬する準備をしていたその年の五月、彼の政治広報ポスター三千枚すべてに、「（昭和）四十一年、北朝鮮より帰化」という真っ黒いシールが貼られた。貼ったのは、当時選挙区が競合した同じ自民党の石原慎太郎元代議士（現東京都知事）の秘書だった。彼は、その秘書を器物損壊罪で告訴した。これに対して石原事務所側は、選挙妨害については非を認めながらも、「他国籍だった者が代議士になることについては、若干の問題があると思っている。」[8]と、むしろ開き直りさえしたのである。その後も、この「他国籍者だった者が、決定的な瞬間に日本の国益を優先できるの」か、という問いかけは、同僚議員たちからしつこくくりかえされることになる。これにたいして彼は、「日本を愛している、日本のために」としか言葉を返すことができない。しかし、熱烈な片想いも、いずれは終わりが来るものだ。

そして彼はみじめに自民党に戻ってきた。自民党でなければ、議員バッジを胸に付け続けられないからだった。その孤立とみじめさに追い討ちをかけるように、連続する金融不祥事の政界関連の突破口として標的にされ、一九九七年十二月、日興証券の利益提供が『読売新聞』にスクープされた。

「みんながやっていることなのに、自分だけがやり玉にあげられた。何故だ！」

これが新井氏の本音であり、多くの政治家たちの水面下での彼にたいする同情だ。しかし、この本音と同情は、世間では通用しない。一九九七年暮から年明けにかけて、自民党執行部は、新井氏に自主的離党を求めた。自民党のなかに、出戻りの彼を擁護しようとする者はいない。『毎日新聞』には、「新井氏は自民党のある幹部に、自分が韓国籍から、日本国籍を取得した事実を引き合いに出しながら、自分の株取引だけが問題になるのは『民族差別ではないか』と述べた」と記している。その記事は、「事件と無関係な話を持ち出した新井氏への戸惑い……」[9]と続けているが、民族差別と日興証券への利益提供強要事件のスクープとに、関係あったのか、なかったのかということは、こう発言した彼自身、深く追求しようとは思っていなかっただろう。民族差別が介在していたとしても、それは公式的には絶対に、否定されるからだ。

ただ彼は、言わずには、いられなかったのだ。帰化する前も、帰化した後も、東大に入り、大蔵省のキャリアになったときも、落選したときも、代議士になった後も、「改革派」のスターだったときも、自民党に出戻りした時にも、常に彼を駆り立て、それでも息苦しさを感じさせてきた、日本社会の朝鮮人にたいする支配的な価値観と方法。つまり、いつも彼に立ちはだかってきた、しかし、乗り越えようとしても、乗り越えられなかった壁。すなわち民族差別の存在認定とささやかな抵抗、そして、あきらめのため息が、この発言である。

新井氏は、彼を裏切り続けてきた壁そのものとは、ついに正面から闘うことをしなかった。代議士となり、ある程度の権力を行使できるようになったときにも。そのためだったのか、その壁のせいなのか、彼は多くの友人たちを失ってきた。

死者と生者

『朝日新聞』編集委員の早野透氏は、新井氏の自死を「政治家の宿業」とし、「幼時から国籍差別を意識させられ、東大紛争のなかで『どうせ一度死んだ命』と思い定め」「言葉と隠された現実が激しくかい離する。屈折したプライドというべきか、新井氏はそれを『死』で埋めたとみるほかない」「たぶん新井氏は一人の小さな世界に不相応な大きなロマンを投影して、『死』を選んでしまったのかもしれない」[10]と書いた。

早野氏は、この日本社会のなかで差別に直面し、それに何らかの形で抵抗しようとした被差別者の、どうにも説明しようのない思いは、まったく理解できなかったようだ。新井氏は、政治家になる以前に、すでに被差別者だった。彼は、被差別者であったがゆえに、政治家を目指した。ここに彼の自死の深淵がある。彼は決して、「政治家の宿業」で自死したのではない。彼は、「運命としての在日朝鮮人」として、無念さとともに、孤独に自死したのである。

新井氏のオモニ（母）が、自宅を取り囲む報道陣に向けて、「あんたら人殺しや」「みんなやっていることなのに、あの子だけやり玉にあげて」と泣きながら抗議した。これをテレビで見た久田恵氏は、「家族までその内実を知っていたとはなんという茶番だろうか。母親は『王様は裸だ』と自らの息子を指さしてしまったのだ」[11]と嘲笑した。しかし、兵庫県宝塚市に住んでいるこのオモニが、新井氏の株取引の内実を知っているわけがないではないか。ほとんどの政治家が不法な株取引をやっているのは、国民すべてが「知っている」ことだ。それを棚にあげて、久田氏は、このオモニを嘲笑する。だがオモニが言いたかったのは、自慢の息子を自殺に追い込んだのは、自身の人生で骨身にしみている民族差別だということである。それを告発し、抗議したのだ。「あの子だけやり玉にあげて」と。この告発と抗議が、新井氏が「自民党のある幹部」にもらした発言と一致することに、私はどうしようもないやりきれなさを覚える。死んでいった者も、生き残った家族も、民族差別という、忘れていたかった、重く、そして鈍く光るかたまりを飲み込まされたのである。しかし、どうして死んでしまったのか。彼は、妻と子どもたちのためだけにでも、生きているべきだった。

新井氏は、「運命としての在日朝鮮人」として、日本社会の、日本人の、つまり他者の支配的価値観と方法を受容し、実践し、そして裏切られて自死した、と、私は思う。しかし、実はそうではないかもしれない。

だが、生きている者は、死者に向きあったとき、死んだ者の生と死にいろいろな意味を見出し、自分の生き方を見つめ直す自由はある。新井氏とは対局の座標で生きている私は、この社会の支配的価値観と方法、つまり、「世間一般の通念における価値を前提にするのではなく、何が本当の善なのか、幸福なのか、この人生の根底をなすものとして、何を本当に自分は求めているのか、ということについて、型通りの決まりきった通俗な考え方から人間を解放してやるまでは、本当の解放というものはない」[12]ということを肝に銘じて、民族運動を続けていこうと、自分の生き方を見つめ直したのである。

（一九九八年四月二十三日脱稿）

1 原尻英樹『日本定住コリアンの日常と生活』明石書店、一九九七年。一九三―一九四ページ。
2 内藤和美『女性学をまなぶ』三一新書、一九九四年。十九ページ。
3 内藤和美、同上書、二十五ページ。
4 辻義就『反骨イズム　長州力の光と影』アミューズブックス、一九九七年。四十二ページ。
5 『毎日新聞』一九九八年三月十五日。
6 金英達『在日朝鮮人の帰化』明石書店、一九九〇年。百六十ページ。
7 新井代議士の経歴、発言、エピソードなどは、一九九八年二月二十日付の『朝日新聞』・『読売新聞』・『毎日新聞』、『毎日新聞』「新井将敬氏の死①―⑤」三月十三日―十七日、『読売新聞』三月二十六日を参考にしてまとめた。
8 『読売新聞』一九八三年五月十七日。
9 『毎日新聞』一九九八年二月二十日。
10 『朝日新聞』一九九八年二月二十一日。
11 『朝日新聞』一九九八年二月二十四日、夕刊。
12 林竹二『教師たちとの出会い』国土社現代教育一〇一選、一九九〇年、一八一ページ。

在日朝鮮人二世の親が日本で子どもを学校に通わせるということ

一九九九年の春と夏、そして記憶の井戸

長男は、この四月から東京都内の朝鮮初中級学校（朝鮮学校）の初級（小学）部に新一年生として入学した。

毎朝、黒い大きなランドセルに教科書と弁当をつめ、一回の乗り換えを入れて三十分ほどの殺人的な通勤通学列車にもめげず、トンム（同級生）やヒョンニム（兄さん）、ヌナ（姉さん）たちと元気に通学しはじめた。子どもの適応力は驚くばかりで、「案ずるより産むが易し」という言葉どおり、またたく間に一学期が終わった。入学時には全部そろっていた乳歯が、一本また一本と抜け落ちて大人の歯が顔を出し、身長がぐんと伸びて、体つきもしっかりしてきた。学校のことやソンセンニム（先生）、トンムたちの話を楽しそうにするとき、朝鮮語が混じりだした。身体の成長だけではなく、もっと大きな変化が、この子のなかに起こっているように思える。

一方、これとまったく同じ時期、日本社会でも不気味な変化が起こった。それは、ここ数年来の「朝鮮民主主義人民共和国（北朝鮮）の脅威」を口実にした日本社会の保守反動化が、一連の法制化

によって固定化されたことだ。「新ガイドライン関連法」（五月二十四日）、「日の丸・君が代法（国旗・国歌法）」（七月二十二日）、「盗聴法（組織犯罪対策法）」（八月十一日）、「住民背番号法（改正住民基本台帳法）」（八月十二日）が、「自自公」によって、東海村の事故のように、それこそ「臨界的」に成立していった。また、マスコミには大きく取りあげられなかったが、「外国人登録法」の一部改定と「出入国管理および難民認定法」の改悪がなされた。さらには、憲法改悪を視野に入れた「憲法調査会」を設置するために国会法改定（七月二十六日）もなされた。

この〈保守反動の法制化〉は、まさに二〇〇〇年を迎えるという契機性を意識した、〈侵略支配の歴史の逆清算〉であり、内容的には〈戦後民主主義と平和主義理念の清算〉の法制化だった。

一九九九年の一学期と夏休みに起こった、わが家の小さくはない変化と、わが家族が暮らす日本社会の〈臨界的な質的変化〉とが、私のなかで大きく共振しはじめた。地震の後に思わぬところから地下水が染み出すように、この共振によって、さまざまな記憶の断片が、意識の表層へと染み出すことになった。こうして、文芸評論家の本多秋五が表現したように「古い記憶の井戸」の水位が高まってきた。

記憶の井戸の水位が高まったのは、この時代と社会の不気味な危うさを乗り越える知恵を記憶にもとめ、それを無意識にまさぐったからなのだろうか。「現在の目で、よりよい未来のために、過去を見つめる」（徐京植、ミシェル・クレイフィ『新しい普遍性へ』影書房）という意識的な作業を、無意識に準備したように思える。もし、そうだとするなら、私がしなければならないのは、水位が高まった記憶の井戸からくみ出した、現在とも複雑に絡まっている記憶の断片を解きほぐし、それを歴史と織り成しながら、この危うさを乗り越える未来の知恵や構想を、イメージなりとも導き出すことだ。それが、私の経験と記憶に報いることになるだろうから。

「ねえ、ぼく何人?」という問いかけ

一九九九年の春と夏に起きた日本社会の質的変化が準備されていた時期、私は長男からの執拗な問いかけによって、呼び覚まされた記憶があった。それは、すでに忘れかけていた、説明しがたい違和感と、胸の奥がぴくりとうずく感覚をともなう古い記憶で、意識へと昇華するには、あまりに幼かった三十年以上も前の、「朝鮮人である自分自身への不快」=〈自同律の不快〉(埴谷雄高)の記憶だ。

長男は生後八か月から保育園に預けられ、そこに五年四か月通った。その彼が三歳ぐらいの頃から発し出し、朝鮮学校に通い出すまで執拗に続けた問いかけは、「ねえ、ぼく何人」というものだった。

長男は、母方の祖父に命名された朝鮮式の名前で呼ばれ、生活してきた。それは、本人にとっては、否応のないことであって、その名前しかないのだから、それで生活するほかない。本来、「ひとりの人間にひとつの名前」は、ごく自然であたりまえのことだ。ちょうど二十年前の一九七九年、「ビューティフル・ネーム」という曲が流行した。それはこう歌っていた。「名前それは燃える生命(いのち)/ひとつの地球にひとりづつひとつ/Every child has a beautiful name」と。

この曲が、国際児童年のキャンペーン・ソングだったことを、『ハンドブック子どもの権利条約』(中野光、小笠毅編著、岩波ジュニア新書)で最近改めて知った。そういえば、NHKが国際児童年をスポットでキャンペーンするとき、世界の子どもたちを映し、そのバックに必ず流れていた、と思いがけず記憶が呼び起こされもした。この本のコラム「ビューティフル・ネーム」の項には、「名前は、ほかの人とは違う『自分自身』が存在していることを、もっともわかりやすく証明しているものとい

えるでしょう。（中略）名前をもつことと、その人間の中身、つまりアイデンティティを確立していくこととは深いつながりがあるのです」とある。まったくその通りだ。名前と主体の問題、私たちに引き付けてみれば、「本名を名のり、本名で生きる」問題をきちんと整理している。異論はない、うなずかされる。

ところが、不自然なことに、大人も子どもも、大半の在日朝鮮人は、日本式の「通名」と朝鮮式の「本名」の二つの名前を、外国人登録として日本国家に申告・登録している。いわば、日本国家公認で「二つの名前」持っていることになる。在日朝鮮人の「ひとりづつふたつ」の名前。今年二十歳になった大多数の在日朝鮮人青年も、やはり二つの名前を日本国家に登録している。「ビューティフル・ネーム」が役所のロビーにおかれたテレビから流れるなかで、両親によって、彼らの二つの名前が登録されたのだろうか。このことを、『ハンドブック子どもの権利条約』の編著者もコラムの執筆者も知らないだろうな。知っていたら、わざわざ巻頭に「ビューティフル・ネーム」を再録し、コラムの項目にもあげないだろうなあ、ああ無邪気だ、とちょっと切なく考えた。

崇高な理想にしかけられた陳腐な時限爆弾

在日朝鮮人の大半は、日本式の「通名」と朝鮮式の「本名」を持っているか、持っていた。これは日本の朝鮮植民地支配の徹底性と戦後民主主義の不充分性の象徴といえる。

在日朝鮮人が二つの名前を持たざるをえなくなったその起源と原因は、周知の通り、日本帝国主義（日帝）の朝鮮植民地支配にある。「日本帝国主義は一九一〇年（「韓日併合」）以来朝鮮民族にたいし、一貫してその存在を抹殺し、日本の天皇に忠実な『皇国臣民』に仕立てようといろいろな方策をとってきた」(朴慶植『日本帝国主義の朝鮮支配』青木書店)。その極めつけが、一九三八年の「朝鮮語の禁止」(皇国臣民化教育)と、一九四〇年の朝鮮固有の姓名を日本式に変えることを強要した「創氏改名」だった。

人間は言葉で他者との意思疎通を図り、名前で相手をまるごと認知して人間関係を構築し、共同体(社会)を形成していく。人間の人間らしさ、言葉と名前の間には、切り離せない関係がある。それなのに、その民族＝人間の言葉を奪い、名前を奪う。それは、人間でなくなれ、というのに等しいことだ。それほど徹底した植民地支配を日本帝国主義は朝鮮民族に対して行ったのである。

朝鮮人から「言葉を奪い、名前を奪う」日帝の植民地支配は、朝鮮では一九四五年八月で一応終止符が打たれはした。だが、日本では戦後一貫して、民族教育への弾圧と敵視政策で「言葉を奪い」、そして温存された激しい民族差別によって「名前を奪う」ことを、半ば強制してきた。それは戦後民主主義の不充分性を示す、具体的で顕著な表徴だ。

戦後民主主義は、「主権が国民に存する」としながら、植民地支配と侵略戦争の最高責任者であるのみならず、差別そのものの象徴と体制である天皇と天皇制を「日本の国民統合の象徴」にすえ、その一方で、「国権の発動たる戦争を放棄」し、「戦力の不保持」を宣言する、という出発をした。一九九九年の現状からいうと戦後日本の出発は、主権在民と戦争放棄＝平和主義という崇高な理想に、天皇制という陳腐なまやかしが、時限爆弾として仕掛けられた、ということになる。

崇高な理想としての平和主義は、アウシュヴィッツと南京大虐殺、ヒロシマ・ナガサキに象徴される第二次世界大戦の惨禍――「人間はどのようなことでもできるのだ」(ハンナ・アーレント『パーリアとしてのユダヤ人』未来社)――に対する痛切な反省のなかから生まれた。「国民国家では、戦争暴力は歴史的に承認された暴力、法定の暴力とみなされている。（中略）国民国家は、常備軍をおいて、いつでも外敵にたいして戦争できる状態にあるのが普通で、（中略）国民国家それ自体が、法的に戦争と不可分なものになっていた」（多木浩二『戦争論』岩波新書）。つまり、当時普通とされていた国民国家と戦争の不可分の関係を、「戦争放棄」と「戦力不保持」で断ち切るという、人類の新たな普遍性を憲法化したのであった。これは二十世紀半ばに構想された、文字どおり人類の普遍的な理想だ。それがいま、まさに葬り去られようとしている。これを殺してはならない。二十一世紀に実現されるべき先駆性と普遍性を備えた理想として、生かさなければならない。

ところが、その一方で、戦後の日本には、徹底的な同化を強要しながら蔑視・差別し、そして収奪する残酷な植民地支配と、南京大虐殺と軍隊「慰安婦」に象徴される残忍で無恥な侵略戦争の最高責任者が、戦争責任を問われもせず、「国民統合の象徴」として生き残った。「無責任の象徴」である天皇に「統合」された日本国民は、最高責任者が責任を問われもせず、取りもしなかったのに、どうしてわれわれが植民地支配や侵略戦争の責任をとり、それを反省し、謝罪し、補償しなければならないのか、と開き直りの精神構造を生み出す苗床で、冷戦時代という戦後を生きてきた。そのため戦争の記憶が薄れはじめると、東京大空襲やヒロシマ・ナガサキへの非人道が、自分たちの非人道を相殺していると錯覚しはじめる。しかし、日本の都市に対するアメリカの戦略爆撃およびヒロシマ・ナガサキの非人道と、日本軍隊がアジア各地でほしいままにした非人道は、相殺関係ではない。非人道という事態は同じでも、植民地支配をした、侵略戦争をはじめた、その結果として招いた非人道という、因果関係までも忘却してはならないのだ。

こう議論すると、西欧帝国主義の植民地支配を持ち出してくる者がいるが、それに対しては、すべての植民地支配、侵略行為について、西欧は西欧でその償いをすべきだし、日本は日本で自らの責を負うべきだという当たりまえのことを確認すれば充分だ。だがいま、「非人道の積」を引き受けようとした真しな歴史認識は、「自虐史観」と罵倒《ばとう》され、日本社会のなかで少数者にされはじめている。

こうして、在日朝鮮人に対する蔑視・差別は、温存され、再生産された。在日朝鮮人は、蔑視・差別からの自己防衛のために、「通名」を使うことを半ば強要された。

小爆発をくり返しながら進んできた天皇制時限爆弾の時計は、その歯車で在日朝鮮人を引き裂き、踏みつぶしてきた。そしていま、最後の大爆発が迫っている。

三歳児の自分自身への違和感

長男は民族名で生活をしているのだから、当然、名前を呼ばれたり、言ったりするごとに、朝鮮人であることを表明することになる。これが彼にとっては、不可解であり、悩みの種だったようなのだ。保育園の友だちとは違う「変な名前」が、朝鮮人であることに由来することが十分に理解できない。ただ、この社会のなかで異質の存在であることは、わかる。「与えられた時と所と自身のなかで、その与えられた時と所と自身へののっぴきならぬ違和感が私たちの精神の自覚の出発点」(埴谷雄高)だとするなら、長男は、民族名で生活することで、私よりもずいぶん早く自身への違和感を感得したようだ。

私は、生まれたときから十八歳まで「通名」で生活してきた。「時と所と自身への違和感」は、「自分が朝鮮人だと知っていた」ために、同世代の日本人の少年たちよりは相当早く自覚していたと思うが、長男よりは、ずっと遅かった。ただ、その違和感が何なのかを現実のものとして、強烈に、そして決定的に認識させられたのは、十五歳のときだ。誕生日の翌日、土曜日だったと記憶するが、学校を早退して町役場へ外国人登録を確認申請に行き、左手人差し指にべったりと墨を塗られ、その指をぐるりと回して指紋を取られた。

「ひょっとしたら、朝鮮人じゃなくて、日本人なのかもしれない、そうあってほしい」

こんな淡い期待は、係員から渡された鼻紙で拭った指の墨のように、しつこくまつわりつきながらも、確実に拭い去られていった。この社会では受け入れられていないから、指紋を取られ、外国人登録証を持たされ、管理される存在としての自分自身を、実態として自覚させられたのだ。

さて、長男は、幼児がそうする、自分の名前を代名詞のように使う期間が、同年の園児たちに比べるととても短く、いち早く「ぼく」と言いはじめた。自分の名前を極力言わないようにするため、そうしたようだ。民族名を名のることで、相手に呼び起こす不思議な反応を敏感に感じ取っていたからだ。それが私にもはっきりわかったのは、四歳ぐらいのとき遊園地で長男が迷子になったときだった。私と妻は、半ばパニックであちこちとわが子を探し求め、あげくのはてに迷子センターにかけ込んだ。不安にベソをかいていた長男が、私たちを見て安堵の泣き声をあげた。係員に確かめてみると、長男は三十分も前にここにきており、長男から名前を聞き出そうとしたらしい。だが、パニックになってしゃくりあげながら告げる名前を、彼女はついに聞き取れなかった。その名前を、名前とは思えなかったから、案内放送のしようがなかった、というのだ。

この社会で、この名前は受け入れられていない。それを言うと相手が他の子とは違った反応をする。ひいては、そんな名前の自分自身も受け入れられていないのではないか、と暗い不安をもった。だから、いち早く「ぼく」と言いはじめた。

これと似たような「わずらわしさ」を妻も吐露していた。子どもを連れて、公園に行くと、同じように幼児をつれた若い母親たちがおり、少し会話を交わせば、子どもの名前を告げあうことになる。こちらの名前を言うと「えっ」という顔をされるので、「韓国人なんです」と説明すると、取りつくろうように「日本語が上手ですね」と返してくる。「日本で生まれ、育ったんです」とさらに言うと、相手はもう何のことかわからないし、こちらも植民地支配のことを話すのも面倒だし、相手も聞かないだろうと思う。これに疲れてしまう。なぜ日本語を流ちょうに話す朝鮮人が自分の身近にいるのか、その歴史と事実を教えられることもなく、考えもせず、不思議に思うこともない、無知と思考停止がまん延している。

変わったこと、変わらぬこと

ただ、私の子ども時代と長男の「時と所」は、少し違っている。私は、岐阜県可児《かに》郡（現在は可児市）で生まれ育ったが、その町で私が知っていた朝鮮人世帯は、母の実家を入れて、三軒しかなかった。また統計的に見ると、一九七五年（私が高校三年生）に外国人登録をしていた在日外国人は、七十五万一千八百四十二人で、日本の総人口に占める割合が〇・六七％、そのうち在日朝鮮人は六十四万七千百五十六人で、登録外国人の八六％を占めていた。つまり、当時の外国人問題は、在日朝鮮人問題といってもよかった。

一方、長男は、私の子ども時代のように、ほとんど在日朝鮮人がいない土地で生活しているのではない。また、一九九七年の登録在日外国人は百四十八万二千七百七人で日本の総人口の一・一八％に増加し、それに反して在日朝鮮人は六十四万五千三百七十三人で登録外国人の四三・五％にまで比率が低下した。そのなかでも、日帝の植民地支配によって日本に渡ってきた朝鮮人とその子孫である「特別永住者」は五十四万三千四百六十四人で三六・六％だ（統計資料は法務省入国管理局『出入国管理』平成十年版）。このように三十年の間に、在日朝鮮人を取りまく状況は大きく変化した。この変動の主要因は、いわゆる「国際化」による「ニューカマー」の増加と在日朝鮮人の日本国籍取得＝帰化にある。

この変化は、長男が通う保育園にも現れていた。朝鮮名で生活する長男と次男、通名の在日、南アジア、アメリカからの子ども、音読み中国名の子、そして南米からきた日系人の子らが、クラスに二人以上いた。そんな環境で生活する長男は、「○○君はパキスタン、○○君は中国、○○君は日本、ぼくは韓国」と確認する質問をくり返した。私や妻が「そう、韓国人だよ」と必ず答えるのを聞きながらも、「あー、ぼく日本だったらよかったなあ」と言ってみたり、「ぼく何人」と問いかけてみたりした。果ては「ぼくはロボットの国からきたんだ」と言っていた。この「ロボットの国」は、自身の存在への違和感を秀逸に表現していると思う。

私は記憶している限り、両親に面と向かって自分が「何人なのか」と問いかけたことはなかった。聞けば嫌な顔をするのがわかっていたし、それは問いかけてはならないように思えたからだ。あまりに自明なことでもあるし、それを確認するのも嫌だったからかもしれない。

朝鮮学校への入学準備を進めていたとき長男は、「○○君から、早く日本人になれって言われたよ。だからぼく、○○といっしょに△△小学校に行く」と、さもそれが当たり前の提案のように私に報告した。またある日、電動カートで遊べる公園に行ったとき、少し年上の女の子と知り合いになって遊んでいた長男が、彼女と別れて私たちのところに戻ってこんなことを言った。

「この子は韓国人だからいっしょに乗らないよといわれた。韓国人とはともだちにならないって」たしかめてみると、実はその子はそんなことを言ってはいなかった。しかし、どこかでそう言われたことがあったかもしれないのだ。

両親に、「ぼく何人なの」と問いかけた長男、問いかけられなかった私。生まれたときから民族名で生活してきた長男、大学生になるまでずっと通名で生きてきた私。しかし、この社会からは手放しで受け入れられていないという説明しがたい違和感と、胸の奥がぴくりとうずく在日朝鮮人であることの生きがたさ、「不快」を感じたのは、ほぼ同じだったようなのだ。

子どもを学校に通わせる「義務」ということ

なぜ、親は子どもを学校に通わせるのか。それは親の「義務」だからだ、という答えが即座に返ってこよう。それでは、何のための学校に通わせるのか、と重ねて問うと、次のように洗練された表現ではないが、おおむねこのような答えが返ってくるだろう。「今日の成熟した工業社会においては、社会の一員として充実した人生を生きるために、基本的な知的能力をしっかり身につけることが必要、（中略）とくに小、中学の基礎教育では、生涯の生活の支えとなる読み書き能力や演算能力をみっちり身につけるのを基本として、地理や歴史、植物や動物などに関する長持ちのする知識を、知能の発展段階に応じて、順序よく習得させることが必要」（上山春平「三つの疑問」、『教育をどうする』岩波書店）だからだと。

しかし、これは少し、きれいごとに過ぎる。親が子どもを学校に通わせるのは、もちろんこうした「読み書き計算と長持ちする知識の習得」もあるが、学歴社会である日本社会での「出世」の階梯を昇らせようという「野心」が、強い動機となっているのだ。

一方、子どもの側から学校に通うということは、第二次世界大戦後に伸張した普遍的な人権思想としての、子どもの教育への権利、学習権、発達権を行使することだ。しかし、それは決して、学校に通わなければならないという「就学の義務」には直結しない。

ところが、六歳の子どもが、教育への権利を行使するのは、あまりにも荷が重い。そこで親が、子どもに代わって教育権を行使することになる。あくまで親は、子どもの権利を代理で行使する、その義務を負っているのである。これが原点となる。だから、なぜ子どもを学校に通わせるのか、という問いに対して、「義務」だからと答えるその内容に、「子どもの学ぶ権利を行使する義務が親にはある」ということが、はっきりと自覚されなければならない。

だが、「義務教育」は一筋縄では行かない。義務にはそれの不履行に対して、罰則がともなう。義務には強制が付随する。したがって、「義務教育」＝「強制教育」の側面を否定できない。教育制度は、近代国家の出現にともなって普及し、発達してきた。

「強制教育制度というものは、その制度の由来からして、明確に近代国家の担い手としての国民あるいは市民を形成する目的をもつものである。つまり、近代国家の維持と発展に必要と見なされる知識・技術・行動様式および思想の形成を目的にしていると言ってよい。国家・社会の繁栄とそこでの生活に効果的な関係を持つ知識・技術の蓄積や獲得への関心が急速に教育と学習活動を支配していく」

(『村井実著作集三』小学館)。

つまり、子どもを「善く」するという私的な意欲が、国家に取りこまれ、現実に学校は、子どもに規格をあてがい、選別し、等級をつける場所になるのである。

こうした現実を林竹二は、「パンを求めて石をあたえられる」（『教育の再生をもとめて』筑摩書房）と表現した。そして、「多くの中学校で教師たちは昔の下士官になり、学校は兵営か刑務所、あるいは収容所になっている」（『教育亡国』筑摩書房）と指弾した。校内暴力、体罰、不登校、陰湿ないじめとそれによる自殺、学級崩壊……。

日本で子どもを学校に通わせるということは、だれにでも降りかかる、こうした危険を覚悟しなければならないということだ。

ましてや、「教育はつねに民族教育のかたちをとっておこなわれる」。それは「いわば近代教育の公理」（小沢有作『在日朝鮮人教育論―歴史篇』亜紀書房）だ。そのため、在日朝鮮人の子どもが、日本の「義務教育」――日本の国家意思にもとづいて、文部省が学校教育を管理・統制し、文部省が検定する教科書で、日本語による、日本の歴史と地理を教育され、児童・生徒が日本人になるような教育を受けるなら、否応なく、〈朝鮮人である〉という自身の存在の根本と、「日本人教育」が衝突せざるをえない。

私は、「義務」教育のみならず、高校・大学も「日本人」学校に通い、いま思えば「日本人」教育を受けることで、在日朝鮮人であることを日々「不快」に自覚させられ、「不快」に思わされていたのである。

朝鮮学校に通わせようと

妻は都立の養護学校で非常勤講師をしている。彼女は以前、同じ講師として仕事をしていた同僚――この女性は講師をするかたわら、教員試験の予備校（私はそんなものがあるとは知らなかった）

に通い、試験に合格していまは教諭として教壇に立っている――から、「どうして日の丸と君が代に反対するのか」と、民族名で勤務する自分に真顔でたずねてきたことを、驚き、あきれながら話してくれた。

また最近、「日の丸・君が代」の法制化が問題化するなか、彼女が勤務する学校の組合分会長が、植民地支配と侵略の清算問題と関連させてその問題を提起したら、新任の教師が、「植民地支配といって騒ぐけど、鉄道とか敷いていいこともしたんじゃないですか」と問い返してきた。当然、分会長は、それは「収奪の手段に過ぎない」のだと説明したのだが、彼は納得しようとしなかったという。しかし、否定しようのない事実はこうだ。

「植民地化が打算的になされたのでなかったなら、それは慈善事業となったであろう。だが、植民地化は何よりもまず収奪システムであった」（アルベール・メンミ『人種差別』法政大学出版局）

「自由主義史観」グループやそれを後押しする保守政治家たちに類する思考と妄言が、「日本人」学校でも勢いを増している現実がある。そんな教師が多数だとは思いたくない。だが、植民地支配や侵略戦争を「すべてが悪いわけじゃない。よいこともした」と錯覚している教師が、教室で「謝罪も補償もしていないと騒いでいる」朝鮮人や中国人の子どもたちにどう対するかは、火を見るよりも明らかではないのか。

さて、こう書いてくると、長男が教育を受ける権利を、彼に代わって行使する義務を負った私は、「日本人」学校の現状の危うさを避けるため、朝鮮学校へ通わせる「次善の選択」をしたかのように思われるかもしれない。

しかし、そうではないのだ。私は、人格の形成と（民族的）主体性の確立という教育の目的から考えたとき、祖国の分断状況の反映としてある、朝鮮学校に存在する問題点や課題を知らないわけではない。それでも、長男が朝鮮人だから、朝鮮人の教師によって、朝鮮人の子どもたちとともに、朝鮮語で、朝鮮の歴史や地理を教育してくれる朝鮮学校を積極的に選択した。一般的な「教育を受ける権利」だけでなく、朝鮮人が「民族教育を受ける権利」を子どもに保障したいということが、第一義にあったのである。

そして、とくにウリマル＝朝鮮語を身につけさせたいという、私の強い思い入れもあった。私の母語――「生まれてはじめて出会い、それなしには人となることのできない、またひとたび身につけてしまえばそれから離れることのできない、このような根源のことばは、ふつう母親から受けとるのであるから、『母のことば』、短く言って『母語』と呼ぶ」(田中克彦『ことばと国家』岩波新書)――は、日本語で、それは長男も同じだ。私は、ウリマルを二十二歳のときにはじめて、「奪われた言葉を取り戻す」という意欲で、しかし、実態は外国語のように、学びはじめた。そして後に、韓国の新聞や雑誌の記事を訳すことで社会用語を覚えた。だから生活用語はからきしだ。学び出して十年ぐらいたったとき、祖国統一運動の高揚のなかで、南北の祖国や海外同胞と頻繁に出会い、話すようになって、少しずつ会話がものになってきた。とはいえ、限界は明白だ。その苦労を長男には軽減してあげたい。

もうひとつ、私たちに与えられた母語は、日帝の朝鮮植民地支配が作用することで、日本語になったのだが、それがなければ朝鮮語になった可能性も大いにあった、ということ。さらには、私の父、義父、つまり長男の二人の祖父の母語が、まぎれもなく朝鮮語だという事実を重く考えたからだ。

さらに、朝鮮学校が日本の学歴社会の病理からは一定の距離が保たれていること。外から差別や敵視にさらされてきた反面、内側に弱い者に対するいたわりや助け合いがあること。そこでののびのびと遊び、学んでくれればよい、と考えたのだ。

「あかん！　就職できんようになる」

ところが、長男を朝鮮学校に通わせることに対して、三つの方向から、かなり強い拒否と反対・異論が提起された。

ひとつは、当事者である長男自身だった。彼は、保育園の友だちとは違う学校へ行くことに頑強に抵抗した。その引き金は、卒園式のとき、園児が最後に「ぼく（わたし）は〇〇小学校に行きます」と高らかに宣言する演出があるのだが、だれも行かない、だれも知らない「東京朝鮮〇〇学校」に行きます、とは言いたくなかった。だから公開授業や身体検査のために朝鮮学校へつれていっても、激しく抵抗して、決して校内に入らなかった。彼に対しては、なだめ、すかすことに徹した。ちなみに長男は卒園式で、「東京第〇小学校に行きます！」と「朝鮮」を抜いて宣言した。いま、嬉々として学校に通う彼からは想像もできないのだが、入学式の写真には、不機嫌で、ふてくされた彼の表情がとらえられている。

この抵抗の根底には、教育現場が地域から離れている、という問題がある。歩いて学校から帰り、歩いて行ける同級生と遊ぶということが、朝鮮学校の児童たちには少し困難だ。また、地域の人たちの民族教育に対する理解もえられにくい。

もうひとつは、岐阜県に住んでいる私の親、そして兄姉たちが見せた積極的、あるいは消極的な反対表明だ。とくに激しく反対したのは母だった。

母が明確に反対を唱えたことは二回ある。一度は入学のほぼ一年前、母を招待していっしょに旅行したときだった。母が、長男はどこの学校——彼女は、「日本人」学校しか念頭になかったようだが——に入るのかと聞いたので、「朝鮮学校に入れようと思っている」と答えた。すると、母の表情が急に変わって、私を一喝したのだった。

「あかん！　就職できんようになる」

もう一度は、入学準備も終えた頃の母からの電話だった。

「昨日一晩考えたんや。怒らんで聞きや。なんであんな小さな子を満員電車に乗せて、遠いところの学校に通わせるの。あの子がもっと大きくなって、自分で決めれるようになってから、朝鮮学校でもどこでも行きゃええやら」

母は、何とかして私の「暴走」を思い止まらせようとしたのだった。

両親は、私をふくむ三男一女を「日本人」学校に通わせた。長兄と末っ子の私は、大学まで行かせてもらった。ところで私は、この母の言葉で、二十代のはじめに在日韓国青年同盟（韓青）に参加して民族運動に参加した後にも、どうして私は民族学校に通わなかったかを、突きつめて考えてこなかったことに気づかされた。そして、私が民族学校、つまりは朝鮮学校に通わなかったことと、長男の朝鮮学校への入学に対する母の激しい反対が通底していることに思いいたるのだ。

ここには、祖国の一九四五年までの植民地時代、一九四八年から今日まで続いている分断時代という政治・社会状況と、それを維持し強めようとする日本の政治・社会状況に運命をほんろうされ、規定されながら、それでも何とか日本で「よく」生き延びていくため、自身が受けた蔑視と差別の経験に則してある在日朝鮮人夫婦が下した、「日本人学校へ通わせる」との判断がある。であるがゆえに、その判断は、意識するかしないか、また、望むか望まないかにかかわらず、政治的なものにならざるをえない。

登録原票ではじめて知ったある事実

最近私は、それを実感させ、そして私の誤った記憶をも訂正する、ある事実を知った。日本政府は一九九五年十二月から、非公開だった――とはいえ、警察は自由に閲覧複写していた――外国人登録原票の写しを、本人からの請求があるときには、交付できるようにした。これを利用して私は、私自身の、生まれて現在にいたるすべての登録原票の写しを手にいれてみた。そこには、私も知らなかった私に関する、さまざまなことが記載されていた。ここまで完全に管理されているのか、との実感がわきあがってきた。その「私も知らなかった事実」のひとつが、国籍欄に記されていた「朝鮮」が「韓国」に変更されたのは、一九六五年の韓日条約にもとづく協定永住権などの「韓国籍」取得者への「優遇」措置――実は「日本政府が本質において自己の利益にしたがって在日朝鮮人の間に(分断を持ちこむための)一定の『差』を設けただけ」(金昌宣『加害と被害の論理』朝鮮青年社)なのだが――がはじまった一九六六年より四年も前の、一九六二年だった、ということだ。

両親がおそらく自分たちもふくめて、私の協定永住権取得を申請したのは、これまた原票によると、一九七一年一月十六日だ。韓日法的地位協定によれば、「昭和二十年(一九四五年)八月十五日(終戦の日=原文)以前から引き続き居住している者(つまり両親)又はその者の子(私)として、同日以降に出生以後引き続き居住している者が、昭和四十六年(一九七一年)一月十六日までに申請したとき」(法務省入国管理局編『出入国管理の回顧と展望』昭和五十五年度版)協定永住権をあたえる、となっているから、まさにかけ込み申請だ。

私はこの当時、家のなかが、協定永住の申請をめぐってざわついていたことを、記憶している。その中心にいたのは、それを推進しようとする父と、すでに大学生だった長兄だった。学生運動と入管法反対闘争があった時期だから、長兄は、協定永住の取得に批判的だった。こうしたことから私は、私の国籍が韓国になったのは、協定永住権を取得するためで、それもかなり遅い時期の一九七〇年前後だと思い込んでいたのである。登録原票でかすかな記憶にもとづく、誤った思い込みは訂正されたが、疑問は残る。なぜそんなに早く韓国籍にしたのか。

もともと在日朝鮮人の外国人登録上の「国籍」はすべて朝鮮だった。しかし、祖国の分断状況に起因する在日朝鮮人の「国籍」問題の発端は、朝鮮戦争直前の一九五〇年、当時の韓国代表部からGHQに対して、国籍欄を「韓国」に変えるように要望が出され、日本政府が「本人の希望によって」韓国籍を採用してもよいことにしたことにある。だが実際、「大韓民国を支持」することを登録原票に記載するために、わざわざ国籍欄を韓国へと変更申請する在日朝鮮人は多数ではなかった。それは協定永住許可者数＝韓国籍の在日朝鮮人と単純化して統計を見ても、一九六六年で一万二千四百三十五人（入国管理局編、同前）に過ぎない。

私の登録原票の記載によると、国籍欄を韓国とする根拠となったのは、「檀紀四二九四・一二・二三（二文字判読不能）第一四九二号大韓民国国民登録証による」とされている。国交もなく大使館もなく、連絡通信も現在と比較にならぬほど不便だった当時において、大韓民国の国民登録をする事務的なわずらわしさは、いま以上だったはずだ。したがって、何らかの事情があったとしても、かなり積極的な韓国籍取得だったと言えよう。このあたりの事情を父に直接聞けばよいのだが、朝鮮・民族に関わる事項に関して、父は口を閉ざして語ろうとはしないのである。

私の記憶では、父の同胞とのつき合いは、同胞過疎地でもあったため、親戚の範囲とごく少数の同郷の人びとに限られていた。民団とのつき合いも積極的だったようには見えなかった。したがって両親、とりわけ父の「韓国支持」の政治的立場は、それほど強固であったわけではない。だが、「非朝鮮総聯」であったことは間違いない。したがって、私が朝鮮学校に通わなかった理由は、こうしたわが家の主体的条件が大きく関係していたのだろう。

言うまでもないことだが、こうした主体的な条件を規定しているのは、祖国の分断状況であり、これを抜きに、在日朝鮮人のもろもろの現象はありえない。

この主体的条件に従属する客観的な条件として、近くに民族学校・朝鮮学校がなかったこともある。当時もし私が、朝鮮学校に通おうとするなら、片道一時間以上もかかる愛知県春日井市まで通学しなければならなかった。

差別と「例外化」、そして帰化

父は一九二〇年、日本帝国主義の植民地支配下の朝鮮慶尚北道《キョンサンブクト》で生まれ、父自身の言葉によると一九四〇年に朝鮮から「徴用令にもとづいて」強制連行され日本に渡ってきた。一方、母は一九二七年に岐阜県に生まれ、そこで育った。わが家は母の実家のすぐ近くで生活していたから、祖父母は私にとってきわめて近しく、本当にかわいがってくれたものだ。遊びに行けば必ず十円銅貨をくれた。

祖父母はいま思うと、朝鮮そのもので、怒るときとひそひそ話が朝鮮語で、家にはオンドルもあった。祖母は「中気」なのにタバコ好きで、利かない体でも砧《きぬた》で洗濯物をたたいていた。また祖父の仕事は飯場の親方、養豚業、廃品回収など、典型的な在日朝鮮人一世の職種を変遷してきた。しかし、祖国や同胞とのつながりは希薄だったようだ。そんな関係と、経済的な問題はもちろん大きな要因だったが、母は祖国に行ったことがないのである。私が父方の祖父母の顔を知らないように（名前は、戸籍を取り寄せたときに知った）、母も義理の父母、舅・姑の顔のみならず、名前すら知らないのである。

朝鮮民族の祖国からの離散のある形、日本国と日本語の檻《おり》にとらわれた、在日朝鮮人の過疎地で育ったこうした母のありようと、母がそこから導き出した判断と処世訓は、私たち兄弟に決定的な影響を与えた。それは、民族差別を受けてきた痛みから導き出されたものだ。また同時に、民族運動をはじめ、あらゆる「運動」に対するあきらめと懐疑もあっただろう。差別を認めるわけではないのだが、そこから受ける痛みを最小限にするため、日本社会の価値観と方法を積極的に受容すること、つまり同化する、という結論。「汚くて、貧しくて、粗野で、勉強ができず、まともな就職に困り、出世できない朝鮮人」から「例外化」（ハンナ・アーレント）すること。「あの人は朝鮮人だけど勉強ができる」「あの人は朝鮮人だけどいい会社に入った」「朝鮮人だけど○○」になること。つまり「朝鮮人だから○○」という限界から抜けだし、「例外化」するということだ。

それは、母が小学生の私に、当時としては珍しかった髪を茶色に染めた近所の日本人の「不良少年」を例に出しながら、こう言ったことに端的に現れている。

「あんた、あんな風になったらあかんよ。あんたは他の子とは違うんやで、だれにも負けんように一生懸命勉強しなあかんよ」

「うん、わかっとるよ」

私は母が何を言おうとしているかが、痛いほどわかった。しかし私は、そうしなかったし、できなかったという、また別の痛みをともなって、母の表情を思い出す。

「例外化」しようとすることは、同胞とのつながりよりも隔絶をもとめることであり、同胞への親愛感よりも嫌悪感をもとうとすることである。私は家を離れて、学生時代の終わりに在日韓国青年同盟（韓青）運動に出会うまで、「例外化」など実現してはいないのに、同胞に対する意識だけは「例外化」していた。だが「例外化」は、決して人間的ではなかったのである。

母が私に言った「他の子＝日本人とは違うから一生懸命勉強せよ」と、長男の朝鮮学校入学に反対する「就職できんようになる」との一喝は、同一線上のものだ。日本で朝鮮人であることは、不幸だということなのだろう。それは、現状において、一面真理だ。「しかし」、と私は言いたくなる。「それは正しいことではない」と。だが、母は言うだろう。「正しいことでご飯が食べれるの」と。私は心のなかで母に言う。

「いったいうちの身内で、だれがおかあちゃんの言うように、ちゃんとした就職して、ご飯を食べているの。勉強ができて、一流という大学を卒業しても、不安定な変転をくり返してきた。それでもだれに迷惑をかけることなく、何とか暮らしているじゃない」

こうした親子の懸隔は、特異な歴史的存在である在日朝鮮人の、あまたある現実の一断面だ。ただ私が切ないのは、私にとってかけがえがない母が、いまも母なりの考えにもとづいて、一点の曇りもなく私たち家族の幸せを願いつづけていてくれるのに、だが、しかし、孫である長男が朝鮮学校で学んできた朝鮮語で母にあいさつし、話しをしても、母にとってそれは、厭わしいことに過ぎないことなのか、と思わざるをえないことだ。

「私には、なんとも言えないけれど」

私の母のように日本に囚われ、子どもたちの「例外化」を願い、それを子どもに説いた在日朝鮮人の母たちは、決して少数ではなかっただろう。

しかし、「例外化」はたやすいことではない。また、「例外化」をある程度達成したとしても、在日朝鮮人のスポーツ選手や、芸能人に見られるように、自分の出自を明らかにすることはまれだ。また出自を明らかにしたとしても、それは「周知の事実」「公然の秘密」になったあとが多い。

母親たちに「例外化」を説かれた在日朝鮮人の子どもたちは、「例外化」をある程度成し遂げたとしても、あるいは成し遂げられなかったとしても、この日本社会では同化＝帰化へと向かった。

在日朝鮮人がサンフランシスコ講和条約によって「日本国籍」を「喪失」した一九五二年から一九九八年までの間に、日本国籍を取得（帰化）した在日朝鮮人は、約二十二万五千人にのぼる。「七十万在日同胞」といわれた日帝植民地支配によって日本に離散してきた在日朝鮮人のほぼ三人に一人が帰化したことになる。実際、長兄、姉、次兄、私の四人兄弟で、帰化していないのは私だけで、長兄は同胞同士で結婚した後に夫婦で帰化し、姉と次兄はそれぞれ日本人と結婚して帰化をした。

長兄は「帰化することにした」と、直接私に告げた。理由を問う私に長兄は、国籍の壁のために地方の国立大学で研究者の道を歩むことを断念した経験に根ざして、「自分たちが経験したこと（差別や日本社会から受ける圧迫感）を子どもたちに味わわせたくない」と話した。しかし、子どもたちに自分の出自は理解させるとも言っていた。

長男の朝鮮学校入学に対する第三の異論・消極的反対は、こうした私の兄弟たちから提起された。

長男が朝鮮学校に通うことに対して、「私には、なんとも言えないけれど……」と、妻との電話で、うえの義姉さんが話していたと聞いた。この異論は、もちろん「日本で生活していくのだから、『日本人』学校で」という意見からのものだが、もうひとつ、「あの何をするかわからない独裁国家、北朝鮮と密接な関係がある朝鮮学校」、そして朝鮮総聯に対する反対・異論も小さくない比重を占めている。そして、こうした異論の背景をなし、増幅させているのが、ここ数年来吹き荒れている「反北朝鮮」キャンペーンであることは、論をまたない。

「戦後」、「戦前体制」

冒頭にふれた日本社会の質的変化は、一言で言えば、「戦争のできる国づくり」であり、「戦前体制づくり」だ。「永遠の戦後」はありえないのだろうか。戦後が長ければ長いほど、戦前が短くなっていくのだろうか。

「戦後」という言葉。日本で「戦後」というと、「戦」はアジア・太平洋戦争で、「後」は日本の敗戦によって終結した後の時代を指す。日本人および在日朝鮮人は、世界の人びとがそれぞれの言語で「戦後」と表現したときに呼び起こされる戦争の記憶、その意味や認識も、一九四五年を起点にした時代を指すものと考えがちだ。しかし、二十世紀は、まさに「総力戦に明け暮れた世紀」だった。そのため、「戦後」という言葉が喚起する時代は、それぞれの国家と民族、のみならずそれぞれの戦争に関わった個人によっても、異なるはずだ。

こんな当たり前のことに思いいたったのは、「米国人はもう太平洋戦争を忘れている。戦争と言えば、ベトナム戦争だと思っている」というブッシュ（父）元大統領の発言（朝日新聞社編『日本とドイツ――深き淵より』朝日文庫）を読んだときだった。アメリカと闘ったベトナム民族にとっても、それは同じだろう。彼らの「戦後」は、ベトナム戦争とその後の時代を指す。またアメリカは、ベトナム戦争の前に朝鮮戦争に介入・参戦している。わが民族にとって「戦後」は、朝鮮戦争とその後の時代である。カンボジア内戦、アラブ・イスラエル戦争、中越戦争、イラン・イラク戦争、数多くの内戦、この世界には、「それぞれの民族にとっての戦前と戦時、戦後」が満ちあふれている。確かに第二次世界大戦は人類史的な意味を持つ戦争だったが、それでも日本での「戦後」という言葉を安易に世界にまで広げてはなるまい。

それを踏まえたうえで、私たちにとっての「戦後」が、「戦前」に変わろうとしている。この「戦前体制」は、決して一九二五年の治安維持法制定以後の戦前・戦争体制と同一のものではない。これを認識しておかないと、「歴史は決して『逆戻り』しない」というレトリックを用いた、「何かのはずみで日本が戦争の当事者になることがあったとしても、それはかつての戦争と同じではない」（大月隆寛『毎日新聞』一九九九年八月十五日）などという戦争肯定論に足元をすくわれてしまう。大切なのは、戦争を否定し、反対するということであり、戦争ができる体制づくりには、必ず社会的弱者から徐々に人権がはく奪される事態が随伴し、それが最終的には全社会を支配する、その事態を阻止することなのだ。

しかし、「戦前体制づくり」が、「北朝鮮の脅威への対処」によって合理化され、多くの日本国民は、それに暗黙の了解をあたえていった。暗黙の了解をあたえた「日本人」のなかには、朝鮮人も数多くふくまれているだろう。また、在日朝鮮人のなかには、「戦前体制づくり」を苦々しく思いながら、「そうさせた北朝鮮への怒り」を増幅させている人びとが多数いる。

北朝鮮への蔑視と近親憎悪

なぜか北朝鮮に対してだけは冷静になれない、というよりも、何を言っても、何をやっても許せない、という反応が日本人のなかに広範に存在しており、そのたぐいの「近親憎悪」が在日朝鮮人のなかにも渦巻いているようだ。

「いくつかの簡単な質問をします。考えてみてください。『核兵器を実際に二度使用したことがあり、現在も核中心の政策を持ち、核を使うと脅かし、また朝鮮半島で実際に使う計画を持っていたのはどの国か。』『国連の承認もなく、自国の法的手続きも踏まずに何度も戦争に出かけていったのはどこ国か。』『国際司法裁判所の決定でも、自国に都合が悪ければ知らん顔で無視するのはどの国か。』『気に入らないことをする小国にはすぐ武力攻撃で思い知らせるのはどの国か。』『敵に最大の苦痛を与え、味方の損傷を最小限にとどめるような新兵器を絶えず開発し、戦場で実験し、東南アジアの森林を化学兵器で破壊し、人命や社会への補償義務を否定しつづけているのはどの国か。』『最近は劣化ウラン兵器をイラクやユーゴスラビアで使用し、広大な地域を放射能で汚染し、次世代をも危険にさらしたのはどの国か。』『南アメリカ、中東、東南アジアのさまざまな国で、独裁政権や軍事政権を武装化し、民主主義運動や少数民族への苛烈な弾圧に手を貸してきたのはどの国か。』『戦争を宣言すれば、国際法の対象となるので、何度となく侵攻、侵入、干渉をくり返したのに、戦前の日本のように戦争という言葉を避けてきたのはどの国か。』」（ガバン・マッコーマック「一九九九年の地殻変動」、『ストップ！　自自公暴走』「世界」緊急増刊、岩波書店）。

答えは北朝鮮ではなくアメリカであり、「また、直接的、間接的に日本は同盟国としていつもこうした行為に理解を示し、支持してきたという意味では共犯」(同前)だった。

アメリカはいま、これまでの「ならず者国家」としての行動を放棄したのか。日本はそれへの共犯関係を解消したのか。「ならず者とその手下が自分たちをたたきつぶそうとしている」と北朝鮮は考えている。また、実際にそうしているではないか。ましてや手下の日本は、過去にも朝鮮に攻め込んで悪行の限りをつくしたのに、それを反省も謝罪も補償もしていない。

脅威の実態はどうなのか。日本政府は、昨年八月の北朝鮮の人工衛星打ちあげは「重大な脅威」で、今年あった中国の大陸間弾道ミサイルの発射実験は「脅威ではない」という。人工衛星の打ちあげ技術はミサイル技術と同じだから「脅威」だと主張するのなら、核保有国である中国の核ミサイルの標的は、台湾、アメリカ、ロシアと在日米軍が存在する日本だが、その中国が行った日本全土を射程にふくむ大陸間弾道ミサイルの発射実験の方がよほど実態として脅威だ。コンピューターの二〇〇〇年問題を大騒ぎしているように、核ミサイルの誤射の可能性が排除できない現実においては、なおさらだ。中国から次々と「不審船」がやってきて、大量の不法入国者や麻薬が日本に上陸している。中国マフィアといわれる犯罪集団が存在し、それがらみの殺人・強盗事件が頻発している。中国を貶《おとし》めるために書いているのではない。「北朝鮮の脅威」が叫ばれるが、あまりに実態がともなわないことを言いたいのだ。

明治時代の「征韓論」から日本の支配層は、「客観的な危機が存在しない場合でも、国内の諸矛盾の存在や権力強化の手段のきわめて有効な方法として任意に危機や脅威の対象を設定」(纐纈厚『侵略戦争』ちくま新書)してきた。そして、そこにアジア蔑視と欧米コンプレックスが結合させられた。

物事には原因と結果があり、実態がある。しかし、北朝鮮に関してだけは、それが吟味されない。

ここには、やはり蔑視・差別が作用している。だから、北朝鮮自身の声に耳を傾けない。たとえば北朝鮮は、みずからの目標として自主的で豊かに栄える国にしようと「強盛大国（강성대국）」というスローガンを掲げている。先に引用した多木浩二の『戦争論』は、すぐれた論考の、一読に値する本だが、その著者にして単純な事実誤認をふくむこんな一節がある。『『強勢大国（朝鮮語で表記すれば강세대국だ：筆者、傍点も）』と称し、人民の生活を犠牲にしても軍事の強化を目指す北朝鮮の行動は不気味である。テポドン・ミサイルを日本をこえた太平洋上に向かって発射したこと、不審船の追跡劇など不穏な状況がすでにある」（一七四ページ）。こうした単純な事実誤認と北朝鮮に関する記述のステレオタイプ。知識人でさえも、いかに北朝鮮自身の資料に目を通していないかがわかる。朝鮮語ができなくても、日本語で読める資料はいくらでもあるのに……。

いま「日本人」であること

長兄には小学四年生と一年生の息子がいる。彼らは当然「日本人学校」に通っている。この夏、「日の丸・君が代法」が成立したとき、私が真っ先に思い浮かべたのは、彼らのことだった。

私が「日本人学校」高学年の頃、学校で朝礼のたびに校長が、教室では教師が「祝日には日の丸を揚げましょう」と言い出した。確かに近所の家には日の丸が出されていた。同級生のO君の家にも当然のごとく。だがわが家は日の丸がなかった。掲げようにも掲げられない。そこで父に「校長先生が言っていた」とせがんで日の丸を買わせた。祝日のたびにそれを掲げるのは、私の役になった。父がそれを買うとき何か言ったかは、まったく覚えていない。「君が代」は当然、歌っていた。高校生になってようやく「日の丸・君が代」が何なのかをサークルの「学習会」で学んだ。父に日の丸を買わせたことを深く恥じた。卒業式、それまでなかった「日の丸・君が代」が復活した。私は別の問題もふくめて、「君が代」のときには着席・拒否を訴えた。何人かが同調した。

「日の丸・君が代」は必ず強制されていく。それに小学生が抵抗するすべはない。

次兄には、大学二年の長男と高校三年の次男がいる。五月に「ガイドライン関連法」が成立したとき、彼らを思った。

一九九四年、朝鮮半島での戦争の危機が頂点に達したとき私は、在日アメリカ大使館を訪ね、緊張激化に反対し、対話による核問題の一括妥結・平和的解決を要請したことがある。そのとき応対した係官は、韓国系アメリカ人のウー・C・リー二等書記官だった。彼は小学校のときに韓国からアメリカに移民したという。討論の過程で彼は、アメリカの政策の正当性を正面から主張し、北朝鮮の好戦性を非難した。私が、「もし戦争が起こったら、北も南もなく被害を受ける。あなたも同じ韓国人でしょう」と言うと、彼は即座に「ノー、違う」と強く否定した。だが「あなたの親戚や血縁はソウルにいないのか、あなたのご両親の友だちは韓国にいないのか。もしも戦争が起これば、ソウルもピョンヤンも火の海になる」と話すと、彼はひととき沈黙した。

「戦争ができる国」なっているいま、国家は甥っ子たちもふくめ若者に、アジアと対立する「日本人」であることを迫ってくる。彼らは「日本人か」と問われて、リー書記官が「アメリカ人だ」と胸を張ったように、「はい」と直立不動の姿勢をとるのだろうか。

語られない記憶

父は慶尚北道から「日の丸」に追い立てられ、「君が代」を歌わせられて、下関に上陸した。最初に行ったのは土木工事現場で、そこで日本人から「石井亀吉」という名前を「つけてもらった」。母によればこの通名は、亀は長生きでめでたいからだ、と言われたというのだが、よく見ると「石亀」から適当につけたような気がする。私は小中学生時代、父の通名が嫌だった。これを言ったり書いたりするたびに同級生からからかわれて、もっとかっこいい名前だったらと何度思ったことか。しかしこれも、歴史知らずの感慨だ。

父は飯場から逃走した。「ひどい目に合わされた」と言っていた。箱根湯本に行った。それ以上のことは、父から聞いていない。たんすの引き出しに父の協和会（朝鮮人を融和し同化させ、監視する団体）手帳があった。それによると、大阪市西淀川が現住所となっていた。父の協和会手帳は、私の不注意で紛失してしまった。

私が知っている父の過去は、これだけだ。一昔前の父と息子の関係は、話をする関係ではなく、父が母に暴力を振るったりすることもあったので、彼を否定する気持ちが強く、疎遠だった。しかし、あまりにも知らなすぎるではないか。

父は「長男もおれの昔の話を聞き出そうとするけんど、話したないんや」と、この夏休み私の実家に帰った妻にもらした。

八十歳になる父が、口を閉ざして語らない記憶。同じような体験をした同胞の証言などから、おおよその推測はできても、私の存在の原点である父の人生は、やはりわからない。父の人生がわからないということは、私が私自身を知り、認識するうえで、大きな欠落があるということになる。しかし、五十年以上前のことであっても、父のなかでは時効になっていないようなのだ。

いま、私が属した、ある在日朝鮮人家族の解体が完成しつつある。もともと家族は、生まれ離散していく生活単位だ。だが、この歴史の大きな転換点のなかで、語られぬ記憶に想像力を働かす最後の共通項はなくならない。どうしたって否定できないことは、この家族の出自は朝鮮半島にあるということだ。帝国主義と植民地支配によって日本に離散してきた両親のもとに生まれた兄弟たちは、それぞれの生き方をしはじめたが、結局は、朝鮮半島の分断と、それに規定される日本社会の「戦前体制化」とも無関係に生きることはできない。

長男が夏休みに、長兄の子どもたちと遊んだことをまた楽しそうに話す。

「ああまた、兄ちゃんたちと遊びたいなあ」

長兄の子どもたちは、長男の民族名を自然に呼びながら遊んだという。彼らも、何かを感じ、理解しただろうか。

夢を見た。

子どもたちが肩を組んでこちらにやってくる。互いの出自をおおらかに確認しあってやってくる。そして、朝鮮と日本にまつわる、互いのよりより未来を確認し合う。

夢が覚めても幸せだった。

二十一世紀の子どもたちに「星の時間ほどの戦後」と「美しく統一した祖国」をゆずり渡したいと、心の底から思った。

中原中也「朝鮮女」、尹東柱「序詩」再読

――誤読の許容範囲と喪失感

「〈若かった頃〉として過去を振り返る歳になったんだ」と、思う瞬間があった。きゅっと心が締めつけられるような軽い恥の感覚とともに、中原中也（一九〇七―三七年）の「汚れちまった悲しみに」という詩に曲をつけて、ギターの「弾き語り」をテープに録音したことを思い出したのだ。そんな〈若かった頃〉、つまり、いまなら気恥ずかしくて絶対にしないだろうことを、〈だれかに知らせたい秘密〉として、宝物にしていた頃の記憶がよみがえったのは、中原中也詩集を、おそらく、四半世紀ぶりに手にしたからだった。

人は生涯の一時期、一度は詩人になる。正確には、なったつもりになるのだが、青春の入り口で、にわかに詩を読み、「詩」まがいのものを書いたりする。私もそんな青春の法則にしたがって、角川文庫版、河上徹太郎編の『中原中也詩集』を手にした。生まれて初めて買った詩集だ。なぜ中原だったのか。友人に紹介されたのか、たまたま本屋で見かけたからだったのか。記憶はあいまいだ。ただ、その詩集の表紙にあった（と記憶する）、中原のポートレートとして有名な、お釜帽をかぶって、夢見がちな視線をやや上方に泳がせた丸いひとみが印象的な風ぼうに惹かれた、ということだけは確かである。

三十歳で夭折《ようせつ》した詩人が、しかし、このポートレートの静謐《せいひつ》な印象とは隔たりの大きい人物だったことを知ったのは、ごく最近だ。

大岡昇平（一九〇九―八八年）は、二歳年長の詩人、中原中也を青春の同行者に得た。これは、大岡の文学的成熟と成功にとって、この上なく幸運な偶然だったといえる。大岡の作品系列には、俘虜《ふりょ》体験に基づく『俘虜記』『野火』から『レイテ戦記』にいたる戦争文学の系列、『武蔵野夫人』『事件』など戦後の世相を背景にした人間心理を探求した系列、さらには歴史小説の系列もある。それらの主系列とは別に、富永太郎、中原中也ら同時代の詩人の評伝・作品解説の系列が存在する。この系列は戦後、先の二系列と同時期に書き出されており、以来、四十年にわたって書き継がれてきた。その執拗さは、決して大岡自身が書くような、「自分自身の青春を検討したいというエゴイズム」からだけではないだろう。大岡の執拗さは、自他ともに認める、「調べ魔」大岡昇平の面目躍如たるものだが、それ以上に、「私の青春に決定的な影響を与えたこの友」の人生を書き残し、彼の詩を解説することが、青春の同行者だった自身の義務である、との自覚に由来していると思える。

「我々は二十歳の頃東京で識り合った文学上の友達であった。我々はもっぱら未来をいかに生き、いかに書くかを論じていた。そして最後に私が彼に反《そむ》いたのは、彼が私に不幸になれと命じたからであった。（中略）――中原の不幸は果して人間という存在の根本的条件に根拠を持っているか。いい換えれば、人間は誰でも中原のように不幸にならなければならないものであるか。」（大岡昇平「中原中也伝――揺籃」）

この文章には、緊張感をはらんだ中原と大岡――および中原の周囲にいた友人たち――との関係が簡潔に述べられ、なおかつ中原個人に限定されぬ、人間にとって「不幸」とは何か、へと思索の昇華がなされている。大岡は別の友人が日記に記した、「中原に居られるのも嫌、帰られるのも嫌、変な気持ちです」という記述を引いた後、「これはわれわれの、少なくとも私の気持ちにはぴったりです」と、付け加えている。中原の生涯を象徴する感慨である。

私は、こうして大岡昇平が、四十年にわたって書き続けた中原論を集大成した、岩波書店版の『大岡昇平集』第十三巻（一九八三年四月二十六日発行）をごく最近読んで、中原の伝記をはじめて知り、中原の詩の本格的な作品解説に接した。

中原詩集を手にした当時、私は中原の伝記や作品解説を求めなかったということになるが、角川文庫版には、編者の河上徹太郎の解説があり、最低限の伝記と作品解説は読めたはずだが、まったく記憶にない。また、それ以後、三十歳にいたるまで、詩を求めて買ったのは、谷川俊太郎だけだった。それさえも、確かには読んでいない。それほど私は散文的だったし、いまだにそうなのである。私の〈青春詩人症候群〉への感染は、多くの人々と同様に、極めて軽度だった、といま改めて思う。

さて、大岡の中原論を読み進むにつれて、中原の詩そのものを、引用の断片ではなく全文を、参照したくなってくる。本にまつわる記憶は不思議なもので、内容はほとんど忘れていても、〈読んだという記憶〉〈買ったという記憶〉だけは、けっこう残っているものだ。そこで、確かにあるはずの、実は新潮文庫だと勘違いしていた中原詩集を、さして多くもない蔵書のなかから探し出そうとした。

ところが、何度探しても見つからない。〈若かった頃〉は、少しでも蔵書を多く見せようとしたから、たとえ文庫でも実家に置いてきたはずはない。すると、子どもが成長するにしたがって、手狭になりゆく住居空間の天敵になってきた本の数を減らすため、少し前に古本屋に出した本のなかに、中原詩集が含まれていた可能性が高い。

こんないきさつで、私は、四半世紀ぶりに中原中也詩集を手にすることになった。角川文庫のカタログから中原詩集は消えていた。その代わり、勘違いしていた新潮文庫には中原詩集が入っていた。私は、中原論の流れもあり、大岡昇平編集の岩波文庫版を買い求めた。そうして、詩集と大岡の中原論を参照しながら読むにつれて、どうしても〈若かった頃〉にながめた角川文庫版を入手したくなる。岩波文庫版に少し遅れて、「昭和四十三年十二月十日改版初版発行、昭和六十年六月三十日改版三十四版発行」の奥付がある角川文庫版も、古本屋で手に入れた。かつて持っていたものとは、カバーデザインと背の色が違う気がしたが、確かめようもない。

中原詩集を手にとって、まっさきに開いたページが、〈人知れぬ名曲〉の歌詞となった、「汚れちまった悲しみに……」だった。そうして冒頭に記したように、〈若かった頃〉をまざまざと思い出したわけだが、人間に備わった記憶装置は不思議なもので、記憶の断片が無意識に線となり、面へと広がりはじめる、〈記憶の連鎖反応〉が起こってきた。

「確か、『朝鮮なんとか』という詩もあったはずだ」

目次を見回すと、果たして、「汚れちまった……」のとなりのページに、「朝鮮女」がある。

中原が生前に編集した詩集は、一九三四年十二月に刊行された処女詩集の『山羊の歌』、そして中原没後の一九三八年四月に刊行された第二詩集の『在りし日の歌』だけだが、「朝鮮女」は『文学界』一九三五年五月号に発表され、『在りし日の歌』に収録された作品だ。

民族教育を受けることなく成長していた、私のような〈在日〉朝鮮人の子どもたちは、自分が朝鮮人であること恥じて生きるよう強要する、この社会の見えない壁の圧力に対して、概して無力だった。

日本名を名乗り、朝鮮人であることを隠しているがゆえに、ウソ発見機に反応するように、〈朝鮮〉という文字と〈チョーセン〉という音に敏感に反応した。「朝鮮なんとかという詩があったはずだ」という記憶も、十六歳の同化少年が、〈朝鮮〉という言葉にそのように反応した結果として、深く脳裏に刻み込まれていたため、記憶の連鎖が及んだのだろう。

朝鮮女

朝鮮女《をんな》の服の紐
秋の風にや縒《よ》れたらん
街道を往くをりをりは
子供の手をば無理に引き
額顰《しか》めし汝《な》が面《おも》ぞ
肌赤銅《しゃくどう》の乾物《ひもの》にて
なにを思へるその顔ぞ
――まことやわれもうらぶれし
こころに呆《ほう》け見ゐたりけむ
われを打見ていぶかりて
子供うながし去りゆけり……
軽く立ちたる埃《ほこり》かも
何をかわれに思へとや

軽く立ちたる埃かも
何をかわれに思へとや……
……………

十六歳の私は、この詩をどう読んだのだろう。声に出して二度三度、ゆっくりと朗読しながら記憶をまさぐってみた。言葉のリズムがなんとも心地よい詩だ。だが、〈記憶の連鎖反応〉は「朝鮮女」とも、中原の詩とも別の方向へと連なるばかりだった。

そこで私は、〈若かった頃〉の私になってこの詩を読む、ゲームめいたことを始めてみた。

「朝鮮女の服の紐／秋の風にや縒れたらん」、これは当時の私でも、「服の紐」はチョゴリの結びひもで、風に吹かれて絡まるようすをイメージできたはずだ。だが、チョゴリを知らない日本人は、「服の紐」をイメージできるだろうか、と考えた。〈若かった頃〉の私は、結婚式で女たちが着る、あでやかなチマ・チョゴリを知っている。女たちは、装いの仕上げに、結びひもの形を整えるのを常としていた。しかし、このチョゴリのイメージでは、中原が見送った「肌赤銅の乾物にて」の朝鮮女が着ていただろう、木綿の白いチマ・チョゴリの映像を脳裏に描くことはできなかったはずだ。

「子供の手をば無理に引き／(中略)／子供うながし去りゆけり……」、これもわかる。まぎれもない朝鮮女の私の母が、忙しげに「額顰め」、私の手を引き歩いていく。もっと幼かった私と母の姿として、親戚が生業《なりわい》としていたメリヤス・セーターを安く仕入れ、近所を行商していた母について回った記憶から、イメージを換気できたかも知れない。

多分、ここまでだろう。十六歳の私は、「朝鮮」という言葉に反応して、この詩を読んだろうが、この詩の主役である「朝鮮女」にも、それを見つめる中原にもまったく接近できなかったし、共感も、それに基づく内面の飛躍もなかったことは、容易に想像できる。

ところで、「朝鮮女」は、いったいどういう詩なのだろう。

『大岡昇平集』第十三巻には、「中原中也と『自然』――『日本詩を読む』を読む――」という論文が収録されている。この論文は、京大フランス語講師のイヴ＝マリ・アリューの『日本詩を読む』（白水社、一九七九年三月出版）に触発されて書かれた。「日本近代詩がフランス詩の影響を受けはじめてから久しく、夥《おびただ》しい作品が書かれ、論文が書かれたが、遂にフランス人による注釈が現れた」として、萩原朔太郎、中原中也、富永太郎、三好達治らを取り上げた本書を、「私たちがこれらの詩人と同国人であるという理由で、うっかり見落としていることが指摘され、実に興味津々であり、少なくとも私には教訓的であった」と、高く評価した。

私もこの論文を読んで、『日本詩を読む』をぜひ読みたいと思った。そこで、勤務先から目と鼻の先にある白水社に出向いて問わせてみると、「品切れです」とのことだった。インターネット古書検索でもヒットしなかった。したがって、『日本詩を読む』に関しては、大岡昇平の孫引きになる。だが、大岡の資料の読み込みと活用には定評があるから、大きな間違いを犯すことはないだろう。

大岡によると「アリュー氏の注意は、特に中原中也に向けられて」いるという。「作品鑑賞のほかに『中原中也――その政治性』という独立論文があり、別項になっている。政治性は中原についてあまりいわれることがないことで、特に貴重である。彼が死んだ一九三七年十月は、日中戦争開始後四か月なのだが、彼にははっきり反応した作品がない。戦争に関心を持たない『戦前的小市民詩人』」

とされてきたからだ。大岡は「その政治性」への着目の新鮮さに、本論文執筆の動機があったことを明らかにしている。

さて、「朝鮮女」だが、アリューは、この詩を中原の政治性の象徴とみた。つまり「朝鮮人に対する日本人の政治的加虐の反響または苛責《かしゃく》を見ている」と大岡は要約する。そして、「それを私たちは見落としていたのだけれど、これは失礼ながら、少し氏の深読みではないだろうか」と、否定する。

大岡の言うところを少し長くなるが引用する。

「昭和初年にはわれわれはすでに長い混合居住の生活歴があった。（中略）／一九二三年の関東大震災の時の大量虐殺に、東京人、少なくとも私は、罪責感を持っていた。しかしそれから十年経つと、不逞鮮人《マ　マ》のことはあまりいわれなくなっていたので、戦争中に労働力として酷使するまでは、どっちかといえば無関心に移行していた。実際彼らは温和な民族で、ことに女性であれば、通りすがりの日本人同様、無視することができた。だから気が付いてよく見れば、その皮膚は『肌赤銅の乾物』だったりしたのである。／その気でみれば、捨てられた煉瓦工場の窓のように、不気味なものに変貌する、その程度であった。したがって、彼女の立ち去った後に『軽く立ちたる埃かも／何をかわれに思えとや』ということになる。／中原はほんとはどう感じたか自分でもわからなかった。そのわからないことに気を付けろ、よく考えてみろ、とはいっていない、と思う。だからこの詩は私たちに何かほのぼのとした親しいものに感じられただけであった。」

論文は続けて、吉本隆明が、一九七四年に「中原中也を研究しているフランスの青年」として、アリューを話題にしていることを紹介し、吉本がアリューと対談したとき、「フランスでは、（中略）文学者であるということは、そのこと自体で反体制的」なのに、「日本では、反体制の文学者はなぜ少ないのだろうか」と、アリューに質問されたことへと展開する。この質問に吉本は、「フランスで政治体制と考えられている概念の一部分は、おそらく、日本では、〈自然〉が代用する」と答える。つまり、「日本的『自然』の機能（中略）は文字通り政治性とイデオロギーを取り込み、歴史的概念として『自立』している」というのだ。

大岡は一応、吉本の「日本的『自然』の機能」の解明を受け入れて、『朝鮮女』についても、かりに中原の意識に政治性があったとしても、それは『軽く立ちたる埃かも／何をかわれに思えとや／軽く立ちたる埃かも』と、『埃』という『自然』に仮託されつつ遠ざかる。最後の破線のみの一行は含意ある無言ではなく、同じ歩行速度で遠ざかり無限に小さくなっていく、朝鮮女の消滅のリズムを伝えるように私は感じる。これは日本人にとって快い詩である」と、結論づける。

そして、中原は「朝鮮女」に、「いぶかりて」見られる「よろこび」のようなものを感じていた、「政治と自然と歴史と遊びの間に引き裂かれた人間」と、つけくわえている。

ちなみに、河上徹太郎は角川文庫版の「作品解説」で、「この街頭風景を捉《とら》えた自嘲《じちょう》はまことに薬味がきいている。三好達治の三国時代の詩にも、魚売りの女なんかを引き合いに使って自分のうらぶれた姿を述懐したのがあったが、似た趣向なので思い出した」と、「朝鮮女」を解説している。

なるほど、詩とはこのように読むべきなのか。私はアリューほどには「朝鮮女」を、「朝鮮人に対する日本人の政治的加虐の反響または苛責《かしゃく》」とは読めない。したがって、大岡の否定にも一理あると思う。しかし、いまの私は、〈若かった頃〉とは違って、「朝鮮女の服の紐」を옷고름（オッコルム）ということを知っているがゆえに、誤読といわれようとも、大岡のように「朝鮮女」を読むことがで

きない。

まず、「朝鮮女の服の紐」を옷고름だと知っている朝鮮人は、大岡が「関東大震災の大量虐殺」から「十年経つと、不逞鮮人のことはあまりいわれなくなっていたので、（中略）無関心へ移行していた」から、「ことに女性であれば、通りすがりの日本人同様、無視することができた」という感想に激しい違和感をおぼえる。私は大岡の作家的良心を評価する。したがって、大岡がアリューに対して自説を押し通すために、こう叙述したとは思わない。しかし、これは大岡昇平にしては、あまりにも時代と、何よりも国を奪われていた朝鮮人への想像力を欠いた叙述ではあるまいか。一般の日本人、少なくとも大岡は「無関心へ移行」できた。だが、日本帝国主義、つまりは、それに連なる植民者・日本人の収奪によって、故郷を追われるように日本にやってきたうえに、ここでも六千人もの同胞を虐殺された朝鮮人は、日本人の朝鮮人を見る〈まなざし〉に日常的な脅威を感じていたとしても不思議ではない。日本人が自分たちに注ぐ〈まなざし〉に無関心でありえるはずがないのである。

いまの私は、中原にではなく、「朝鮮女」に同化する。「だから気が付いてよく見」られ、「肌赤銅の乾物」と観察されたら、心が凍りつくのだ。

いまの私は「朝鮮女」をこう読む。

中原の故郷、山口県湯田付近の路上、秋。아주머니（アジュモニ、おばさん）が、子供を連れて同郷の아저씨（アジョシ、おじさん）の家へ急ぐ。道端で目のぎょろりとした、小柄の男がこちらをじっと見ている。아주머니はギョッとする。

「この日本人は何か因縁をつけるつもりなのか」

なるべくそちらを見ないようにするけど、自然と顔が険しくなる。ついに我慢できなくなって、男を振り返える。

「なぜこっちを見ているの」

「ああ、よかった。見ているだけみたい」

「でも何が起こるかわからないから、早く行こう」

子どもをせかす。

「아가、빨리！」（さあ、早く）

行き過ぎても、まだあの日本人はこちらを見ている。背中に視線を感じながら、아주머니はさらに足早になる。

最後の破線のみの一行は、「同じ歩行速度」のリズムではなく、早まる歩行速度だ（これは少し無理やりか）。当時、日本人女性の大多数も勤勉に働き、「肌赤銅の乾物」だったはずだが、それを「朝鮮女」に見出されたことで、〈これは朝鮮人にとって後味の悪い詩である〉。

こんな読みは、詩としての「朝鮮女」の、完全な誤読だろうか。しかし、朝鮮人にとっては、誤読の許容範囲にしたい、と私は思う。

〈見つめるもの〉と〈見つめられるもの〉がある。見つめるもの、中原の〈まなざし〉が、「朝鮮女」が詩作された直前に、長男が誕生していたことを考えあわせると、一緒にいた「朝鮮の子供」とともに向けて、慈愛に満ちたものだっただろうことも十分想像できる。しかし、その〈まなざし〉の受け手の「朝鮮女」は、彼の主観が込められた〈まなざし〉を、みずからが置かれた社会的状況からしか判断できない。

たとえば、地下鉄駅の長大な階段の下で、途方にくれる車椅子に乗った人と介助者に同情の〈まなざし〉を向けたとしても、何もせずに行き過ぎるなら、その同情の〈まなざし〉は、この人たちにとって、極言すれば、障害者や老人の社会進出や生活を阻害する社会構造を象徴する、こうした地下鉄駅の構造を支えている砂粒に過ぎないのだ。

〈社会的弱者のなかの、さらに弱者〉は、見つめられていることを意識している。意識していなければ、危険をやり過ごすことができない。それでも、社会の底辺で生きるもの同士は、ちょっとした強弱の関係にこだわった〈見つめるもの〉と〈見つめられるもの〉の関係ではなく、強者を〈見つめるもの〉同士の関係になりたいとも思っている。

〈見つめるもの〉の善意が観念にとどまる限り、〈見つめられるもの〉は、そのまなざしの真意をいつまでも確認することができない、そんな深淵が一九三〇年代の中原と「朝鮮女」の間には存在していたのである。

「朝鮮の女の服の紐」を、옷고름ということを知っているいま私が、もうひとつ〈若かった頃〉に読んだ詩を朗読してみた。

序　詩

죽는 날까지 하늘을 우러러
한점 부끄럼이 없기를,

잎새에 이는 바람에도
나는 괴로워했다.
별을 노래하는 마음으로
모든 죽어가는 것을 사랑해야지
그리고 나한테 주어진 길을
걸어가야겠다.

오늘밤에도 별이 바람에 스치운다.

〈一九四一・一一・二〇〉

序詩

死ぬ日まで天を仰いで
一点の恥なきことを、
葉うらにそよぐ風にも
私の心は苦しんだ。
星を歌う心で
すべて死にゆくものを愛さなければ
そして、私に与えられた道を

歩んで行かなければ。
今夜も星が風に吹かれる。
（徐京植訳）

先輩が持っていた『하늘과 바람과 별과 詩（空と風と星と詩）』（ソウル정음사、一九四八年一月十日初版発行、一九八三年一月二十日重版発行）を請うて手にしたのが、一九八四年五月十四日。私へ、として、かの先輩の署名とともに日付が記されている。朝鮮語で初めて読んだ詩が、この詩だった。「母から同時に流れ出す乳とことば」、つまり母語が日本語の私にとって、成人してから学び始めた朝鮮語は〈学び語〉だ。当時は、学び出してやっと四年。その時の私は、本当にたどたどしく、先輩に矯正されながら、この詩を発音したはずである。

尹東柱（윤동주、ユン・ドンヂュ、一九一七―一九四五年二月）は、中国東北部の間島に生まれ、一九三八年、ソウルの延禧《ヨンヒ》専門学校に入学、一九四一年に同校を卒業するとき、私家版の自作詩集三部を手書きで作り友人に託した。尹東柱はそれを出版しようとしたが、「当時は日本による皇民化政策が最も苛酷に実施されていた時期であり、朝鮮語教育は廃止され、朝鮮語による文学活動は事実上不可能になっていた」（徐京植『プリーモ・レーヴィへの旅』朝日新聞社）ため、それを果たせなかった。その詩集が『空と風と星と詩』であり、この詩集の冒頭に「序詩」が配置された。

「一九四一年、尹東柱は日本の立教大学に留学、のちに同志社大学に転じたが、一九四三年七月、京都帝大に留学中だったいとこの宋夢奎《ソンモンギュ》らとともに『独立運動』の嫌疑で逮捕された。このとき、多くの未発表詩稿が押収され、そのまま永遠に失われてしまった。彼は治安維持法違反で有罪を宣告され福岡刑務所に送られたが、一九四五年二月十六日、朝鮮解放（日本敗戦）のわずか半年前に無残な獄死をとげている。宋夢奎もおよそひと月後、同じように獄死した。彼らの獄死には『生体実験』の疑惑がかけられているが、真相は未解明のままである。」（徐京植、同前書）

　尹東柱の「序詩」には、このような時代に、朝鮮青年がいかに生きるべきか、くじけそうになる心、しかし、何かを見通さずにはおかない若々しい視線、それをもつがゆえの苦悩が込められている。あの時代を抜きにして、この抒情は生まれなかった。そして、この詩が朝鮮人のみならず、これを読むすべての人びとを引きつけてやまないのは、尹東柱の運命が予言されていたからだ。この詩のように生きるのがむずかしかったあの時代、詩人は〈詩のように生きて、死んだ〉。

　「序詩」を朗読する。十六年前よりはうまく発音している、と思う。だが、言いようのない喪失感に襲われた。一句、一句、そして一節ごとに、きわめて簡潔で、単純で、直截な言葉たちの意味は、わかる、だけ、なのだ。

　詩を朗読するときほど、〈母語〉と〈学び語〉の違いが明瞭になることはないのだ、と、知りたくもない事実を無理やり知らされるように、思い知らされた。「朝鮮女」の「――まことやわれもうらぶれし」は、その言葉すべて、まるごと体内に取り込めても、「序詩」の「나는 괴로와했다」は、まるごと入ってこないことが、悔しいながらわかってしまう。尹東柱の抒情が、〈若かった頃〉よりも遠ざかっていく。

　これは泣き言だ。私は〈母語〉と〈学び語〉の違いを、限りなく無にしている詩人を知っているし、たゆまぬ努力をしている人たちがいることもわかる。結局、怠慢を言いつくろっているだけなのだ。

しかし、本来の母国語、朝鮮語に対する喪失感が、母語が日本語でありながらも、〈朝鮮（韓国）にこだわって生きようとする〉自身の土台であり、跳躍板であることを嚙みしめるための、――日本語でつづる――泣き言なのだ。

十年たったら、また「朝鮮女」と「序詩」を朗読してみよう。その時、私は日本にいるだろうか。どこにいるだろう。「朝鮮女」を〈詩そのものとして〉読める世界になっているだろうか。「序詩」の抒情を丸ごと取り込めるように〈学び語〉を磨けているだろうか。

それどころか、ちゃんと生きているだろうか。

まつろわぬことの〈わずらわしさ〉

「あれ、アッパ（父さん）、スンヒョニはどうしたの」

二歳の次男と一緒に、ようやく確保した日なたにあるテーブル付きのベンチで待っていた妻が、驚きの声をあげた。私は「えっ」と息をのんだ。

小春日和に誘われて出かけた、ドーム球場に隣接する遊園地でのことだ。

私はさっきまで、このベンチからも見えて、幼児とその父親たちで混雑する、長いすべり台のはしご脇で、熱中して遊ぶ四歳の長男を見守っていた。

「ヒョニ！ アッパ、ちょっとオシッコしてくるから、ここで遊んでて。オンマ（母さん）はあそこにいるから、先に帰っていてもいいよ」

競争相手を押しのけてでも、はしごに取り付こうとする息子は、母がいるベンチを指さす私に目もくれず、「ぼく、ここであそんでる」と叫んだ。その場を離れて歩き出した私は、「やっと取れた休みでゆっくりしたかったけど、出てきてよかった」と、満足の笑みを浮かべていた。

用をたしてすべり台に戻ると、青と緑のツートンカラーのトレーナーと、ベージュのジーンズが似合っていたスンヒョンの姿は、なかった。といって、まだそのときは、私の心に不安の影すらなかった。母と一緒にいることを疑う理由は何ひとつなかったからだ。

その後、一時間に満たぬあいだ、心の動揺のままに、私たちの時間はゆがみ引き延ばされた。おろおろと人ごみをかきわけて、息子が行きそうなアトラクションやトイレめぐりをする。妻は次男の手を引き、すべり台の係員に子どもの特徴を話し、情報をえようとした。携帯電話が爆発的に普及する前だった。一人で戻ってくる私を見る妻。妻と次男しかいないベンチを見る私。落胆が全身に広がる様子を、何度、見交わしただろう。私は冷や汗と、駆けずり回るうちに噴き出してきた汗で、下着が薄気味悪く背中に貼り付くのがわかった。

その間にも、今日の人出のせいで、いく人もの迷子放送があった。

「赤いセーターと黒のズボンをはいた『すぎたこういち君』、五歳をお預かりしています。お心当たりの方は、迷子センターまでおいでください」

服装、名前、年齢がセットになった型どおりの迷子放送のなかに、「キム・スンヒョン君」は、なかった。ないということは、そこにはいない。私たちのあせりは、極点に達しようとしていた。妻だけでも迷子センターへ行かせ、そこで待たせる程度の知恵さえ、吹き飛んでいた。私たちは、子どもたちの嬌声、親子らがほほ笑み交わす雑踏のなかに突然現れた不安の泥沼に、足を取られ、もがいていた。

長男は母方の祖父に命名された。ほとんどの在日朝鮮人は「通名」という、日本式の名前をもち、民族差別の回避のため、それを日常的に使っている。「通名」の起源は、日本帝国主義の朝鮮民族抹殺の「皇民化」政策の最終段階として、一九三九年から始まり、四〇年に完結した、朝鮮民族の伝統的な氏姓制度を廃止し、日本式の氏名を強要した、「創氏改名」にある。

しかし、スンヒョンは朝鮮式の名前しかもっていない。この名前と社会との関わりは、彼が生後八か月で保育園に預けられた時から始まった。それは、本人にとっては、否応のないことだった。そうではあっても、この社会で、朝鮮名で生活することで生じる彼の、埴谷雄高流にいえば「自同律の不快」はすでに、三歳を前後して私たち夫婦に向けて執拗にくり返された、「ねえ、ぼくなにじん」という問いかけで表明されていた。

私は——生まれたときから十八歳まで「通名」で生活してきた。人間が必ず抱く「時と所と自身への違和感」は、自分が朝鮮人だと〈知ってはいた〉ために、同世代の日本人少年たちよりは相当早く自覚していたと思う。それでもスンヒョンよりは、かなり遅かった。だが、その違和感が何なのかを現実のものとして、決定的に思い知らされた体験は、強烈だった。それは何しろ、国家権力による身体の一部拘束と、力の行使だったのだから。

十四歳のときだった。当時の外国人登録法で義務付けられていた町役場へ外国人登録の確認申請に行った（現在は十六歳）。誕生日の翌日、土曜日だったと記憶する。早退しなければならないので、担任に事情を耳打ちすると、朝礼で生徒指導に関して長広舌を振るうのが好きなこの男は、なぜか短く「わかった」とだけ言った。すべてを承知しているとの意思表示だった。

役場で窓口に通知書を差し出して、写真二枚を渡す。カウンターのなかへと呼び入れられ、椅子に座らされた。何をするかわかってはいたが、ひどく緊張していた。係員をみると、彼は緑の表紙の手帳に何かを書き込んでいた。そして「じゃあ」といって、ガラス板にローラーで墨を黒々と伸ばし、私の左手人差し指を持って、その指をぐるりと回して墨をまんべんなく塗りつけた。そして登録原票に指を押し付け、これまたぐるりと回して、ていねいに指紋を採取した。緑の手帳——外国人登録証にも、まったく同じ動作で、なすがままに指紋を奪われた。こうして、私が抱きつづけてきた、「ひょっとしたら、朝鮮人じゃなくて、日本人なのかもしれない、そうあってほしい」という淡い期待は、係員から渡された鼻紙で拭った指の墨のように、しつこくまつわりつきながらも、確実に拭い去られていった。この社会では受け入れられていないから、指紋を取られ、外国人登録証を持たされ、管理される存在としての自分自身を、否応なしに自覚させられたのだった。

ところでスンヒョンは、自分の名前を代名詞のように使う期間が、同年の保育園児らと比べると、とても短かく、いち早く「ぼく」と言いはじめた。名前を極力言わないようにする、彼なりの知恵だったのだろう。民族名を名のると、必ず聞き返されるというとても不思議な反応を、敏感に感じ、厭わしく思っていたようなのだ。

ようやく私たちは、迷子センターへ駆け込んだ。探す人と、待つ人を分担し、効果はないかも知れないが、長男の情報を園内に発信するべきだと思いついたからだった。

そこで見たのは、係員に与えられた菓子を開きもせず、目に涙をためて、こちら——入り口を懸命に見つめているスンヒョンだった。「わあー」と、この世で一番淋しい者だけが発することができる、彼の心と体すべてから放出された〈うなり〉とともに、駆け寄って来た。抱き上げて涙を流す妻。不安が安堵へと変り、しぼみかけていた希望に、息子の〈うなり〉が取り込まれ、大きくふくらんだ。

スンヒョンはすでに三十分以上も前にここに来ていた。係員は名前を聞き出そうとした。しかし、恐慌状態でしゃくりあげながら告げられる民族名を、彼女はついに聞き取ることができなかった。その音を、名前とは思えなかった、迷子放送のしようがなかった、というのだ。息子は、ひとりぼっちの極限状態のなかで、この名前は受け入れられていない、それを言うと相手が他の子とは違った反応をする、つまり、そんな名前の自分自身も受け入れられていないのではないかと、日頃の暗い不安を、ここでもう一度、確かめざるをえなかった。だが、スンヒョンに〈民族名のこと〉、〈その意味・由来〉を説明する義務や責任があったのだろうか。〈知らないことは、わからない〉――迷子センターの彼女を責めることはできない。説明することの〈わずらわしさ〉を噛みしめて、何度も頭を下げ、礼をいった。

帰り道、これと同じ〈わずらわしさ〉を妻が話す。子どもを連れて公園に行くと、同じように幼児をつれた若い母親たちがおり、少し会話を交わせば、子どもの名前を告げあうことになる。が、こちらの名前を言うと「えっ」と顔をあげるか、まじまじとこちらを観察し始める。取りつくろうように「韓国人なんです」と説明する。すると彼女はすかさず、「日本語が上手ですね」と返してくる。「日本で生まれ、育ったんです」とさらに言うと、相手はもう何のことかわからない。こちらも植民地支配のことを話すのも面倒だし、相手もこれ以上関わりたくない様子を見せる。このステレオタイプに疲れてしまう、というのだ。

そしていま現在、「韓流ブーム」と「北朝鮮バッシング」。

先日、私は久しぶりに、知り合いの日本人記者Nと一杯やった。三大新聞の一角を占める大新聞に勤めるNは、韓国語の個人レッスンも受ける知韓派の四十五歳で、日本の中流エリートだ。気安い席だから酒は進み、話題は彼の済州島《チェジュド》旅行から、ライブドアまで散漫で多岐にわたった。そ

してNいわく、

「盧《ノ》武鉉《ムヒョン》大統領は韓国のホリエモンだね。日本は全部悪いと言いたい放題だ」

Nが言っているのは、日本帝国主義の暴虐に「朝鮮独立万歳」を叫んで立ち上がった三・一独立運動記念日での盧大統領の演説と、その後明らかにされた「対日新ドクトリン」へのいら立ちだ。盧大統領は日本の独島――「日本名・竹島」――領有権主張や歴史わい曲教科書について、「侵略と支配の歴史を正当化し、再び覇権主義を貫徹しようとする意図を見過ごすわけにはいかない」として、金《キム》大中《デジュン》政権以来の「過去は問わない」式の融和的路線から、「謝罪と反省」が不可欠だとする路線へと転換させた。これを後押ししたのは、韓国民の、日本政府と一部の日本国民の歴史認識と清算に対する態度と行動への激しい不信と怒りである。いわば、本音を明らかにした格好だ。韓国人の硫酸のような激しい本音を浴びせかけられたせいで、Nも「韓国好き」だという日頃のメッキが溶かされ、地金をさらけ出した。

「日本は朝鮮によいこともしたでしょ。北朝鮮に作ったダムや発電所は、戦後そのまま残してきたじゃないですか」

目が座り、酔いに回らぬ舌で長ながと同じことをくり返し始めたN。冷静な怒りで酔いが醒める。太ももを力いっぱいつねりながら、私はこう思おうとした。Nは敵ではない。酒を酌み交わす「友人」なのだ、と。

私は、〈まつろわぬこと〉に常につきまとう、冷え冷えとした〈わずらわしさ〉を感じながら口を開いた。

「Nさん、朝鮮植民者だったことを生涯背負いつづけた詩人の村松武司が、『宗主国に革命政党は存在しえるのか』と書いていたけど、〈植民地主義が伏流する社会で、民主主義が枯れ、歴史は曲がり、想像力が死ぬ〉んだね。『韓日併合』が日本の武力で朝鮮人の反対運動を徹底的に弾圧して強行されたのは、どう逆立ちしても否定できない歴史的事実だろ。ちょっと前に石原慎太郎が、欧米の植民地主義と日本のそれを比較して、日本の植民地主義が『人間的だった』と放言した。憶えてるだろ。なら、『人間的な植民地』につれていってくれよ。支配民族はいつも被支配民族を『人間的に扱った』『ダムも作った、鉱山も開発した、鉄道も敷設した、そして学校までも作った』『こんなにいいことをした』と並べ立てる。だけど、それらは植民地の人びとのためなんかじゃ決してない。侵略支配する帝国主義の収奪を効率化するためだ。とくに『学校』は、そこで帝国言語を教え込み、支配民族への同化を目的としていた。野蛮で遅れた朝鮮を、『文明』的で進んだ日本が導くとね。しかし、歴史の真実はひとつだ。植民地が『人間的』だったことはただの一度もなかった」

Nはじっと、いも焼酎が入ったグラスを見つめていた。私は続けた。

「日本は第二次世界大戦後、米国に軍事占領された。もしあの時、英語を『国語』とされ、北海道にソ連が進駐して分断され、沖縄だけでなく、九州と四国が米国の植民地として長いあいだ併合されていたとしたら、どうだったろう。それは人間的かい。ましてや、当時、朝鮮は、外国を侵略支配したんじゃない。Nさん、それくらいは想像できるだろ」

Nは無言で酒をガブ飲みして酔いつぶれた。後悔のあまりか。それとも、言い負かされたくやしさのせいか。私はNを駅前まで引きずって行き、タクシーに押し込んだ。発車すると同時に、Nが後部座席に倒れこむのが見えた。

おばあちゃんの意地悪

十二日も世話になった帰りしなにアルバムくれたけんど、なにが写っとるやら。

ああ、あのデジカメか、パソコンちゅうやつにつなあで、なかあ時間かけて印刷しとったやつやな。

ほう、やっぱりわひは歳なりやなあ。しわばっかで、腰も曲がって、ほんとにおばあやなあ。はあ八十歳になるもんでしょうがないわな。

ほんでも、トクちゃんは可愛いかったなあ。六年生になるのに、いまだにぺちょっとわひに抱きつうて「おばあちゃん、帰らないで」ちって甘えるもんなあ。

ヒョンちゃんもやさしかった。足がちょっとあかんもんで、あんまさんに連れてってくれるとき、へこらんように、ちゃーんと、エスカレーターとエレベータのとこ通って、何べんも後ろ見て、ゆーっくり一緒にあるうてくれたもんなあ。

はあー、あんな可愛い子んたが、けっちな朝鮮学校なんかいっとらなええに。勉強もあかんし、ろくなとこ就職もできへんに。なんであんなとこに通わせとるんやろ。

あれ、これは浅草へいったときのやな。エジンさんが暑かったに美味しい弁当作ってくれたな。雷門ちゅうやか、おっきな提灯くぐって、五重塔のこっちべたに座って食べたな。エジンさんにはほんと世話になった。毎日どえらあごっつぉうつくってくれて、どこやかつれてってくれて。わひはなんもせんと、すわっとりゃよかったもんな。

おお、こりゃあのばんげの写真や。こんときご飯におつゆマラして、スカラで食べよかと思ったら、どっかにひっかかって、ちゃわんをおっとらきゃあてわらかしたんや。ほんで、エジンさんが、やけずりしとらへんかちって、わひの服パンツまで全部ぬがせちまった。ヒョンちゃんは中学生でちょっと色気づうとるもんで、わひの裸にびっくりして、目を白黒させてうろうろしとっただけやったな。

ははは、楽しかったなあ。ほんでもわひは、やっぱユウちゃんが毎日仕事から帰ってくるのが一番うれしかったなあ。あの子、もうすぐ五十になるっちゅうけんど、末っ子やし、小さいころ「かわインディアン」ちってようねぶったったもんや。いくつになっても、子どもは、子どもやて。ユウちゃんが帰ってくると、いっつも「今日はなにしとった」ちって聞くもんで、あったことはなあて、エジンさんにようしてもらったって言わなあかん。わひから見ると、ユウちゃんはエジンさんの尻にしかれとるよ。ご飯食べたら、あらいまわし。洗濯もんは干してたたんで。ほんで、なんでもエジンさんに聞いてからやっとる。それ見とったらちょっとはがゆいよ。

ほやもんでわひ、ちょっとエジンさんに意地悪したった。ユウちゃんの前では、ええおばあちゃんやけど、ヨメさんにはボケたふりして、なんきゃあも「ヒョンちゃんは日本の学校いっとったらや」ちったり、「トンちゃんは中学は日本の学校いくの」ちって聞いたった。そのたんびにエジンさんが嫌な顔しとった。ユウちゃんにこんなこと言ったら怒鳴られちまうけんど。

わひは朝鮮人やったことでよかったことなんか、いままでひとつもなかったんやから……。ユウちゃんも、エジンさんも、かんこうして子どもら朝鮮学校へいかしとるのはわかるけんども、言わずにおれんわ。

あれまあ、こんな写真まで撮られとったんか。わひがエジンさんにいけず言ったあとで、ちょっと横向いて笑っとるとこや。このときはトンちゃんと三人やったで、あの子が撮っちまったんやな。

この写真入れてくれたっちゅうことは、ユウちゃんも、エジンさんも、わひのいけずがわかっとったんやな。またちょっとのあいだ一人暮らしやけど、しっかり年金ためて、年末にまた遊びにこなかんな。

Ⅲ　壊れた世界の片隅で

「これが人間か」と「コレガ人間ナノデス」

——他者（人間）を他者とするために

欠落した視角

デジャ・ビュ——既視感。見たことのあるような光景が、まさかの現実だったあの衝撃。二〇〇一年九月十一日の夜、一度眠りつきながらなぜか目覚めた深夜。眠られぬまま、仕方なくつけたテレビから飛び出してきたＮＨＫの映像と言葉が、はじめて接した同時多発テロ攻撃の情報だった。

——黒煙をあげる世界貿易センター（ＷＴＣ）北棟へと忍び寄る黒い影。「大型旅客機のようだったが」と思ったせつな、機影はビルの陰へすうっと消えさった。その正体を確かめようと、機影がビルの陰からふたたび姿を現すはずの地点を凝視する。だが、そこからは機体ではなく、巨大な紅蓮の火柱が噴出し、わずかに遅れて爆発音が伝わってきた。ユナイテッド航空一七五便が、ＷＴＣ北棟の陰になっていたツインタワーのもう一方である南棟へ激突した瞬間の映像だった。

アナウンサーが震える声で言った。

「これは映画のシーンではありません。現実の映像です」

「映画のシーン」と見まがう映像が、テレビを凝視する大多数の者に、つまりは「先進国」の住民の身に襲いかかる現実の暴力なのだと告知するのに、これほど的確なコメントはなかっただろう。はからずもこのアナウンサーは、「映画」がハリウッド映画であり、こんな「シーン」を、私たちが見なれていることを、暗黙の了解事項としてコメントした。事実、画面を凝視していた私たちの大多数は、彼が「映画」という言葉で想起させた了解事項を承認していた。

数千人が死亡しただろう、と現地の特派員が報告していた。私はくり返された映像に、WTCのツインタワーと東京都庁の二重写しを幻視していた。アメリカだけが狙われているんじゃない。この日本も攻撃目標たりうるのだ。「市場経済グローバル化の下で」、「地球的な不平等と抑圧の体系、それの上に」（坂本義和「テロと『文明』の政治学」、『テロ後』岩波新書所収、二〇〇二年）あぐらをかいている飽食日本の象徴・東京都庁に、明日の朝、札幌を離陸した直後にハイジャックされたジャンボ機が突入することはありえる。そう考えた私は鼓動が高まり、〈戦場のグローバル化〉という言葉が脳裏をかけめぐっていた。〈在日〉朝鮮人という自分の位置——日本社会のマイノリティとして民族差別にさらされていながら、一方で、日本で暮らしている「特権性」、「地球的な不平等と抑圧の体系」の受益者としての位置、を強く意識した。つまり、自分の主観や日本社会での客観的な位置とはまったく無関係に、この日本で暮らしているという「特権」を享受しているがゆえに、格差・抑圧構造に根を持つ無差別テロの標的となりうる。やられる立場にいるのだ。

その後、WTCが砂の城のように崩壊する実況映像も見つめることになった。これら一連の映像は、その後の数日間、くり返し放送されつづけた。旅客機がビルに激突する。ビルが崩壊する。テロリストが無差別殺人をしたと、いろんな顔が同じことをくり返し、報復を提案する。ブッシュ大統領が〈対テロ戦争〉を叫ぶ。世界の指導者が呼応する。アメリカをはじめ「先進国」の人びとの思考が、オサマ・ビン・ラディン―アルカイダ―タリバーン―アフガニスタンへと単純化され、〈報復〉のための〈対テロ戦争〉へと駆り立てるプロパガンダ映像が完成した。

だが、同時多発テロ関連の映像には、「映画のシーン」ではないがゆえに、完全に欠落した視角―カメラアングルがあった。それは、言うまでもなく、突っ込まれるビルからの、突っ込む旅客機からの視角、である。作り物にしか許されないこれらの視角が、すっぱりと欠落していたこと。それが、まさに現実を裏づけてもいた。

かなり以前、パレスチナでの市街戦だった（?）と記憶するが、テレビの報道カメラマンが銃撃戦にまき込まれて死亡し、カメラだけが横倒しになっても回りつづけて、市街戦のようすが記録されたフィルムが、テレビで放映されたことがあった。

――装甲車の陰から向こう側の街路をうかがう、人影はない。次の瞬間、銃声。空が映り、カメラが地面にたたきつけられる音。画面の半分以上がアスファルトで、通りの向こうを駆け抜ける数人の下半身の映像。間欠的な自動小銃の銃声、カメラマンを呼ぶ声、駆け寄る足音、激しく揺れる画面――終了（だったと私は記憶している）。

暴力が支配する殺伐とした空間で、生から死へと否応なくおもむかされた人間が、命がつきるせつなに見た（かも知れぬ）光景が、フィルムに焼きつけられた。ある人間の、生と死の境界線からの視角。それが私に忘れがたい異様な印象を残したのは、まるで同義反復なのだが、カメラマンの死という事実だった。いずれ私が必ず見る、しかし他者には絶対に見ることができないはずの、〈生→死〉という〈存在の移行時〉に見る映像を、そのカメラマンだけが見られる景色を、なぜか他人の私が見てしまった。実際には、カメラマンは、残された映像のような光景を見ていなかったかもしれない。だが、すでに彼がこの世の言葉をもたず、私があの世の言語を理解できない以上、それが実際にどうだったかは、永遠に、少なくとも私がこの世にいる限り、確かめようもない。それでも〈死者の視角〉を見てしまったことは、なぜかひどく衝撃的だった。〈死者の視角〉が、私もまた殺されうる存在であることを、猛烈に実感させた。あたり前に生きていることが、実はかなりあやういことなのだと、不意に悟らされた。

その実感が生々しかったのは、まさか銃創など負うこともないだろうが、そこから吹き出る血のぬめりを感じることができたからだ。高校生のときに街の「不良」に呼び出されて鼻っ柱をしたたか殴られ、思わず押さえた手のひらから、ぼたぼたとあふれ出た鼻血の感触。拳のあたり所が悪ければ、死ぬこともありうる。私は長い間忘れていたおぞましい感覚に、身震いさえした。

九・一一後の数週間、世界のメディアを埋めつくした、同時多発テロ関連の映像から欠落した視角。おそらく数十億人の人びとが見たはずの、「映画のシーン」のように、ＷＴＣへ突入したユナイテッド航空一七五便のコックピットから、客席の窓から、テロリストは、乗客は、〈生→死〉という〈存在の移行時〉に、どんな思いでＷＴＣを見つめたのだろうか。

なし得なかった悲痛な願望

それを考え記すことが、私にとっての九・一一の物語となる。実は、テロリストが凝視したWTCと、乗客らが凝視したWTCというイメージは、もう一年以上、ずっと心の片隅にわだかまり続けてきた。どうにかして吐き出したいと思いつづけてきたのだが、起きぬけに見た奇妙な夢をだれかに説明しようとするように、イメージが言葉にならぬもどかしさが足をひっぱってきた。それでもこれは私にとって、のどに刺さった小骨のようなもので、つばを飲み込んだり、ものを食べたりするたびに、つまり、生きている、その状態を維持しようとすると、小さくうずく、忘れも無視もできないイメージだった。このうずきの意味を確かめるためにも、どうにかして吐き出してしまいたい。

二〇〇一年九月十一日、あの日に、ユナイテッド航空一七五便からWTCを目撃したひとびとは、この世にだれもいない。パレスチナで銃に打ち抜かれたカメラマンが、偶然にこの世に残したような映像も存在しない。だからもちろん、ここに書きつけることは、彼らとはほとんど無関係のフィクションであるほかない。それは、私が生きているということによって、死者に対して特権を行使するということになるのだろう。

だが……。

ほぼ半世紀前、埴谷雄高は、エッセイ「永久革命者の悲哀」（一九五六年）の冒頭に、こんなアフォリズムを配した。

死んだものはもう帰ってこない。
生きてるものは生きてることしか語らない。

このアフォリズムは、すでに二重の意味で、つまりソ連が崩壊し、そしてソ連共産党も消滅した現在にとって、彼方の、さらに彼方の歴史となったソ連共産党第二十回大会（一九五六年）での、フルシチョフによるスターリン批判報告に接した埴谷が、その権力保持と自己弁護の言い方に、わきあがる「名状しがたい痛憤と悲哀」で記したものだ。「愚劣」なスターリン支配下の、ソ連だけでなく、その時代の革命運動の内部で死んで行った死者たちの「痛憤」を分け持つものの「悲哀」。フルシチョフ（生きてるもの）は、権力保持と自己弁護（生きてること）しか語らない。だが、「生きてるもの」は「死んだもの」の痛憤をまず語れ、と埴谷は、「重苦しい深い無念さと口惜しさ」で、押し殺した怒りの声をあげたのである。
埴谷雄高はまた、「永久革命者の悲哀」のちょうど一年前に発表した、「還元的リアリズム」というエッセイにも、同様のモチーフでアフォリズムを書いている。

死んでしまったものはもう何事も語らない。
ついにやってこないものはその充たされない苦痛を私達に訴えない。
ただなし得なかった悲痛な願望が、
私達に姿を見せることもない永劫の何物かが、
なにごとかに固執しつづけているひとりの精霊のように、

高い虚空の風の流れのなかで鳴っている。

この「死んでしまったもの」は、決して自然死や安楽死を、死んでいったものではない。「永久革命者の悲哀」の「死んだもの」とは、いうまでもなく革命運動の内部で、大きく見れば〈味方に殺されたもの〉らである。だが「死んでしまったもの」は彼らだけではない。「もう生きていたくない」とも、「おれは死にたくない」とも叫びながら、自死したもの。不慮の事故や不治の病で命を奪われたもの。戦争に狩り出され、無差別爆撃にさらされ殺されたもの。植民地支配下で人間以下のものとして、拉致され、狩り出され、酷使され、拷問で、「慰安所」で、なぶり殺され、死んだものら。そして、殺人を犯して、死刑で殺されたもの。生まれてさえこられなかった、小さな死者たちもいる。こうして「ついにやってこないもの」になってしまった死者たちは、「その充たされない苦痛を私達に訴えない」。だが、埴谷が思い浮かべた「死んでしまったもの」、私が思う「死んでしまったもの」には、「なし得なかった悲痛な願望」があったことは確かなのである。

簡単な話だ。私が「死んでしまったもの」になったのなら、ましてや、本意でなくそうされてしまったなら、私は「その充たされない苦痛」と「なし得なかった悲痛な願望」を何としてでも、「生きているもの」に伝えようと、生き返るためのあらゆる方策を求めて、人一倍悪あがきするだろう。「生きてるもの」には絶対に聞こえない絶叫を発しながら。

埴谷雄高は「還元的リアリズム」のさらに四年前の一九五一年六月に、「平和投票」というエッセイを発表している。ちょうど朝鮮戦争が三十八度線付近で、こう着状態の激戦がくりひろげられていた時期である。

埴谷は後に、「二十世紀は戦争と革命の世紀といわれる。恐らくその規定は誤りではないが、より正確にいえば、それは、戦争と革命の変質の世紀と呼ばれるべき」（「目的は手段を浄化しうるか」一九五八年）と書いた。その定義にしたがえば、〈二十世紀を物語る物言わぬ死者たち〉のうち、先の二つのエッセイでは、革命の死者にピンスポットがあてられたが、この「平和投票」では、戦争の死者の「悲痛な願望」と弾劾を、この世の言葉にしてみせた。それは戦後五年目にして隣国の朝鮮で戦争がはじまり、日本がその戦争へ兵站《へいたん》基地として表向きは間接的に、実際には、直接的で全面的に加担していく状況――片面講和と日米安保条約の締結――を背景にしている。

ここで埴谷は、戦争によって「死んだもの」しか、戦争の「巨大な重味」にひきずられる「生きてるもの」をとめられないと、こう記す。

私――そう、死者、です。

彼――ふーむ、それは、なんだか貴方らしい見解ですね。

私――いや、いや。戦争の重味をとめるのは、本当に死者しかいないのですよ。そして、それをとめる訴えをしているのがただ死者しかないことが、また、やがてそれが歩一歩と生者のあいだに出現してくる唯一の理由になってるんです。何故って、あらゆる生者はすぐ死者を忘れてしまい、生の秩序のなかにどんな戦争もはめこんで意味づけてしまうんですからね。だから、私は敢えて云いたいですね。本当の戦争は、生者と死者のあいだではじまる、と。

彼――ふーむ、それは最後の死者が忘れられたとき、そのとき、すでに第一発の砲火が大空高く打ちだされている、ということですか。

私――まあ、そうですね。死者はつねに見捨てられた歴史の彼方で、生者を呼んでいるのです。彼は生者に向かって、ぐれーつ、と呼びかけているんですって。

「死んだもの」は「生きてるもの」に呼びかけている。お前たちは「ぐれーつ」だと。そして埴谷は、アイロニーをたたえた弁証法的なブラックユーモアで、怒りを爆発させる。

私――死者たちは微かな声でこう羽音のように繰り返しているのです。
死んだものは、死んだものだ
生きてるものは、生きてるものだ
殺せ、というやつを、殺せ……
殺せ、というやつを、殺せ……

「あらゆる生者はすぐ死者を忘れてしま」う。だから、「本当の戦争は、生者と死者のあいだではじまる」。だが、つねにその戦争は、死者が負けてきた。死者の呼びかけは、たやすくこの世の声や文字にならない。九・一一テロ攻撃の犠牲者らの呼びかけは、ブッシュ氏らに代表される「生の秩序のなかにどんな戦争もはめこむ」――それによって「『対テロ戦争』という恒常的非常事態」（西谷修「これは『戦争』ではない」、『テロ後』岩波新書所収）が世界を滅亡の縁に追いやっている――ひとびとによって、容易にねじ曲げられてしまう。そうして、愚劣な戦争がくり返される。

「殺せ、というやつを、殺せ……」（本当にそうすれば、またひとり死者が生まれるが、この死者は言うだろう。「おれを殺したやつを、殺せ……」）と叫びたくなるような現実を前にして、私は、ユナイテッド航空一七五便から、〈生↓死〉の刹那に、さまざまに凝視されたWTCに思いを向ける。

だが私は、九・一一テロ攻撃に特権的地位を与えるつもりは毛頭ない。「九・一一後、世界は変わった」との言説に対して、ニューヨークとワシントンは特別で、スーダンやバクダッド、コソボ、パレスチナ、パナマ、ハノイ、ピョンヤンでの同様の無差別爆撃は当然なのか。「九・一一後、世界が変わったのではない。例外がなくなっただけなのだ」との多くのひとびとの指摘に同意する。アメリカ大統領のブッシュ氏は、「九・一一テロ攻撃」を、「自由と民主主義への挑戦」だと特権化して、アフガニスタンへの無差別爆撃と「民主政権樹立」で同地を完全に勢力圏に併合したことを正当化し、いまイラクに、そしていずれ朝鮮民主主義人民共和国（北朝鮮）に対する先制（核）攻撃を正当化することに利用しようとしている。彼の、「死んだもの」を悪用し、ましてや「生きてるもの」さえも、眼中にない、一人よがりの欺まんは、暴かれなければならない。

ブッシュ氏には届いていない九・一一テロ攻撃の犠牲者たちの声。聞こえていないのに、聞こえているふりをする彼。死者を忘れて、死者を語る彼。私は、〈生↓死〉の刹那にさまざまに凝視されたWTCを考えながら、微かな羽音のような死者の声を、聞き誤ることなく、確かに聞いてみたい。それは幻視であり、幻聴かもしれないにしても。

私はこの後にも、半世紀近くも前に書かれた、埴谷雄高の古い政治論文や政治的なエッセイをしばしば引用しながら、書き進めていくだろう。すでに埋もれて久しい埴谷の、政治と権力と死への洞察は、この二十一世紀初頭の政治と世相の闇の深さに、自身の不明から茫然としがちな私の、ふらつく足元をほのかに照らして、断崖から転げ落ちないようにしてくれている。

同一のものを異なる位置から

テロリストと乗務員・乗客という、異なる位置から凝視したWTCというイメージは、たまたま読んでいたハンナ・アーレントの『人間の条件』（志水速雄訳、ちくま学芸文庫、一九九四年）のこんな一節に触発された。

公的領域のリアリティは（中略）無数の遠近法と側面が同時的に存在する場合に確証される。（中略）なぜなら、なるほど共通世界は万人に共通の集会場ではあるが、そこに集まる人びとは、その中で、それぞれ異なった場所を占めているからである。そして二つの物体が同じ場所を占めることができないように、ひとりの人の場所が他の人の場所と一致することはない。他人によって、見られ、聞かれるということが重要であるというのは、すべての人が、みなこのようにそれぞれに異なった立場から見聞きしているからである。これが公的生活の意味である。（中略）物がその正体を変えることなく、多数の人によってさまざまな側面において見られ、したがって、物の周りに集まった人びとが、自分たちは同一のものをまったく多様に見ているということを知っている場合にのみ、世界のリアリティは真実に、そして不安気なく、現われることができるのである。

アーレントのこの一節は、古代ギリシアのポリスを「公的領域」の古典的モデルとして説明したものだ。ポリスでは市民たちは平等なるものとして、説得し、説得され、見、見られ、聞き、聞かれた。

そこに属するひとびとは、「自分たちは同一のものをまったく多様に見ているということを知っている」。そこは完全な政治自由が保障された空間である（以上は、アーレント『革命について』に付された志水速雄の「訳者あとがき」を要約）。

もちろん私は、アーレントが言おうとする「公的領域」をそのまま、ユナイテッド航空一七五便という空間にあてはめようとしているのではない。武装したテロリストが制圧した空間は、ポリスとは正反対の暴力と恐怖が制圧する閉塞した不自由な空間だった。だが、「その中で」、テロリストの個々人も、乗員・乗客の個々人も、存在する限り、「それぞれ異なった場所を占めて」いた。彼らは、アーレントが指摘するとおり、「二つの物体が同じ場所を占めることができないように、ひとりの人の場所が他の人の場所と一致することはない」からだ。そして、彼らは、その彼らの位置から、WTCを「まったく多様に」凝視したはずだ。

WTC北棟に激突したアメリカン航空一一便（乗員・乗客九十二人）は、午前八時四十六分に百十階建てのWTC北棟の九十六階から百三階に激突した。北棟は飛行機の形にえぐられ、そこから激しい炎と煙を吹き上げていた。それから約十五分後、ユナイテッド航空一七五便（乗員・乗客六十五人）は、WTC上空へ飛行してきた。報道によると一七五便はアメリカン航空一一便と同様にボストン空港を離陸してロサンゼルスに向かったが、二十分後に予定航路をはずれたという。乗客の一人は親類に携帯電話で「ナイフを手にした男たちが乗務員を刺した」と伝え、「墜落する」と叫んだ。一七五便は北側から飛行してきたために、いったんWTC北棟をやり過ごして急旋回し、南棟に突入した。午前九時三分のことだった。激突地点は七十八階から八十四階までのあいだと見られている。

ユナイテッド航空一七五便のハイジャック犯は五人だった。したがって、まず彼らと残りの六十人とは、まったく異なった立場にあった。そしてハイジャック犯のうち、飛行機の操縦をしたのはアラブ首長国連邦出身で二十三歳のマルワン・アルシェヒだったと推定されており、彼がリーダーだったという。パイロット役以外の四人が操縦を習った形跡はなく、彼らは乗客・乗務員を制圧する任務の「兵士」だったらしい（朝日新聞連載、後に草思社刊の「テロリストの軌跡――モハメド・アタを追う」の記述より）。四人はハイジャックすることまでは知っていたが、それをWTCなどのアメリカの政治・軍事・金融的世界支配を象徴する目標物に激突させる「攻撃」までは知らなかったのではないか、といわれている。テロリスト内部にもリーダーと「兵士」の立場の違いが存在していた（FBIなどは九・一一テロ攻撃の実行犯として十九人の氏名を発表したが、後に実行犯とされた人物が生存していた事実がわかるなど、その信ぴょう性に重大な疑問が投げかけられている。また、今日にいたるまで、全員の乗客名簿が発表されていない。したがって、この文での事件の記述には保留がついていることを明記しておく）。

つまり、離陸二十分後に一七五便がハイジャックされた段階で、この飛行機に乗っているさまざまな人びとの運命――それは文字通り、さまざまな人生だ！――を知っており、それを支配したのは、唯一、マルワン・アルシェヒだけだったということになる。彼はこの飛行機に乗るものらの運命の、唯一無二の完全なる支配者となった。その彼がニューヨーク上空に入り、遠くに黒煙を吹き上げるWTCを見いだした。

――「やった」とアルシェヒが歓喜の声をあげた。機長が操縦席に残した血のりが背中のシャツに染み込んできたせいで、だんだん不機嫌になってきた彼の大声に驚いて、すぐ後ろで乗客の反撃を警戒していたアフメド・アルガムディがたずねた。

「アルワンどうしたんだ、いったい」

「見ろよ。モハメド・アタがやったんだ。りっぱにやり通した。WTCを見ろよ。煙があがってるだろ。あれは、モハメドが操縦する飛行機の攻撃が成功したしるしだ」

「なんだって、それじゃあこの飛行機もどこかへ突っ込むというのか」

「そうだ、いまはじめて話すけど。もうひとつあるだろ。おれたちはあそこへ行くんだ」

アルガムディはまさかの答えに天を仰いだ。そして、前をみるとWTCがぐんぐん迫っていた。

「もう引き返せないよアフメド」

アルシェヒは低く、冷ややかに言い放った。みずからの「任務」のいや増す重大性を思い、自分も首尾よく「攻撃」をやりおおせるかどうか、激しい緊張感に顔をこわばらせてWTCを凝視した。それにいろいろなひとびとの顔が重なった。アタの顔が浮かんだ。恐怖に引きつった機長の顔、両親と兄弟たち、かつての恋人も見えた。

「だれだ……彼は」

さっきとなりに座りあわせたムスリムの男性だった。彼は娘の結婚式に行くとうれしそうに話していた。そのとき彼は、ちらりと道連れにする仲間と乗客のことを考えた。

「これでよかったのだろうか。だが、もう機長は死んでいる。おれの技術では無事な着陸など不可能だ。このまま飛びつづけて『作戦』を実行するしかない」

アルシェヒは操縦桿を握りしめる手に力を込めて、右へそして、左へと操作した。予期せぬ急旋回でアフメドが派手に転倒してなにか叫び声をあげた。一瞬視界から黒煙をあげるＷＴＣが消え、次の瞬間再び目の前に現れた。

「しまった、少しそれた」

もう一度力を込めて操縦桿を引きながら右へ切る。金色の壁面が目の前一杯に現れた。窓の内側の女性が大きな口をあけて逃げていくのが見えた。「これでよし」と、彼の神への祈りをささげた。


——順調に離陸した。客室乗務員たちが機内を歩きはじめた。まだ、シートベルトのランプはついているが、上昇の圧力はほとんど感じない。機内サービスの準備のため、ビジネスクラスとの境目のカーテンが閉められた。やっとベルト着用のランプが消えた。窓際の座席のブライアンは、シートベルトを少しゆるめて窓の外を見た。すばらしい快晴だった。

そのとき、ビジネスクラスで悲鳴が聞こえた。壁を激しく叩く音が響き、怒号が交錯した。血だらけの男が数人の乗客に抱えられてエコノミークラスへ運ばれてきた。機長のようだ。パーサーらしき男が「ドクターはいませんか」と叫んでいる。ビジネスクラスの乗客と乗務員がこちらへ走ってくる。ナイフを構えた男がみんなを追いたてていた。

だが、アラブ系かラテン系の顔立ちをしたハイジャッカーは、こちらまでは入ってこなかった。ビジネスクラスの入り口で、

「前のシートに手をついて、頭を低くして静かにしていろ。顔をあげたら殺す」

と命令した。向こう側の通路にも同じようにナイフを持った男がいるようだ。

ブライアンはできるだけ姿勢を低くして、携帯電話を取り出し妻に電話した。つながった。だが、

留守番電話だった。

「おれだ。飛行機がハイジャックされた。愛しているとと伝えたかっただけだ。また会えるといいんだけど。そうでない時はどうか、楽しい人生を送ってくれ。そして自分を信じる道を歩んでくれ」

(留守番電話の発言の出典は、『テロと家族』中日新聞・東京新聞取材班、角川oneテーマ21、二〇〇二年)

「何をしている、静かにしろ」との怒号に、ブライアンはあわてて携帯電話を落としてしまった。だが、怒りの対象はブライアンではなく、となりの通路で同じように電話をしていた同年輩の男性だった。ハイジャッカーがナイフを突きつけながら彼の携帯をもぎ取り、

「みんな携帯電話をだして通路へ置け、早くしろ」

と叫んだ。携帯電話が次々と通路へ投げ出された。ブライアンもそうした。気がつくと、機長のうめき声はやんでいた。

ブライアンは激しく動転していながら、どこか冷静だった。「飛行中は静かにしていれば、殺されることはあるまい。むしろ、どこかに着陸してからだ。味方の特殊部隊の突入作戦のときに流れ弾にあたらないようにしなければ」と考えていた。首をねじってかろうじて見える視界から外を見ると摩天楼が見えた。

「ニューヨークへ来たのか」と、やけに近い街並みを見ながら考えた。「高度が下がっているな。どこかに着陸するのか」

WTCを横切った。「燃えていた」。急旋回した。体が浮き上がるように窓へ押し付けられた。WTCがはっきり見えた。そして悟った。

「死にたくない」と、ブライアンは叫んでいた。

他者ですらない存在

ユナイテッド航空一七五便の絶対君主マルワン・アルシェヒにとって、ブライアン（たち乗員・乗客、そしてＷＴＣで亡くなったひとびと）はどんな存在だったのか。

ブライアンは人質ですらなかった。ブライアンは、ハイジャックがなされた瞬間、マルワン・アルシェヒにとって〈他者ですらない存在〉となった。ボーイング七六七型機に同化した存在、付属品。つまり、人間ではなく、テロ攻撃の道具の一部でしかなかったのである。だが、ブライアンは死の瞬間まで、人間だった。妻への電話が示すような、やさしい情愛に満ちた人間だった。同じ時空でＷＴＣを凝視し、やがて同一の瞬間に〈生↓死の存在移動〉をする彼らの間に、飛び越えることの決してかなわぬ、暗く広く深い深淵がぽっかりと口をあけていた。どうして、人間同士のあいだに、こんな深淵がぽっかりとあいてしまったのか。人間と人間が出会っていないながら、一方が他方を〈他者＝人間ですらない存在〉と考え、いともたやすく命を奪ってしまうことが、どうして起こりえたのか。

九・一一同時多発テロの目的、それは必ずしも明確ではない。犯行声明や要求はいまだに明らかにされてはいない。とはいえ、多くのひとびとが指摘しているように、「市場経済グローバル化の下で」、「地球的な不平等と抑圧の体系」の頂点に君臨するアメリカの政治・軍事・経済政策によって、貧富の格差のどん底へと追いやられた多くの人びととの不満と怒りを背景に、イスラム原理主義という宗教的動機をもって実行された、空前絶後のテロ攻撃であると見て、大きな間違いはないだろう。だが、その目的は何で、それが今回のテロ攻撃によって、どの程度達成されたと発案者、命令者、および実行者らは考えているのだろうか。

九・一一テロ攻撃後、ブッシュ政権が『「対テロ戦争』という恒常的非常事態」を宣言して、アフガニスタンへの侵略戦争を行って、世界を極度に緊張させ、パレスチナではイスラエルのシャロン政権がブッシュの「対テロ戦争」というレトリックを悪用して、パレスチナ暫定自治区への武力制圧をほしいままにしている。ブッシュ政権は「先制攻撃」をドクトリン化し、イラクへの攻撃を手はじめに、「悪の枢軸」への攻撃態勢を整え、ますます暴走しようとしている。この状況は、九・一一テロ攻撃の主体らが想定した「テロ後」の状況とは、恐らく正反対の状況なのではないか。

九・一一テロ攻撃が、アメリカのごう慢と攻撃性に火をつけ、より一層地球底辺のひとびとの暮らしを圧迫する結果を招いてしまった。それは、テロ攻撃の主体らが、人間を〈他者ですらない存在〉として大量殺戮してきた二十世紀の悪しき思想に、無意識に絡め取られてしまっていたために招いてしまった事態である。と同時に、ブッシュ氏をはじめ、彼の政権の幹部らも、その政権を「支持」しているアメリカの「民衆」も、いままさにそのワナにはまり、みずから首を絞めようとしている。

「暗殺の美学」への「戦略爆撃の思想」の浸潤

テロとはもともと「恐怖」という意味があり、「あらゆる暴力手段に訴えて敵対者を威嚇すること」（広辞苑）だ。この定義にしたがえば、現在この世界で、最悪でありかつ最強のテロ組織は、アメリカ国家ということになる。だれも、この事実を否定できないはずだ。

「九・一一」もまぎれもなくこの定義に該当する。しかし、このテロ攻撃は、前田哲男が『戦略爆撃の思想』（朝日新聞社、一九八八年／現代教養文庫版、一九九七年）で詳細に記述し分析した、二十世紀の大量殺戮思想の一つである、「戦略爆撃の思想」に色濃く染まった特異なテロ攻撃でもあった。

埴谷雄高は「暗殺の美学」（一九六〇年十二月）というエッセイで、レーニンの兄、アレキサンドルがロシア皇帝暗殺陰謀を問われた裁判で、テロリズム擁護の陳述をしたことを紹介した後に、こう記している。

テロリズムの手段に訴えるより仕方がない——そこに積極的と消極的な差こそあれ、これこそ専制国家の酷しい圧政下で敢えて数歩を踏み出そうとするものの最初のせっぱつまった悲痛な合言葉なのであった。そして、多くの暗殺の事例を私達はこの時代に見るが、そのあまりに多い暗殺の続出の激しさに驚くより、若いインテリゲンチャの手のなかにおかれた暗殺の意味がさながら絶望の黒から情熱の赤へ一変するごとくにまざまざと変化しゆく様相の目覚しさに驚かねばならないのである。（埴谷雄高「暗殺の美学」）

私たちもいま、イスラエルによる「酷しい圧制下で敢えて数歩を踏み出そうとする」パレスチナの青年たちが、「手のなかにおかれた暗殺の意味がさながら絶望の黒から情熱の赤へ一変する」、パレスチナの表現では「殉教者攻撃」（西側メディアの表現では「自爆テロ」）の報に接しつづけている。九・一一テロ攻撃を実行した青年たちもそうした絶望から情熱への一変を経過しただろう。だが、埴谷はこのエッセイで、暗殺＝テロの大きな矛盾をこう指摘している。

（前略）暗殺者たちの前にやがて現われるのは、高く掲げられたその階級対立の標識が次第に一つ一つ消えてゆくところの不思議な渾沌の幅なのであった。皇帝、首相、大臣、総督、警視総監……と代理者が次第にピラミッドの下方へ拡がり行って、ついには並んでいる隣の仲間へまで及んでしまう思いがけぬ暗殺の体系が、その不思議な渾沌の巨大な見取図なのであった。(中略)抑圧されるものの一員から彼は出発したにもかかわらず、いま眺め渡せば、彼以外のすべてが血のついた短剣の標的となるべき潜在的な抑圧者なのであって、従って、暗殺はついに無限な事業とならねばならなかった。(埴谷、同前)

いつのまにか、暗殺という手段が目的となる逆転現象が起こっていた。圧政を転覆するという目的が忘れ去られ、暗殺が目的となる。そして、「成果」をあげるために暗殺が容易な「小物」へと、「奴も圧政の手先だ」として標的が拡大され、ついに昨日は同志だった者が、「組織内の裏切り者」として殺された。この「暗殺の無限化」が目的を傷つけ続け、手段だけが生き延び肥大化する。こうして泥沼の悪循環にはまり込んでいった。これへの痛切な疑問と反省から、「ひとりの誠実なインテリゲンチャ」が一つの原則を立てた。それを埴谷雄高は、「目的は手段を浄化しうるか」(一九五八年)というエッセイで、このように紹介している。

(前略)疑問と反省は、革命家のなか自体に生まれてきたが、そのひとつの輝かしい部面が二十世紀初頭のテロリストの心情のなかにあると見たのは、アルベール・カミュである。カミュは、セルゲイ大公の暗殺に際して馬車のなかに子供がいたという理由で爆弾を投げなかったカリヤーエフとその仲間を扱って『正義の人々』を書いているが、この時代のテロリスト達は目標とする人物以外の他の人間を殺傷することを堅く拒否したばかりでなく、目標とする人物の死に対しては自らの死をもって贖った。ひとりの人間を殺すことは許され得るやという質問を自らに発した果ての苦悩を踏み越えた直截な回答がそれなのであった。(中略)相手の死に対する自らの死というこのテロリスト達のぎりぎりの公式(中略)。ひとつの思想をひとつの生命の上に置くことによって相手のみを殺して自らは生きのびるという通常の理由づけと正当化を受けいれることを、彼らは拒否したのであった。

「ひとつの思想をひとつの生命の上に置くことによって相手のみを殺して自らは生きのびるという通常の理由づけと正当化を受けいれることを拒否した」、この「暗殺の美学」はしかし、二十世紀に生命力を維持できなかったことを、私たちは目撃している。

九・一一テロ攻撃も「殉教者攻撃」も、「相手の死に対する自らの死」という「ぎりぎりの公式」は、維持されてはいる。しかし、無差別の殺人によって、アメリカやイスラエルの専横に抗して、ともに闘う将来の友を数多く殺し、その目標を支持する大衆のサポートを失わせた。これへの「戦略爆撃の思想」の浸潤は、明らかである。

戦略爆撃のブーメラン現象

「戦略爆撃の思想」とは、一言で言えば「民間人を爆撃し、生き残ったものの恐怖をかき立てて敵を降伏させる」ために、「空軍だけを使用して決定的成果を達成しようとする二〇世紀後半の戦略思想」である。つまり、「無差別・大量殺戮の新形式、すなわち航空機と火焔攻撃の組み合わせによる空からの進攻」で、「空中にある者からは、さらに殺人の感覚は欠落した」。ヒットラーによるゲルニカへの恐怖爆撃（一九三七年四月二十六日）に続いて、一九三九年五月から一九四三年八月まで執拗に、「抗日首都・重慶に対して、とりわけそこに住む住民を目標に設定して『士気の克服』を目指す日本軍の無差別都市爆撃」が行われた。これを前田哲男は、「広島の前の広島」と表現した。

ドイツのゲルニカ、日本の重慶爆撃に学び、それをより徹底化させてアメリカ（連合軍）によるハンブルグ・ドレスデン・東京・広島・長崎までの戦略爆撃を指揮したカーチス・ルメイは、こう公言した。

非戦闘員の多数殺傷という点に関しても、日本では女も、子供までが軍需産業にたずさわっていたのであり、残虐さは戦争そのものに帰せられるべきである。ここユーラシア大陸では、ひとつの街が蒸発したのはめずらしいことではない。（中略）ここで人道をうんぬんすることが、かえって逆の大量殺戮を招くことが多い。朝鮮戦争で元山と平壌に原爆を使用する私の提案は否決されたが、結果はどうだったか。一〇〇万をこえる朝鮮人が死んだのである。（以上の記述と引用の出典、前田前掲書）

暗殺の無限化と戦略爆撃の思想の、このグロテスクな化合。戦争を口実とした殺戮の合理化は、やがて、顔も名前も性別も年齢も職業も民族も階級も思想も宗教も〔……〕も違う具体的な人間を、のっぺらぼうの敵と味方に分けて数量化し、敵をいかに効率的に殺すか、という一点へと収れんしていく。

カーチス・ルメイは、「戦略爆撃」という彼の思想の行き着く先を率直に、つまりは、アジア人に対する人種差別を隠そうともせず、なんら悪びれることもなく、日本人の絶滅を主張した。「日本では女も、子供までが軍需産業にたずさわっていた」と。だから非戦闘員など日本には存在していなかった。したがって、殺されて当然だと。

ＷＴＣでの死亡・行方不明者は、四十六の国と地域にわたり、さまざまな職種にわたっていたという。アジア、アフリカ、欧州、ヒスパニック、アラブ、そしてアメリカ。金融エリート、レストランの従業員、ビルの清掃作業員……。アメリカの富と世界金融支配の象徴としてＷＴＣがテロの標的になったのだが、ＷＴＣは、この世界の縮図でもあった。さまざまな民族が、さまざまな位置で、さまざまな仕事をしていた。しかし、ＷＴＣにいたというだけで、破壊と死は、平等に訪れた。

ゲルニカを爆撃したドイツは、ハンブルグ、ドレスデンを始めとするドイツ諸都市への連合軍によるじゅうたん爆撃を受け、重慶を爆撃した日本は、ほとんどすべての都市と、とくに東京大空襲などナパーム弾で、そして、広島、長崎のへの原子爆弾の投下で、ブーメランのように戦略爆撃の報復を受け、焼きつくされた。その後アメリカは、朝鮮戦争、ベトナム戦争、湾岸戦争で戦略爆撃を継続した。アメリカはソ連のＩＣＢＭ以外、米国本土への直接攻撃はできないとたかをくくっていた。アメリカのおごりに基づく戦略爆撃の継続が、テロリズムへの「戦略爆撃の思想」の浸潤を加速化させたのである。そしてブーメランは、アメリカ本土に突き刺さった。

九・一一テロ攻撃は、〈戦略爆撃の思想に基づくテロ攻撃〉だった。この言葉は、戦略爆撃がすでにテロリズムなのだから、同義反復に過ぎないともいえよう。だが、戦場ではないと思われていた場所に対して、戦闘機ではなく民間機を、それも小型核兵器に匹敵するような破壊力をもった民間機を突入させ、三千人以上の死者を一瞬に生み出した「全的破壊」は、テロリズムという言葉がもつ、比較的「小規模」というイメージを一変させた、まぎれもない戦略爆撃だった。そして、高度に移動と情報技術が発達した現代において、「戦場」という日本語の対になるような反対語が見出せないように、地球のどこかに戦場がある限り、地球全体が戦場であることも明らかにしたのである。

眼差しを欠いた戦争

ユナイテッド航空一七五便に乗ったテロリストと乗員・乗客の間に、飛び越えることの決してかなわぬ暗く広く深い深淵がぽっかりと口をあけ、人間と人間が出会っていながら、一方が他方を〈他者＝人間ですらない存在〉と考え、いともたやすく命を奪ってしまえたのは、〈戦略爆撃の思想に基づくテロ攻撃〉だったからだ。つまりは、戦略爆撃の思想こそが、他者を他者とせぬ殺戮を可能にした。前田哲男は前出の『戦略爆撃の思想』で、重慶爆撃――戦略爆撃が、「戦争と人間の関係をべつのものへと変換」させたとして、「徹底的に眼差しを欠いた戦争」にした、と指摘した。

> 重慶（中略）には加害者の人影は全くなかった。爆音とつかの間の機影、空気を切り裂く落下音、そして爆発、阿鼻叫喚。肉体のぶつかり合いも殺意の視線もない、一方的な、機械化された殺戮の世界だった。人々は侵略者がどんな顔つきをしているかを知る機会もなく、死んでいった。／空中にあるものからは、さらに殺人の感覚は欠落した。苦痛にゆがむ顔も、助けを求める声も、肉の焦げる臭いも、機上の兵士たちには一切伝わらなかった。知覚を極端に欠いた戦争、行為とその結果におけるはなはだしい落差を持つ殺戮がそこにあった。（前田、同上書）

九・一一テロ攻撃の場合、ナイフなどで武装したテロリストは、機長ら乗務員を殺傷したため、また、彼らがもろともに死んでいるために、「徹底的に眼差しを欠いた」攻撃とは言い切れない。しかし、本質においてこの攻撃は戦略爆撃の思想に基づいていたため、WTCの犠牲者にとって、「眼差しを欠いた」攻撃だった。ここに加害者と被害者は、同じ人間なのに、まったく隔絶する。

ところでアメリカは、ますます「徹底的に眼差しを欠いた戦争」を実行し続けている。ベトナム戦争で大量の死者を出しながら撤退せざるをえなかったアメリカは、作戦思想を戦略爆撃の思想へと徹底化させた。

梅林宏道は『在日米軍』（岩波新書、二〇〇二年）で、九・一一テロ攻撃に対する報復戦争「不朽の自由」作戦では、作戦開始からタリバン政権崩壊までの三か月間に米軍の死亡者がわずか十八人だったこと、これに対してアフガニスタン民衆の被害は数千人にのぼることを紹介して、こう指摘する。「この戦争に明らかなように、味方の犠牲ゼロという絶対に安全な場所から敵を狙い撃ちしながら軍事目的を達成するというのが、現代の米軍の作戦思想である」。圧倒的な軍事力と軍事・テクノロジーの優位のもとで、遂行される「戦争ではない一方的な大量虐殺」、「一方的優位の戦争」「なぶり殺し戦争」は、被害者への「眼差しを徹底的に欠いた戦争」であるほかない。

実際にブッシュ大統領は、「国家安全保障戦略」（ブッシュ・ドクトリン、〇二年九月二十日）を公表した。彼は、対外的にはアメリカが公言してきた、大量破壊兵器の不拡散、封鎖、抑制という安保戦略を廃棄し、代わりに対テロ戦争でやむをえない場合、「自衛権」を行使するための先制攻撃を断行し、単独行動さえもためらわないと内外に宣布した。しかも、「顕在する脅威」ではなくとも「迫りくる脅威」に対して、先制攻撃を加えることができるとした。アメリカが「悪の枢軸」と規定し、彼らが「迫りくる脅威」と判断すれば、一方的に核兵器を含む軍事攻撃を行うことができるというのだ。ブッシュ・ドクトリンの核心は先制攻撃と、他国を寄せ付けない軍事力の圧倒的優位を永久に維持するということであり、その目標は、アメリカによる一極支配の世界秩序である。「イラクに民主政権を樹立する」とのごう慢な発言は、それを裏付けている。イラクへの先制攻撃による「なぶり殺し戦争」が、行われようとしている。強者は他者を見失い、やがて喪失する。

だが、歴史と「九・一一」が示すように、「戦略爆撃のブーメラン現象」は、確実に起こる。被害者を皆殺しにして、アメリカやそれに追随する国々の指導者への憎悪を絶滅してしまわない限りは。

——深夜、胸苦しい悪夢を見た。

——ユナイテッド航空一七五便が、いままさにWTC南棟へ激突しようとしている。コックピットが大写しになる。操縦席には、一七五便の絶対権力者マルワン・アルシェヒではなく、ジョージ・W・ブッシュが座っていた。ラムズフェルドとチェイニーがその脇を固め、ブレアが客席に睨みをきかせている。画面が大きく引く。ボーイング七六七型機が見る見るうちに宇宙に浮かぶ地球へと姿を変えている。閃光とともに、大きなきのこ雲が地球のあちらこちらにあがっている。やがて地球全体が厚い雲に覆われた。雲のなかに、稲光が走り回っている。

デジャ・ビュ？

政治のなかの死

二十世紀は戦争と革命の世紀で、それらの変質の世紀だともいわれた。だが、事実においては戦争の世紀、正確には「帝国主義戦争の世紀」だったというのが、現在の視点からの正確な診断だといえよう。世紀がかわっても、帝国主義戦争の時代、正確には〈アメリカ帝国による戦争の時代〉は継続している。

エドワード・サイードは、『文化と帝国主義』（大橋洋一訳、みすず書房、一九九八年）で、「おどろくほど広範囲にわたって地球を支配した十九世紀と二十世紀初頭の西洋の帝国主義がいまもなお、わたしたちの時代に大きな影をおとしている」と指摘しながら、帝国主義をこう定義した。

人間の歴史にまつわるすべてのことが、地上に根ざしている。これはつまり、わたしたちは住処を考えなければならないということだ。だがしかし、これはまた、人びとがより多くの領土をもちたいと計画したこと、それゆえにその土地にもとから住んでいた人びとについて何かをしなければならなかったことを意味している。きわめて基本的なレヴェルにおいて帝国主義は、あなたが領有していなくて、遠くにあり、他者が住み、他者が所有している土地について考え、そのような土地に定住し、そのような土地を管理することを意味している。ありとあらゆる理由によって、帝国主義はある種の人びとをひきつけ、またしばしば、その他の人びとに語りつくせぬ悲惨をもたらしてきた。

冷戦後、アメリカ帝国は、とくに二代にわたるブッシュ政権は、まさにこのように行動したし、そうしている。サイードはさらに、こうつけくわえる。「『帝国主義』という言葉は、遠隔の領土を支配するところの宗主国中枢における実践と理論、またそれがかかえるさまざまな姿勢を意味している。いっぽう『植民地主義』というのは、ほとんどいつも帝国主義の帰結であり、遠隔の地に居住区を定着させることである」（同上）と。現ブッシュ政権が石油のためにイラクでやろうとしていること、イスラエルにやらせていること。北東アジアでの遠くない将来に予想される中国との決戦に備えて、朝鮮民主主義人民共和国（北朝鮮）への先制攻撃を虎視眈々と狙っていること。それはまさに、掛け値なしの帝国主義である。

〈アメリカ帝国による戦争の時代〉は、際限のない戦争とテロの応酬をもたらすことで、ついに二十一世紀の歴史は記録されないのかも知れない。人類が死滅するなら、歴史は不必要だからだ。

さてそれでは、戦争とはなにか。レーニンが彼の著作で重ねて引用した、クラウゼヴィッツの『戦争論』の命題は、「戦争は政治におけるとは異なる手段をもってする政治の継続にほかならない」というものである。「戦争は、政治的行為であるばかりでなく、政治の道具であり、彼我両国のあいだの政治的交渉の継続であり、政治におけるとは異なる手段を用いてこの政治的交渉を遂行する行為である」（篠田英雄訳、岩波文庫、一九六八年）。

この命題を承認するなら、戦争の世紀、二十世紀の戦争の膨大な死者たち、二十一世紀にも継続しているアメリカ帝国による戦争の死者たちは、〈帝国主義の政治のなかで、政治によって死んでいった〉といえる。

「やつは敵である。敵を殺せ」（「政治のなかの死」一九五八年）、「政治の裸にされた原理は、敵を殺せ、の一語につきる」（「権力について」一九五八年）とは、埴谷雄高の箴言のなかでも最高の部類にはいるだろう。埴谷はさらに、「政治のひとつの特徴は、責任者はつねに不在で犠牲者のみいるという点にある」、「政治は死刑から戦争に至るまでの殺人組織の組織化と合法化の体系に向かって、ひたすらしゃにむにつきすすんでゆく」(「政治のなかの死」)と喝破した。

生活は、他者を他者とし、他者と関わらない限り、成立しない。「政治の幅はつねに生活の幅より狭い。本来生活に支えられているところの政治が、にもかかわらず、屢々、生活を支配しているとひとびとから錯覚されるのは、それが黒い死をもたらす権力をもっているからにほかならない」(「権力について」)。二十世紀は帝国主義の政治が生活を支配した世紀であり、二十一世紀にはいって、それがますます強まっているといえよう。

現代の悲惨な「政治のなかの死」=大量殺戮は、第一に、戦略爆撃——ゲルニカ、重慶、広島、長崎、朝鮮、ベトナム、イラク、アフガニスタン、そしてまた、来るべきイラクと北朝鮮——。第二に、強制収容所——アウシュヴィッツなど——。第三に、軍隊(敵国・自国・「同盟」軍)による住民虐殺——南京、沖縄、朝鮮、ベトナム、ルワンダ、バルカン半島——によってもたらされた。これらすべてに共通するのは、女性と子どもたちの被害の深刻さである。

こうした大量殺戮に対応する殺戮の装置は、第一に、原子爆弾(に象徴されるあらゆる「高性能」爆弾)、第二に「ガス室」、そして第三に、あらゆる差別意識だった。これらの装置のなかで、最も威力を発揮したのは、なんといっても〈他者=人間〉を〈他者ですらない存在〉にする、あらゆる差別意識である。それがなければ、原子爆弾も毒ガスも銃もナイフも、人間に対して平然と使用できなかっただろう。

イスラム世界でユダヤ人として生まれ、フランスで高等教育を受け作家となり教授となったアルベール・メンミは、人種差別を次のように定義した。

人種差別とは、現実の、あるいは架空の差異に、一般的、決定的な価値づけをすることであり、この価値づけは、告発者が自分の攻撃を正当化するために、被害者を犠牲にして、自分の利益のために行うものである。（『人種差別』菊池昌実・白井成雄訳、法政大学出版局、一九九六年）

私はこの定義は、人種差別に限定されない、差別の普遍的定義といってもさしつかえないと考える。差別のメカニズムは、「支配と従属、攻撃と恐怖、不正と特権の擁護、支配者の弁明と自己説得、被支配者の神話とマイナス・イメージ、最後に虐待者を利するための犠牲者の破壊と抹殺」（メンミ、同上書）に奉仕した。差別は帝国主義と植民地主義の絶対的条件である。「自由民主主義、市場経済の優位性」を陶酔した表情で語るブッシュ大統領、そして彼を陶然と見つめるアメリカの群集たち。彼らの心に根を張る差別意識が、茎を伸ばし、葉をつけ、征服の野望にもえた花を咲かせていることを忘れてはならない。

私たちが大量殺戮を何とかして阻止しようとするとき、兵器だけが問題になるのではない。大量殺戮兵器は当然廃棄されるべきだが、兵器を作り、使わせる人間の心が一番の問題となるのである。

人間であることの危うさ

九・一一テロ攻撃の実行者と私は同じ人間である。また、これまでの大量殺戮も人間が行ってきた。ジョージ・W・ブッシュも、やはり人間なのだ。

私はあるとき、ブッシュ氏と同じことをしていると、恥の意識とともに悟った。十歳の長男がしでかした不始末を叱るとの口実で、大声をあげ、頬に平手打ちを食らわせ、痛さと恐怖で泣き声をあげてすくむ彼を、反撃はありえぬ絶対的な優位の立場から見下し、説教をたれる。
ハンナ・アーレントが〈アウシュヴィッツ後〉に、こう書いていたことを不意に思い出した。

（前略）悪に向かう可能性が人間のなかにある（中略）。人類の理念には自分たちが背負おうとは思わない一切の責任をも負うべきだという義務が含まれている（中略）。人類の理念は、一切の感傷を拭い去ったら、われわれは人間によってなされたすべての犯罪に対して自ら責任を負い、民族は他の民族によってなされたすべての悪行に対しても自ら責任を負わねばならないという政治的にきわめて重要な帰結に至るからである。人間であることを恥ずかしいと思うというのは、このような理解のきわめて個人的で非政治的な表現である。／（中略）恐れおののきながらついに、人間はどのようなことでもできるのだということを理解したのである——そしてこれこそ、現代の政治的思考の前提条件なのである。（中略）人類の逃れられない責任に対して心底不安を抱いている人たち、そのような人たちだけが、人間が惹き起こすかもしれない恐るべき悪に対して勇敢に、妥協せず、全面的に闘いを挑まねばならぬとき、頼りになるのである。（「組織化された罪」、『パーリアとしてのユダヤ人』所収、寺島俊穂・藤原隆裕宜訳、未来社、一九八九年）

九・一一テロ攻撃も、あらゆる大量殺戮も、政治のなかの多様な死も、ブッシュ氏のおろかで幼稚な思考に基づく無差別爆撃も、私と同じ人間がなしたことだ。人間がなしたおろかな行為を、同じ人間である私が絶対にやらないとは断言できない。事実、人間はおろかな行為を繰り返してきた。それを忘れ、ねじまげることで、おろかな行為を反復している。記憶の無力さ、歴史の操作と偽造、人間の自己欺まん。だから私は、自分がおろかな人間であることを片時も忘れないように、くどくどと書きつけてきた。アーレントがいう、人間であることの責任を果たすことは、大変なことである。

そして、〈在日〉朝鮮人の私は、この脈絡において、北朝鮮の特殊機関が犯した、「日本人拉致事件」に、格別に重い責任を負っていると自覚する。

人間のおろかさが「やつは敵である。敵を殺せ」と叫ばせ、思い込ませる。現代において、帝国主義が政治を支配し、その政治の道具として、戦争から死刑にいたるまで、殺人が「合法化」され、そうした政治の闇の奥で、攻める側、守る側が立場をいれかえながら、テロや拉致が行われてきたし、現に行われているのは厳然たる事実である。

私が人間として、〈在日〉朝鮮人として、アーレントが問う責任に応答するということは、帝国主義と植民地主義に反対し、かつ克服するため、〈他者を殺さず、ともに生きるための闘い〉を、ねばり強く継続していくということだ。

他者の声、死者の声

この世のだれも死を経験することができない。したがって、死を経験として完全に描ききったと、みなを納得させる記録も芸術も存在してはいない。また人類といっても、人間が個である以上、どんなに大量な死であろうと、死はつねに個別的である。だれかの生を生きられないように、だれかの死を死ぬことはできない。

しかし、未曾有の殺戮現場を生き延び、そこにあふれる死者の声を確かに聞きとり、それを「人間」という言葉に託して生者に伝えた二人の小説家・詩人を、ジョージ・W・ブッシュによるイラクへの先制攻撃を口火にして、新世紀の帝国主義戦争がはじまろうとしているいまだからこそ、思い出し、記憶しておきたいと思う。

その二人とは、アウシュヴィッツの絶滅収容所、広島の原爆投下を生き延びた、プリーモ・レーヴィ（一九一九―一九八七）と原民喜（一九〇五―一九五一）である。レーヴィは「これが人間か」を、原民喜は「コレガ人間ナノデス」という詩を残した。

レーヴィはアウシュヴィッツを生き残ったわずか五％の「むしろ例外であり、奇跡そのもの、特別な運命の持ち主として」（『プリーモ・レーヴィは語る』多木陽介訳、青土社、二〇〇二年）、一九四五年一月二十七日に解放され、同年十月十九日に故郷のイタリア・トリノへ帰還した。彼は、「まさか人間がそんなことをするはずがない」と、だれも信じず、聞きたがらない収容所での体験を語り、一九四六年に『これが人間か』（原題、日本語版は『アウシュヴィッツは終わらない』竹山博英訳、朝日選書、一九八〇年）にまとめ、翌四七年に出版した。「これが人間か」は、この本のエピグラフである。

レーヴィはこんな証言をしている、「詩の方が先に来るんです」と。「あの当時、自分の中に重くのしかかっていたものを表現するには散文よりも詩の方が適切であるように思えたのです」（『語る』）。

原民喜は被爆地を生き残った体験を、一九四五年秋に小説の形式で書き残した。その題名は、『原子爆弾』。だが当時、「原子爆弾に関する記事や作品はすべて占領軍司令部（ＧＨＱ）の厳重な検閲下におかれていた」（原民喜『小説集　夏の花』岩波文庫、一九八八年の佐々木基一による解説より）ため、義弟の佐々木基一、本多秋五、平野謙、埴谷雄高、荒正人らの同人誌『近代文学』への発表をあきらめた。『原子爆弾』が、「『夏の花』という慎ましく目立たない題名に変更されて漸く世に出たのは、（中略）一九四七年六月号の『三田文学』誌上においてだった」（佐々木同上）。『夏の花』には、後に「原爆小景」(『近代文学』一九五〇年八月号に一括発表)となる連作詩のうちの一つ、「ギラギラノ破片ヤ」が挿入されている。「コレガ人間ナノデス」は、「原爆小景」の冒頭に配置された詩である。私には、レーヴィの証言、「詩の方が先に来るんです」が、もともと詩人としての資質を色濃く持つ原民喜にも当てはまったのではないかと思える。

プリーモ・レーヴィと原民喜の魂は、ほぼ同時期に、大きく空間を隔てていながらも、人間をこなごなに打ち砕き、焼きつくし、その尊厳を破壊しつくした原子爆弾とガス室と差別による惨禍のなかから、その経験から、「人間」の尊厳を再建するため、死者の声を生者に聞かせるようにと共振し、「人間」にまつわる二つの詩をこの世へと送り出したのである。

これが人間か　　　プリーモ・レーヴィ

暖かな家で
何ごともなく生きているきみたちよ
家に帰れば
熱い食事と友人の顔が見られるきみたちよ。

これが人間か、考えてほしい
泥にまみれて働き
平和を知らず

パンのかけらを争い
他人がうなずくだけで死に追いやられるものが。
これが女か、考えてほしい
髪は刈られ、名はなく
すべてを忘れ
目は虚ろ、体の芯は
冬の蛙のように冷えきっているものが。

考えてほしい、こうした事実があったことを。
これは命令だ。
心に刻んでいてほしい
家にいても、外に出ていても
目覚めていても、寝ていても。
そして子供たちに話してやってほしい。

さもなくば、家は壊れ
病が体を麻痺させ
子供たちは顔をそむけるだろう。
（竹山博英訳）

コレガ人間ナノデス　　原　民喜

コレガ人間ナノデス
原子爆弾ニ依ル変化ヲゴラン下サイ
肉体ガ恐ロシク膨脹シ
男モ女モスベテ一ツノ型ニカヘル
オオ　ソノ真黒焦ゲノ滅茶苦茶ノ
爛レタ顔ノムクンダ唇カラ洩レテ来ル声ハ
「助ケテ下サイ」
ト　カ細イ　静カナ言葉
コレガ　コレガ人間ナノデス
人間ノ顔ナノデス

がい骨が縦じまの囚人服を着て、木の蚕棚のなかでうごめいていた。「これが人間か」。原子爆弾の熱線で真っ黒に焼かれた人間の顔。「コレガ人間ナノデス」。まるで、一対をなすかのような二つの詩に共通するものは、絶叫ではなく、「静カナ言葉」であり、祈りであり、抗議である。絶叫と熱狂と命令と服従が、大量殺戮を可能にしたのだ。静かに向き合った人間同士は、相手を他者として認め合った人間同士は、殺し合いなど始めない。

しかし、人間の尊厳をうたった二人の文学者は、人間に絶望して自死した。

原民喜は一九五一年三月十三日、鉄路に身を横たえて。「朝鮮半島で戦争が勃発して九カ月。前年十一月にはアメリカ大統領トルーマンが朝鮮で原爆使用も検討中と言明していた」（徐京植「原民喜」、『過ぎ去らない人々』所収、影書房、二〇〇一年）。

印象深いエピソードを、詩人の若い友人だった遠藤周作が、書き残している。


（前略）だが時々、原さんの澄んだ眼が、なにか怯えたような光をおびることがある。なぜ彼がそんな怯えた眼をするのか、よくわからなかった。

（中略）私は一度、原さんとその外食券食堂に行ったことがあった。隅の椅子で彼はドンブリに僅かにもった飯をたべ汁を飲んでいた。

「原さん。いつも此処で一人で食事をするの」

「そうだよ」

帰りがけに我々の前を九段から神保町に通う都電が鈍い音をたてて通過した。線路に火花が散った。その時、猫背で歩いていた原さんが突然、軀を震わすように立ちどまった。そしてあの怯えた眼で電車をじっと見つめた。

「原さん、どうしたの」

「いや」（中略）

「ぼくはね」しばらくして彼は私に言った。「あの火花をみた時ね……原子爆弾の落ちた瞬間を連想してね」

（遠藤周作「原民喜」『原民喜全集』③芳賀書店、一九六九年）

原民喜の怯えは、朝鮮で、また現実のものとなろうとしていたのだ。埴谷雄高はこの詩人の死を、「絶望、頽廃、自殺」（一九五八年）というエッセイで取り上げている。「ひたすら控え目で美しく繊細な神経をもっていたこの極度に無口な作家の自殺が明らかにしたのは、まさに、頽廃の事態にあるのは自殺する作家ではなくこの世界であるということであった。従って、絶望・頽廃・自殺と三題噺ふうに並べられるとき、そこには、頽廃のなかの自殺とともに、頽廃に対する自殺があることを、私達は知らねばならない」。

プリーモ・レーヴィの自死は、まさにこの世界の「頽廃に対する」ものだったといえる。彼は一九八七年四月十一日、アパート四階にある自室の玄関前の踊り場から身を投げた。「一九八六年の初夏から、つまりプリーモ・レーヴィの自殺の前年から、西ドイツで、のちに『歴史家論争』と呼ばれることになる論争が始まったのだ。（中略）『アウシュヴィッツ』を正面から否定することはしないものの、ある種の学問的ポーズをとって、その罪を相対化しようとする修正主義（リヴィジョニズム）の論議が公然と起こったのだ」（徐京植『プリーモ・レーヴィへの旅』朝日新聞社、一九九九年）。

生涯をかけて聞きつづけた死者の声を、この世の言葉にする労苦、そして、えられた作家としての名声と作品への評価。しかし、レーヴィは、言葉が通じぬ「頽廃した世界」に絶望してしまったのだと思える。

プリーモ・レーヴィと原民喜は、人類の惨禍の生き残りとして、自身が書き残した死者の言葉の真実を証明するために、死者になったよう思われてならない。詩人と証言者に死を強要する、頽廃した世界がここにある。そして、頽廃はますます進んでいるのである。それは、だれも死者の本当の言葉を聞きとろうとせず、帝国主義と植民地支配の被害者の証言に耳を貸そうともしないことに、明らかである。

それでは、頽廃を深めるこの世界に生きている、私はどうすべきか。帝国主義と植民地主義の政治が、敵をもとめ、大量の死者をもとめている〈戦前〉において、戦後に、人間の尊厳をうたった二つの詩を、言葉として自分の耳で聞こえるほどに、低く朗読することからはじめよう。つぎに、家族を集めて、そして仲間たちと。他者を他者とし、他者が尊厳をそなえた人間であることを記憶しなおすために。

すでに二人の詩人の〈戦後〉は、さまざまな〈戦前〉となり果てたが、アフガン戦争後の〈戦後〉を、パレスチナ戦争を止め、その〈戦後〉を、〈永遠の戦後〉にするために。

（二〇〇二年十二月二十日脱稿）

「人間的な植民地主義」などない

報道によると石原慎太郎・東京都知事は二〇〇三年十月二十八日、韓日併合は朝鮮人が「総意」で選び、植民地にされたのは朝鮮人の「責任」とし、さらに「世界中の国が合意した中で併合が行われた」と正当化した。あげくの果てには、その植民地主義を「人間的」だったとまで発言している。

これは歴史のわい曲を通り越したねつ造であり、さらには他民族・他者への痛みに想像力が欠如した、結局は侵略と支配、差別を正当化する知事の思想が端的に現れたものだ。

第一に、韓日併合は日本軍の武力によって朝鮮人の反対運動を徹底的に弾圧して強行されたのは、どう逆立ちしても否定できない厳然たる歴史的事実である。次に、日本の圧倒的な軍事力で押さえつけられた朝鮮人の抵抗、徹底的に弾圧された独立運動、国内や中国東北部で継続された独立抗争の事実を消去して、「責任」を朝鮮人に転嫁するなどは、本末転倒もはなはだしい。

そして、「世界中の国が合意」したとは、いったいどこの国を指しているのだろう。高校の教科書にも書かれているように、韓日併合の一九一〇年当時、国際連盟さえ存在しておらず、少数の帝国主義列強が世界分割に血眼になっていたことを、石原氏は知らぬはずはないだろう。つまり、彼が言う「世界中の国」とは、世界分割を互いに承認しあった数か国の侵略的な帝国主義列強に過ぎない。これをもって併合（植民地化）を正当化しようとすること自体が、歴史に対するいちじるしい無知をさらけ出すことにほかならないことに、知事は気づくべきだ。

ましてや、「人間的な植民地主義」などありえない。支配民族は常に、被支配民族を「人間的に扱った」「鉱山を開発し、鉄道を敷設し、学校も作った」「よいこともした」と言いつくろう。しかし、それらは植民地の人びとのためではなく、侵略支配する帝国主義の収奪を効率化するためであり、とくに「学校を作る」のは支配民族への同化を促進することを目的としていた。

このように、農地や資源、生産物を取り上げ、固有の言語・文化を禁止して奪い、軍・警察支配を背景に同化を強要する植民地主義は、世界史上、「人間的」だったことはただの一度もなかった。

日本は第二次世界大戦後、米国に軍事占領された。もしあの時、英語を「国語」とされ、九州と四国を米国の植民地として併合されていたとしたらどうだったろう。日本がされた、「その程度」の強制や併合をも、石原知事は「人間的」ということができるだろうか。

現に沖縄は米国の「軍事植民地」にされ、今も「米国支配」のさまざまな困難を、本土にかわって一手に引き受けさせられているではないか。しかし、石原知事は、沖縄の現実を「北朝鮮の脅威があるから仕方ない」と言うだろうか。

他者の痛みに想像力を欠き、いや、他者の痛みを否定し、みずからを絶対的に正当化して他者に押しつけるごう慢。こうした石原氏が東京都知事選に「圧勝」した事実は、彼の言動に居心地のよさを感じる「多数者」が形成されていることを物語っている。しかし、私たち在日朝鮮人をはじめ、「少数者」は、この現実におののいているのである。

石原氏の言動の行き着く先は、「ファシズムと戦争」ではないかとの危惧を否定できる人はそんなに多くはないだろう。少数者の危惧が現実のものになる。そんな誤った歴史をくり返してはならない。

石原氏の言動がもはや行き着くところまで行き着いたいま、私は石原氏に投票した「多数者」に、強く問いかけたい。彼を選んだのが正しかったのか、と。

韓日条約四十年、韓国と日本のいま

韓日関係の三つの節目

今年（二〇〇五年）は韓国と日本の現在《いま》を規定する大きな節目が重なる年である。その節目は三つある。

ひとつは、一九〇五年十一月十七日、日本帝国主義（日帝）が大韓帝国に強要した「乙巳条約」（第二次韓日協約）百年である。これによって日帝は韓国の外交権を奪い、後の総督府の原型となる統監府を設置して内政にも干渉し、事実上の「植民地時代」が始まった。

もうひとつは、一九四五年八月十五日の朝鮮民族解放＝日帝敗亡六十年だ。だがことは単純ではなく、朝鮮駐屯日本軍の武装解除のため、三十八度線の南側に米軍、北側にはソ連軍がそれぞれ進駐した。冷戦の激化によって三年後には南北に性格が異なる政権が樹立され、五年後に内戦——実態は国際戦＝朝鮮戦争によって民族分断の悲劇が固定化される、「分断時代」の始まりでもあった。

そして最後に、一九六五年六月二十二日、韓日の国交を正常化する「韓日条約」締結四十年である。これによって「ベトナム特需」にわく日本と、ベトナム派兵を決定した朴正熙《パクチョンヒ》軍事独裁政権は、過去の歴史清算をあいまいにしたまま、米国の軍事的要求を日本資本が経済的に補い、かつ韓国を経済的に支配する「韓日癒《ゆ》着時代」を始動させた。

歴史の節目が大切なのは、政治・軍事・経済・社会・文化、そして国際・外交など、「すべての問題には歴史的な根がある」ということにつきる。人は永遠の過去と未来の間の一点である現在《いま》を生きている。時間は片時も未来への流れを止めない。だからこそ、節目に過去＝歴史を、現在の目で正しく検証し、誤った過去に誠実に向き合うことによってしか、止めどもなく押し寄せる未来を、正しい未来にできない。

ところが、韓日関係の「植民地支配」百年、「民族分断」六十年、「韓日癒着」四十年という三つの大きな節目に、それら「いまだ克服されぬ過去と現在」を真しに振り返り、歴史と隣国の人びとの問いかけに応答しようとする雰囲気は、日本社会にほとんど感じられない。

日本外務省のホームページを開くと、「日韓友情年二〇〇五」との大書が目に飛び込んでくる。そのコンセプトの説明には「日韓両国は、二〇〇二年のワールドカップ・サッカー共同開催や『日韓国民交流年』を経て、親近感を深めた。（中略）こうした趨勢の上に立って、二〇〇五年には、文化・経済・社会など、あらゆる分野において交流を進めることでパートナーとして二一世紀を共に歩む日韓関係の礎を築いていきたい」とある。これは韓日両政府のイベントだ。しかし、韓日政府、市民の間には冷めた空気が漂っている。

韓日国交四十年の実相

それを端的に示したのが、国交四十周年直前の六月二十日にソウルで開かれた韓日首脳会談だった。

たび重なる小泉首相の靖国神社参拝、繰り返される閣僚と自民党実力者の侵略と植民地支配肯定「妄言」、二月の島根県議会による「竹島の日」条例制定、「新しい歴史教科書をつくる会」の歴史わい曲教科書の検定通過などによって、韓日関係は冷え込んだまま回復の兆しすら見えない。首脳会談はこれを反映して実に寒々としたものとなった。

記者からの質問を認めないという異例の共同記者会見の場で、盧武鉉《ノムヒョン》大統領は「互いを理解しようとする努力は確認したが、合意に達した点はなかった」と言い切った。そして事務レベルで事前に調整した「きわめて低い水準」の二点についてのみ合意したと述べた。それは第二期歴史共同研究の発足と教科書委員会の新設、靖国参拝に関連して国立追悼施設の建設について検討する、というものだ。これについても、盧大統領は当初、「検討することを約束した」といった後で、事務方が文書で確認したものを自分が言い間違えたとして、「約束した」という言葉はなく、「検討するとした」と訂正した。もともと日本側が提起した国立追悼施設の建設問題について不誠実な対応を続ける日本政府の姿勢に強い不快感をにじませた。

小泉首相は、「韓国民の過去をめぐる心情を重く受け止める」とし、戦後の平和国家としての歩みを説明、靖国参拝についても理解を求めたという

韓日関係はこの四十年の間に大きく変化した。正常化当時、年間一、二万人程度だった韓日間の人の往来は、いまや一日に一万人を超える。貿易規模は五百三十六億ドル規模に達し、韓国にとって日本は最大の輸入国であり、輸出先でも中国、米国に次いで三番目である。さらに、最近の「韓流ブーム」は、日本の市民たちの対韓認識、さらには韓国の市民たちの対日認識にこれまでとは違った肯定的変化を生み出しつつあるのも事実だ。しかし、経済的な相互依存の深まりと交流の進展にもかかわ

らず、韓日関係は、歴史認識のずれが険悪な対立関係へと一転する危うさを常にはらみ続けていることを、この韓日首脳会談が象徴している。

韓日条約はどう結ばれたか

韓国外交通商部は一月十七日、韓日条約交渉の外交文書の一部を公開した。それで再確認できたのは、かねてから指摘されていたとおり、韓国側には植民地支配の賠償にあたる請求権交渉で個人請求権の意思があったが、日本政府は一切応じようとしなかった事実だ。歴史家の山田昭次氏は「一九六〇年十月二十五日に始まる第五次日韓会談を前にして作られた日本外務省の極秘文書『対韓経済技術協力に関する予算措置について』は、財産請求権問題を棚上げし、それに代わって『過去の償いということでなしに韓国の将来に寄与するという趣旨』の経済協力を主張していた」とし、「韓国側はサンフランシスコ講和条約で認められた対日請求権を日本の植民地支配に対する償いの意味を込めて要求した。日本側はこれを拒否して償いの意味をもたない経済協力論に固執して日韓条約を締結した」と明らかにしている。

また、韓日基本条約第二条の「旧条約（韓日併合条約以前の条約および協定）の無効」規定をめぐり、韓国側は旧条約が「源泉的」に無効であると「解釈」した。日本側は、戦後の大韓民国の発足をもって無効となったと「解釈」し、現在にいたっても、旧条約の帝国主義時代の国際法による合法性を主張して譲らない。いまだに、侵略と植民地支配を肯定する妄言が噴出する根拠がここにある。

そして、基本条約第三条で、韓国を朝鮮半島における唯一の合法政府としたことも、韓日関係をいびつにしてきた大きな要因だ。このように、韓日正常化以来の四十年は、韓米日同盟という政治的・

軍事的背景を抜きにしては考えることができない。

つまり、韓日関係の根本的な矛盾は、厳しい冷戦体制の下で米国の政治的軍事的強制によって、植民地支配の清算をあいまいにしたまま、韓国にとって同族である朝鮮民主主義人民共和国（北朝鮮）と敵対する同盟関係として位置づけられてきたことにある。

応答なき隣人関係の不幸

しかし、いまや朝鮮半島をめぐる情勢は大きく変化し、韓米日同盟もまた確実に地殻変動を起こしつつある。六月二十三日、ソウルで行われた第十五回南北閣僚級会談では、十二項目の共同報道文に合意したが、その第五項で、「南北は、日帝の乙巳五条約（第二次韓日協約）ねつ造百年にあたる今年、この条約が源泉的に無効であることを確認した」とし、朝鮮初代統監の伊藤博文を暗殺し明治政府によって死刑に処された「安重根義士の遺骨発掘作業を共同で推進する」と明らかにした。

これは日本との歴史清算の核心問題を、南北が協力して解決するとの立場を明らかにした画期的なものといえる。二〇〇〇年の南北首脳会談と六・一五共同宣言発表後の五年間に、南北関係は「和解・協力時代」の軌道を確実に進み、その速度を増している。年内には南北を結ぶ鉄道と道路が、朝鮮半島の西海岸と東海岸で開通する。韓国民の意識は大きく変化した。北朝鮮は同族であり敵ではないとの意見が多数を占めている。だが、日本ではこの劇的な変化とその意味が、ほとんど理解されていない。

そのため日本のマスコミは、南北の和解・協力の進展を危険視する。それは朝鮮半島の核問題解決のための六者協議に関する論調に顕著で、南北和解の進展が韓米日「同盟」に亀裂を持ち込むと解説するのである。その「論理」が、いずれ「朝鮮半島の統一は日本の安全にとって脅威だ。したがって、統一に反対する」との主張に行き着かないとは限らない。

なぜそうなるかといえば、やはり歴史認識の問題に帰着する。日本社会で、朝鮮半島分断の根本原因が日帝による朝鮮植民地支配にあったとの認識は皆無だし、それに起因して民族分断への責任意識もほとんどない。そんな土壌に隣人の分断の痛みに感応する感性が育つはずもない。

三月一日、盧武鉉大統領は「二つの国の関係発展には、日本政府と国民の真しな努力が必要です。過去の真実を究明して心から謝罪し反省し、賠償することがあれば賠償し、そして和解しなければなりません」と訴えた。それに対する小泉首相の応答は、支持率をあげるための「内政問題でしょ」というものだった。

ここには隣人の真しな呼びかけに応答し、責任を負おうとする人間的な態度のかけらも見いだせない。しかし、小泉首相のこうした態度を批判する日本社会内部の声は決して大きくない。隣人からの呼びかけに応えない日本政府と日本市民の多数の態度が、アジアでの日本の孤立を深めさせている。それは隣国の民であり、同じ社会に生きる在日朝鮮人にとって不幸であり、より本質的には、日本国民にとって大きな不幸なのである。

平和のための正しい歴史認識を

——韓国民から見た日本の対朝鮮外交と安倍政権

核実験に強い遺憾

朝鮮民主主義人民共和国（北朝鮮）は二〇〇六年十月九日、朝鮮中央通信の報道を通じて核実験を行ったことを明らかにした。

いま、タカ派の安倍政権が出帆した日本で、真に平和の問題を考え、その実現のために行動する在日朝鮮人もふくむすべての人びとにとって、一衣帯水の隣国、そして、わが祖国の北半部に「核保有国」が、疑いの余地なく、——というのも、すでに昨年二月、北朝鮮は核兵器保有宣言をしている——出現したことは、自身の思想と行動に試金石を投げられたともいえるだろう。

私は、核兵器の廃絶を願う立場から、核実験が強行されたことに対して強い遺憾の意を表明する。一九四五年八月、米国によって日本に投下された原爆は一瞬にして数十万の人びとを虐殺し、半世紀を過ぎた今も被爆後遺症で多くの人びとが苦しんでいる。

広島の詩人で医師の御庄博実《みしょうひろみ》氏によると、当時広島市の人口は三十五万人で、そのうち十万人が直爆死した。朝鮮人は五万人住んでおり、そのうち三万人が直爆死だという。軍需産業に強制動員され、差別ゆえに集住していた朝鮮人の、日本人に倍する死亡率の高さにりつ然とせざるをえない。広島で生き残った二万人のうち、一万五千人がその年のうちに朝鮮半島の各地へ引き揚げ、現在、韓国に三千五百人、北朝鮮に千八百人ほどの被爆者が生存し、彼らは「国籍条項」——当時は「日本人」として広島、長崎に居住していたにもかかわらず——を盾に被爆者援護法の救済から排除されている。

このように朝鮮民族——南北、在日を問わず——もまた、被爆民族なのである。まずは、この事実を深く胸に刻む必要がある。

韓日の世論調査

北朝鮮核実験実施に関する韓国と日本の世論調査には、現在の両国民の平和に対する意識の違いが克明にあらわれた。

まず、朝日新聞（〇六年十月十一日付）のそれを見よう。今回の核実験で北朝鮮に脅威を「強く感じる」は四四％、「ある程度感じる」は三八％で、北朝鮮に対し国際社会は「対話」より「制裁」を重視すべきだ、が六二％との結果が出た。

次に、韓国の世論調査。社会動向研究所が十日に明らかにしたところによると、韓国民の六九・八％が「不安だ」と回答。しかし、北朝鮮に対する制裁措置に六八・六％が「反対」で、政府に対して制裁よりも対話を通じた解決を望む意見が多かった。また朝鮮半島が戦争状態になった場合に最大の利益を受ける国について、「日本」と回答した人が最も多く三九・五％だった。

もうひとつ、韓国の中央日報が十二日に報道したもの。ここでは北朝鮮の核実験について、「米国・日本の対北朝鮮制裁政策が原因」との回答が四九・九％に達した。「韓国の対北包容政策」のためは一九・六％、「北朝鮮の内部要因」は一七％だった。「解決に向けた韓国政府の対応策」については、「外交的に対応すべき」が五三・四％で最も多く、外交的対応後の「経済制裁的対応」が二八％、「軍事的対応」が六・五％だった。

北朝鮮の核実験実施に対して不安を感じるのは韓日ともに高い比率なのに、対応方式は「制裁」と「対話」が正反対である。これをどう考えるべきか。ここには、それぞれの政府が二十一世紀に入ってから、どのように〈北朝鮮という試金石〉で平和の意志を磨いてきたかが、如実にあらわれていると言える。二〇〇〇年の南北首脳会談と六・一五共同宣言で、相手を尊重し、対等な立場で紆《う》余曲折はありながらも、信頼関係を築き、協力関係を強めた韓国。二〇〇二年の朝日首脳会談以後も居丈高な姿勢で一貫し、拉致問題を口実に過去の植民地支配を相殺しようとする思惑を秘め、圧力だけをかけ続けた日本。政府の政策が世論に大きな影響を与えるのは言うまでもない。

また日本政府は、米軍を支援して北朝鮮船舶への臨検をやりたくて仕方がないようだが、日本世論がこれに同調的なのが憂慮される。こうした「対北制裁」のエスカレートが戦争につながるとの現実感の違いも、世論調査にあらわれた。韓国民はかつての朝鮮戦争の経験から、「日本がふたたび朝鮮半島の戦争で得をしようとしている」と、厳しい視線を送っている。韓国では、自分の住む場所が戦場になり、壊滅する現実的な恐怖が「制裁」ではなく「対話」を求める回答になった。しかし、日本国民も、いまもし戦争がおこれば、それはかつての朝鮮戦争ではないことに、もっと深刻に気づくべきだろう。米国の核独占は崩れており、韓国と日本の海岸線には原発が居並んでいる。北朝鮮には核もミサイルもある。対岸の火事ではすまされないのである。

原因と結果

「圧力」論に慣れた眼には、今回の事態の原因が正しく見えていないことも明らかになった。日本社会にまんえんしているのは、「悪の枢軸、不良国家」が、追いつめられて暴走したという俗論だ。それは、「北朝鮮バッシング」を支える、かつての植民地支配を正しく清算していないがゆえのアジア人、とりわけ朝鮮人べっ視に根を持つと言わざるをえない。

しかし、韓国民の多数はそのように見ていないのは、先に示したとおりである。

韓国の二大ナショナルセンターである全国民主労働組合総連盟と韓国労働組合総連盟をはじめ、全国公務員労働組合、全国農民会総連盟、全国貧民連合、韓国青年団体協議会、韓国大学総学生会連合など進歩的な民衆団体と市民団体は十月十日に記者会見し、米国の対北敵視政策が問題の根本原因であるとして、ブッシュ政権に朝米直接対話を行うよう要求した。彼らは発表した記者会見文で、「九四年のジュネーブ合意、二〇〇〇年の朝米共同コミュニケ、昨年の九・一九共同声明が何一つ履行されず、合意が無力化した原因はブッシュ政権の対北敵視政策にある」と指摘した。特に九・一九共同声明の発表後に米国が対北金融制裁を強行して六者協議を中断させたとし、「合意を無力化して力で屈服させようとした米国の強硬策こそが、北の核保有という強力な対応を招来させた根本要因だ」と強調した。

また彼らは日本も強く批判した。

「日本は対北強硬制裁を扇動しながら、人為的に状況を一層激化させており、これを栄養分にして軍国主義化と右傾化を合理化している。／日本は自国の軍国主義的目的のために北東アジア一帯の緊張を高める破廉恥な行動をただちに中断しなければならない」

行動を注視する

偶然だったとはいえ、安倍首相は中国と韓国を訪問中に、北朝鮮の核実験に遭遇した。それによって、今回の中韓訪問の最重要課題だった彼の歴史認識問題が、「次の議題」になってしまった。

ハンギョレ新聞は「北核危機にかすんだ歴史認識論議」との十日付の社説で、「東アジア三か国の指導者間対話の通路が一応開かれたといって安心はできない」とし、「三国が同地域の長期的安定と繁栄のため未来指向的関係を開いていこうとするなら、正しい歴史認識に立たなければならない」と指摘した。そして、盧《ノ》武鉉《ムヒョン》大統領と安倍首相が共同会見しなかったことが、歴史認識の隔たりの存在を示すものだとし、「安倍首相自身が、歴史認識に対するあいまい戦術が長続きしないことを肝に銘じてほしい」と注文した。

しかし、安倍首相のタカの爪隠しは、来年夏の参議院選挙までだ、というのが大方の見方だ。そこでもし自民党が単独過半数、悪くても連立与党でそれを維持すれば、爪を立てるだろうと予想されている。

一方、北朝鮮の核実験実施で一挙に高まった緊張は、絶対に戦争をしてはならないのだから、結局は対話と交渉によって解決するしかない。ところが、日本社会の好戦的な雰囲気は、それを許さない不気味さを秘めている。その草の根の養分は、日本政府やマスコミによって、正しい歴史認識に基づかず、歴史をわい曲し、過去の侵略支配を肯定し、排外主義を助長することで供給されている。

侵略支配した側は、米国や日本をはじめ、いまも世界の強国である。強者のごう慢な視線で小さな国ぐにを見下すのではなく、過去の歴史に謙虚に向き合い、また、相手側の主張に真しに耳を傾けたとき、いまある世界の本当の姿が見えてくる。正しい歴史認識は平和を実現する土台である。安倍政権にそれは望めそうもない。とするなら、私たち民衆が民族の違いを超えて、うまずたゆまず、八・一五の原点に立ち返る苦しい仕事を続けるほかないだろう。韓国・朝鮮と日本は、解放と敗戦という違いはありながら、戦後という歴史の起点を共有できる関係にあるのだから。

（二〇〇六年十月十四日記）

Ⅳ

書評——知恵と希望を探して

知識を民衆の知恵のために

李泳禧《イヨンヒ》『朝鮮半島の新ミレニアム』（徐勝監訳、社会評論社）

李泳禧教授は韓国を代表する知識人だ。教授に対する畏《い》敬の念は、彼の思想と主張に共感する者のみならず、反対する人びとにも分かち持たれている。それを禁じえなくさせるのは、李教授の「知識人としての生活」の厳しさだろう。

それはいなかるものだったのか。「南と北が各々、自らを『善』と規定し、相手を『悪』と断罪する、二分法的な思考こそ民族の理解と和解を拒むものとして、四〇年間以上文章と発言を持って批判しつづけてきた……。それに対する権力側からの報いは、強制連行、逮捕七回、そのうち投獄五回、反共法および国家保安法による裁判三回、懲役合計五年、大学教授解任二回（各四年、計八年）……などであった。それは決して生やさしいことではなかった」（日本語版への序文）

李教授の闘いの方法は、「真実の究明」である。韓国の「狂信的反共唯一信仰」＝「市民と国民の無知・蒙昧・思想的判断停止の上に成り立ち、無条件の軍隊式服従を美徳とする教義」に対して、該博な知識を駆使して根源的《ラディカル》に分析した真実を提示する。彼によって読み解かれ、解説された事実と真実は、マスコミによって知らされる「事実と真実」とは、正反対の結論を持っている。読者は隠されていた本質を見出すことになる。

本書の第二部「偶像と神話の正体」の諸論文、「『北方限界線』は合法的軍事分界線であるのか?」「朝米核・ミサイル危機の軍事政治学」「大韓民国は朝鮮半島における『唯一合法政府』ではない」は、李泳禧教授のあくなき「真実の究明」による労作である。これらの労作は、「狂信的反北朝鮮唯一信仰」にかなりの程度犯されている日本の読者にとっても、「虚偽の神話と偶像」を破壊するハンマーとなるだろう。

しかし、本書で得られる知恵の感動はそれだけではない。冒頭に配置されたエッセイ「果たせなかった帰郷」は、練達の墨絵師のような筆致で、離散家族である李家の悲しみの秘密をつづる。分断国家の一方で、何とか生き延びるために守ってきた秘密と忍んできた悲しみの深さが、李教授の論理の強じんさを支えていた。一千万離散家族の悲しみが、李教授をして「生やさしいことではない」道を歩ませたのである。

ただ、李教授の分析と意見は、あくまで正統的《オーソドックス》であり、また世代の影響で儒教的な側面もある。そのため最先端の社会科学理論の立場からは、不満と物足りなさを感じる向きもあるかもしれない。

ともあれ、「知識人」が「知識」を自己の栄達の道具にだけ用い、その結果、彼らへの尊敬が消え去って久しい現在、知識を民衆の知恵のために提供する李教授のような知識人が、この時代にも存在していることに、ささやかな安堵を覚えるだろう。

済州島四・三事件——世界の縮図を描く

玄基栄《ヒョンギヨン》『順伊おばさん』（金石範訳、新幹社）

順伊《スニ》おばさんは、自分の畑に座り、青酸カリを飲んで自死した。しかし、おばさんは、「ほんとはその昔に死んだ人」だった。

順伊おばさんは、済州島の四・三武装蜂起に端を発し、米国と李承晩《イスンマン》政権による焦土化作戦のさなか、「暴徒と軍警の板挟み」になってハルラ山へと身を隠した「逃避者」＝「共匪（コンビ）」の家族として選別され、窪地の畑に追い込まれた多数の人びとともに、集団銃殺されたはずだった。しかし、彼女は、たった一人、生き残った。「死体の山の中に埋もれて倒れていた」からだ。

なぜ、順伊おばさんは三十年の時を経て自死したのか。この謎が、作中人物たちの記憶を、胸苦しく呼び覚ます。それを読む私たちは、息を呑むほかない。

表題作のほかの三篇、「海龍《ヘリョン》の話」「道」「アスファルト」ともに、「四・三事件」をテーマとした作品である。

文学、そして小説が「危機における人間の表現」だとするなら、韓国文学で多くの作品が発表されている「六・二五—越南者問題」のように、「四・三事件」も、すでに作品として結晶していてもおかしくはなかった。だが、現実には、玄基栄の『順伊おばさん』が生まれるまでには、順伊おばさんの「時を経た死」と同じ歳月、三十年を必要とした。韓国社会には、いまなお、〈政治と文学〉の緊張関係が存在しているからだ。

この作品集の主人公は、順伊おばさん、ジュンホ、私、チャンジュだが、本当の主人公は済州島である。ハルラ山と海、石と風に象徴される自然。馬や牛や豚などの家畜たち、麦畑、ミカン畑、一周道路、白衣の人々、済州なまりなどの風物。そこでくり広げられた蜂起、討伐、虐殺、逃避、離散。私たちは、済州島こそを、深く読み取らなければならないだろう。

だが、「済州島の四・三事件」と「その後」は、決して済州島に閉塞するものではないことにも、思い致さねばなるまい。「逃避者」たちは、陸地へ、そして日本へと逃避していった。私たちの身近に、「四・三関係者」がおり、かつてのベトナム、現在のバルカン半島、パレスチナなど、この世界の至る所に、「済州島」が存在している。それどころか、「分断している陸地―朝鮮半島」は、まさに「済州島」に他ならないのではないか。

本書は、音楽に例えれば、「済州島四・三事件」をテーマにした、変奏曲集ともいえるだろう。訳者の金石範《キムソッポム》氏が、韓国文学に先駆けて本テーマの大交響楽を『火山島』で完成したが、玄基栄氏にもそれを期待したい。

「共感共苦」の世紀へ踏み出す勇気を

徐京植《ソキョンシク》『過ぎ去らない人々――難民の世紀の墓碑銘』（影書房）

〈世紀末〉という言葉がある。前世紀に編纂されたある辞書には、「十九世紀末の意」と記されていた。しかし、〈二十世紀末〉を生々しく記憶し、世紀をまたいで、現在《いま》＝二十一世紀を生きている私たちは、この定義に、違和感を抱かざるをえない。〈世紀末〉という言葉は、新たな定義を必要としている。

だが、〈私たちの世紀末〉を考えようとすると、そもそも〈二十世紀は、どんな世紀だったのか〉との、より切実で、根本的な問いが浮かび上がってくる。

一九五〇年代の半ばに生を受けた私は、子ども時代、「夢の二十一世紀」という言説に親しまされた世代である。しかし、いま、どこの、だれも、「夢の二十一世紀」などと言うことはできない。

ユダヤ人政治思想家のハンナ・アーレントは、「われわれを過去へと押しもどすのは未来である」と言った。本書にも登場する詩人・小説家の原民喜は、原爆後の世界の不気味さを、「破滅か、救済か、何とも知れない未来」と表現したが、まさに、二十一世紀の「何とも知れない未来」へのおののきが、〈二十世紀は、どんな世紀だったのか〉と、問わせるのである。

著者の徐京植氏は、二十世紀を、「難民の世紀」と定義する。難民とは、「自らの故郷から引き剝《は》がされ、帰属すべき共同体を奪い取られた人々」である。

「世紀の前半には主に植民地支配、世界戦争、政治的全体主義が、無数の『難民』を造りだした。世紀の後半には、冷戦と局地戦争、多国籍企業の支配と収奪、大規模な環境破壊、メディアの暴力などによって、いっそう多くの『難民』が産み出されつつある」

このような二十世紀を、「戦争と革命の変質の時代」（埴谷雄高）と定義することもできるだろう。

本書で著者は、「代表的二十世紀人」から四九人を選び出す。そして、彼らの大部分を占める、「刑死、戦死、暗殺死、客死、自殺」による「くっきりとした〈死〉」、すなわち、「この時代に抗って自己の『正体性《アイデンティティ》』を主張した」人々の、「くっきりとした〈死〉」へとつながる、それこそ《くっきりとした〈生〉の軌跡》を描き出している。

著者による人選は、「ある一貫したコンセプトのもとに」行われた。それを私なりに要約すれば、〈彼らは、理想に生き、死んだ者たちであり、死に臨んで人間的品性を失わず、また、それを獲得していった人々〉である。

たとえば、フランツ・ファノン、チェ・ゲバラに代表される革命家。あるいは、詩人、作家、画家、同性愛者、歌手、音楽家、無名の兵士、そして市井の人。

彼らを通して著者は、「他者、他民族の搾取、支配を拒否し、他者、他民族との共生を原理とする人間」（ファノン）の理想は、「もはや無効になったのだろうか」と、繰り返し問いかけ、「いかにして人類が『犠牲者が加害者に転化する弁証法』を超えうるか」と、読む者の魂に訴えるのである。

こうした問いかけの痛切さと愛惜さが、より一層の陰影を帯びるのは、彼らに直接連なる後輩・同時代者・肉親である、著者の同胞十四人の肖像においてだ。

例えば、詩人金芝河《キムジハ》と朴《パク》ノへ。韓国民主化運動の寵児だった金芝河が、時代の変転のなかで変質し、朴ノへが「社会主義の夢に未来を託し、その再生」をあきらめた事実を直視すること。

例えば、李珍宇《イジヌ》。彼が死刑執行を前に記した手紙、「ここに来ては、いつも希望を最小に制限しておかねばならない。それなのに死を前にして朝鮮語の一歩をやりはじめるというのだ。それを活用する望みもほとんどないというのに！」との一節を書き写すこと。

そして、梁政明《ヤンジョンミョン》。彼の焼身自殺を、「幼時の帰化によって新たな『日本臣民』にされてしまった彼は、被害者であるにもかかわらず加害者の列に繰り入れられ、被害者の痛みと加害者の罪をもろともに背負って無実の自己を処刑したのだ」と、魂の奥底から湧きあがろうとする情動を極力排して書き記すこと。

最近、著者らが開いた「歴史認識と教科書問題を考える対話集会」の問いかけは、「〈コンパッション compassion〉＝《共感共苦、他者の苦悩への想像力》は可能か？」だった。著者が、長い間胸に秘めてきただろうこの問いかけ。〈それは可能なのだ〉、そして〈それは、人間に絶望せず、人間であるために、必要なのだ〉との著者の答えが、本書であるともいえる。

人の人生は一回限りで、他者との取り替えは、絶対に不可能だ。それでも人間は、想像力で他者の生き方と死から学び、学んだ証として、自身の何かを変え、行為することができる。

本書の評伝のすべては、その文章ごとのタイトルと配列の見事さとともに、まさに、〈コンパッション〉の結晶である。それも、そのぎりぎりの想像力は、ある苦痛をともなっている。

つまり、〈私は李珍宇であり、梁政明でありえたし、また、ガルシア・ロルカ、彼らでありえた〉。そして、〈彼らは、私の身代わりとして死に、いま苦悩している〉という、明晰な認識において。

しかし、著者は、その苦痛を、あえて甘受し、それでもなお、作品化しなければならなかったのである。

なぜなら、二十世紀に人類が経験した苦痛と苦悩、いったんは挫折した理想が、いま、現在を支配する雰囲気〈冷笑〉によって、忘れ去られ、消し去られようとしているからだ。

本書は、〈冷笑による忘却〉に対して、「過ぎ去らない人々」がいることを、凛《りん》として主張する。本書には、各人に関する入手可能な参考文献が付してあり、これを手引きに、実現されなかった理想、癒されなかった苦痛へと、接近することができる。「過ぎ去らない人々」の一人でもよい、そのかたわらに寄り添ってほしい。

それは、二十世紀になしえなかった、他者との和解と理解で、未来への連帯を深め、一歩を踏み出そうとする、その勇気を支えてくれるはずである。

昇華された人生の記録

李乙順《イウルスン》（河本富子）『私の歩んだ道』（桂川潤・聞き書き編集、刊行する会）

本書は元ハンセン病患者、李乙順（河本富子）さんの人生の記録である。

聞き書きと編集をした桂川潤氏が「あとがきにかえて」で、「とにかく、子どもや孫たちに自分のことを伝えたいんだよ」との李乙順さんの願いが、本書を生み出す原動力だったことを記している。

李乙順さんが「伝えたいこと」、それは何だろうか。

彼女が「歩んだ道」は、日本の朝鮮植民地支配による貧困、それに原因する日本への渡航、幼くしての結婚、家父長制のもとでの酷使と、それによるハンセン病発病、病気と差別と闘いながらの子育て、日本政府によるハンセン病患者に対する強制収容・終生隔離政策との闘い。つまり「在日朝鮮人・女性・ハンセン病患者」の李乙順さんへと、間断なく襲いかかってきた差別と、〈生きていたい〉〈生かしたい〉という生への渇望で闘ってきた道だったといえる。

ある人生を生き抜いた人が、語りつむいでくれる「歩んだ道」の物語には、そこに確かにあったはずの苦難や悲哀や絶望、流された血と汗と涙が、〈いま、生きてある〉ことによって、おだやかに昇華されている。

李乙順さんの語り口もそうだ。苦労の果てに、ようやくえた幸せな結婚生活の伴侶を、「おっさん」と呼ぶような、おおらかなユーモアにあふれている。貧しくとも、激しい差別にさらされようとも、その暮らしのなかにほんの少しだけ顔をのぞかせている希望のかけらを見逃さず巧みにすくいあげて、生きる力に変えてきた楽天的な知恵に驚かされもする。

だが、わたしたちは、苦難や絶望をこのように語ってくれた李乙順さんに、寄りかかり、甘えてはならない。こうしたおだやかな昇華へと至らず、差別と貧困のなかで、無念の死を死んで行った、大勢の「李乙順」がいたことを、決して忘れてはならないのである。

今年（二〇〇一年）の五月、熊本地裁はハンセン病患者、元患者に対する強制隔離政策の責任を認め、日本政府に賠償を命じた。無知と無関心が、罪であることがある。在日朝鮮人も含む大多数の者は、日本政府のハンセン病患者、元患者への深刻な人権侵害を、半世紀ものあいだ支えてきた罪を否定できない。

李乙順さんが「伝えたいこと」。それは、もちろん自身が生まれ存在してきた、その証だろう。本書を読んだ者の記憶に李乙順さんは刻まれ、生き続ける。しかし、それだけではない。この重層的な差別体験の記録を読む者は、さまざまな差別者たちに自分の名前を当てはめ、人知れず赤面することになる。そうだ、いともたやすく差別する側になりうる自身へのいましめを、本書から「伝えられる」のである。

本書は、本文五十ページ足らずの小さな本だが、歴史家の山田昭次氏による「在日朝鮮人・女性・ハンセン病」の歴史的背景の、簡潔にして行き届いた解説ともども、ぜひ多くの人々に読まれるべき本である。

購入の連絡先　刊行する会（桂川潤）電話・ファックス〇四二―九四四―三六九九

私とあなたに誠実に生きた女性の歩み

山崎朋子『サンダカンまで――私の生きた道』（朝日新聞社）

本書は『サンダカン八番娼館』など、すぐれたノンフィクション作品を発表しつづける山崎朋子氏の「自伝的なノンフィクション」である。

本書を手にとって、まず目を引かれるのは、表紙をかざる山崎氏の肖像写真だろう。若き日の輝きに満ちた一枚と、ある達成をなした内面の豊かさがにじみ出た一枚。私たちはすでに本書へと引き込まれ始める。

だが、本書の内容は、表紙から受ける興味と期待、〈美ぼうのノンフィクション作家の成功物語〉ではなく、〈戦後民主主義世代〉として、民衆、女性、朝鮮・アジア、子どもの側に立ち続け、向上心をばねに、誠実に生きてきた女性の記録なのである。

写真はさらに、五部構成の各部のとびら裏と、本編の最終ページにもある。

「第一部　雨の夜のアクシデント」には、モデル時代の著者の肖像。未来を模索するようなまなざしが印象的な横顔は、数か月後の雨の夜、ある男にナイフで切り刻まれることになる。「顔を傷つけられたことで女優への道を断たれたわたしは、（中略）〈生涯かけての仕事〉がわたしに〈天与された性〉としての〈女性〉にかかわり、歴史的に貶《おとし》められて来たその女性の人間的回復を望む」道へと歩みだすことになる。

「第二部　潜水艦長の娘」には、早世した父の葬儀に臨む写真、「第三部　自由へのあこがれ」には、女学校の演劇部時代の写真がそえられている。〈本妻の子〉ではなかったらしい著者と母のかっとう、そこからの脱出を求める青春の渇望。教師となった著者が、教育現場での「日の丸・君が代」復活に一人反対したエピソードは、現在と重なり印象深い。

「第四部　民族と思想の壁に」の写真は、「アジア女性交流史研究会」の看板の横にチマ・チョゴリを着て立つ著者の姿だ。著者は、最初の伴侶となった「在日本朝鮮人留学生同盟」委員長の金光澤《キムグァンテク》氏と彼の友人たちから、「羅敦香《ラドンヒャン》」との朝鮮名で呼ばれた。「わたしが光澤さんを好きになったのは、当初はその端麗な容貌と澄明な性格に惹かれてだったが、次いで、圧迫されているみずからの民族の解放を社会主義的な統一国家の創造によって実現しようとしている熱情、その生き方に心を打たれたからであった」。しかし、時代は、「深く愛しているが故に別れを選んだ」女性を生み出した。「別れてのち」、金光澤氏は、南北分断に起因する政治の波にもまれ、現在、生死消息不明であるが、それを〈記録〉する著者の筆致には、彼への祈りがにじみ出ている。

「第五部　女性史研究へのあゆみ」には、アジアを舞台にフィールドワークをする著者の、本編の終わりには、取材旅行に出かける写真が配置されている。つまり、これが「わたしたちの同胞が軍靴で犯したあやまちを償うため（中略）、アジアの民衆と手を結ぶ（中略）、深く埋もれているアジア女性交流の歴史を掘り起こす」著者の生き方を示すものだ。

「〈ひとりで生まれ〉て〈ひとりで死ぬ〉しかない人間が、自分の〈生きた証〉をこの世に残すには、みずからの〈心を刺した〉主題を、その望み選んだ形において実現するしかないだろう」と著者は書く。私たち自身の人生に照らして、反省とはげましを与えられる作品である。

心の泉に咲く睡蓮の花

李正子《イチョンジャ》『鳳仙花《ポンソナ》のうた』（影書房）

「はじめてのチョゴリ姿にいまだ見ぬ祖国知りたき唄くちずさむ」

これは著者が二十歳のころ、「朝日歌壇」に初めて投稿して入選した作品である。その作者の欄には、「香山正子」と記されていたという。

この三十一《みそひと》文字《もじ》は、本書にいくども現われる。この歌は、歌人・李正子の心の泉に咲き続ける睡蓮《すいれん》の花なのだろう。歌人は、長い彷徨《ほうこう》や苦悩の末に、いつもこの花を見つめる。そして花近くに、小石を投げ入れる。はじめ米粒のようだった小石は少しずつ大きくなり、広がる波紋も大きくなる。それが歌人の心の泉を、広く深くしてきたように思える。

秀歌と散文で構成された本書は、「香山正子」が李正子となり、そして女性として、歌人として成熟し、さらに自由な人になりゆく道行きを、つまり凄絶なほどの学びの過程を、息苦しいほど克明に記録している。

懐かしい風景の意味を知ること。そのときの悲しみやささやかな喜び。なぜ微笑んだのだろう。どうしてうつむいてしまったのだろう。「アブジ」（父さん）の口ずさむ唄、オモニ（母さん）のあでやかなチョゴリ。「鮮人」とさげすまれ、砂を食《は》まされたあの屈辱。

聞き、見て、感じ、涙を流したのに、本当には知らなかった深い意味が、歌をつむぎ出すなかで、ひとつひとつ明らかになってきた。しかも、痛みをともなって。

「訣別のいまだならざる身に潜めきみに問うごと民族を詠む」

こうして獲得された、〈在日〉朝鮮人という存在に根ざした批評精神は、大きく広がる。「世界は帝国主義と戦争を体験し、甚大な犠牲を払ってそれが犯罪であることを知ったはずだ。いかなる時代も絶対という時代はなく、いかなる国も正義のみで構築運営できる国はない。しかし、それは正義を放棄するという意味ではない。犯罪は決して繰り返されてはならないし、対処されなければならない。

史実は水に流せない」

この一節は、日本に向けられたものだが、アメリカ帝国による〈イラク戦後、朝鮮戦前〉のいまに、重く響く。

「北朝鮮のゆがみに映る日本の近現代史問うこともなし」

もうひとつ魅力がある。文章から香りがただよい、色が浮き立ってくるのである。しなやかな言葉が、日々の暮らしでこわばる感性をほぐし、わだかまる思いを、ふっと息をはきだすように、心とからだから引き離してくれる。

在日朝鮮人の李正子が詠む短歌、それを在日文学、日本文学、○○文学とくくりつける必要はない。文学は文学なのだ。〈文学は人の心の自由のためにある〉のだから。

ニッポンの「現風景」、猪飼野

曺智鉉《チョヂヒョン》写真集『猪飼野——追憶の1960年代』（新幹社）

写真を撮る。これはちょっと非日常的な行為だ。カメラマンは、カメラを構え、被写体に何らかの働きかけをし、シャッターを切る。そして現像・プリントの過程があり、ようやくにして、写真を目にすることができる。だから、地球にある数兆枚（ぐらいあるのだろうか？）の写真には、シャッターを押した人それぞれの思いが込められている。

だが、芸術の名に値する写真は、いったい何枚あるのだろう。芸術作品とは、真善美、偽悪醜など、およそ人間の本質に関わりながらも、日常に隠されている何かを、このうえなく明晰に具象化し、それに接する者の魂を震わせ、未来へ向けて活性化させる力を持つものをいう。

本書をひざの上において、写真の全体をながめ、次に細部に目をやり、胸に焼きつけて、目を閉じる。

猪飼野で暮らしたことも、行ったことさえなくても、一九七〇年ぐらいまでに生まれた在日同胞なら、この写真集のなかに自分のハラボジ（祖父）やハルモニ（祖母）、アボジ（父）とオモニ（母）、そして自分自身を見出すはずだ。

リヤカーでダンボールや新聞、空き缶、ぼろを引き取って山積みにし、朝鮮人の家は三軒しかなかった小さな町の通りを行く偉丈夫のハラボジ。低学年の私は、町で「おじいちゃん」に会うとうれしくて駆け寄った。だって、必ず十円くれたから。まだ私は、その職業と朝鮮人差別の関係を知らなかった。そう、猪飼野で青洟《ばな》を垂らしてカメラをのぞき込む子どもは、まさに私なのだ。

　それだけではない。祖国の分断と南北対立、それにほくそ笑みながら差別を強めるニッポンも焼きつけられている。不動産屋の「外国人可」の表示は、そう記されていない住宅に、朝鮮人が入居できないことを示している。懐かしさと、忌まわしさは、交錯する。

　写真に定着された像、それは絶対的に過去である。デジタルカメラで定着された像でさえ、現在ではない。しかし、はるかかなたの銀河から、数十億年かかって地球に到達したかすかな過去の光から、宇宙の過去といまを知り、未来を予測するように、曺智鉉という芸術家の思いから撮りおろされた初期の作品『写真集猪飼野』によって、私たちは在日同胞の昔といまを知り、明日を考えられる。

　そして忘れてはならないのは、猪飼野はまぎれもなくニッポンにある、ということだ。写真集の風景と暮らしの形の多くは、いまの猪飼野から姿を消した。しかし、民族は変われども、駅の周辺や公園、河川敷に、第三世界からの移住労働者の暮らしに、根底において共通する現実を見いだせる。

　猪飼野はニッポンの「現風景」なのだ。

山口作品が誘う心の自由

山口泉『神聖家族』（河出書房新社）

小説を、〈なぜ書くのか〉という作家の自問と、〈どうして読むのか〉という読者の無意識の問いへの答えは、つきつめれば、〈私の心の自由のため〉というものになるだろう。だが、ある小説の自由な精神が、読者の精神を、半歩でも踏み出させるかどうかは、作家と読者の魂に、何らかの同質性がなくてはならない。

山口泉は〈なぜ書くのか〉に、過剰なほど意識的な作家である。『神聖家族』は劇中劇ならぬ小説中の小説でもあるのだが、その物語上の作者・酉埜《とりの》森夫《もりお》は、まさに山口の分身だ。その酉埜は小説で「希代の意識家」とされている。実際に、山口が十六年前に完成しかけていたこの作品は、当時ついに刊行されなかった。バブル全盛のこの国で、この作品の「極度の観念性」＝〈心の自由〉は歓迎されず、山口自身もこれを希釈して発表するのを、潔しとしなかったからであろう。

たとえば、この小説のヒロイン水藤セツは、もうひとりのヒロイン十滝《ととき》深冬《みふゆ》に、よどみなくこう語る。「私にとって……この世で唯一、真実の関係と呼ぶに値するものが在るとすれば――それはただ、いまこの世界の片隅で傷つき、侮辱され、苦しんでいる『他人』の身近に在って、ともに苦しむこと――。ただそれだけが……私にとって暈《くも》りのない真実なのですよ」と。

こんな思想の持ち主は、《あたらしい　いえ》というプレハブ小屋で、血縁に基づかぬ「神聖家族」を形成して暮らしている。それは日本の近現代を象徴するユートピア、どこにもないものだ。そこには在日朝鮮人の老女の咸鍾蘭《ハムヂョンラン》、イゾリータ共和国＝第三世界からの若い女性出稼ぎ労働者マルガリータがいる。そして、「子どもをもつこと」それ自体が不幸だった二人の女性から産み落とされた、女児のスギナと男児のダイスケがいる。スギナはＨＩＶに感染している。

バブル・ニッポンは、この異物でしかない《あたらしい　いえ》へ、陰湿で執拗な迫害をくわえる。そしてついには、ガス爆発を偽装した抹殺を実行する。バーチャル空間の残虐ゲームと現実の残虐さが、危うい均衡をなす世界に生きている私たちは、この事件に、日本社会に厳存する異物への排外と、制度としての殺しを見る。

この事件でダイスケは視力を失う。セツは深冬にこうも語っていた。「この世には……どうしても連帯することのできない苦しみ、連帯することのできない差別が——あるんです。それに比べたら、他のすべての差別は、ただ新しい……そして安っぽい〝連帯〟のための方便にすぎなくなってしまうような……」と。

ダイスケの失明は、〈闇〉を身近に引き寄せた。物語の若い女性たちは、〈償い〉〈参加〉〈ともに生きること〉の究極へと、思考と行動を飛翔させる。

「——有史以来、我と我が手で自らの視力を損なった人間は、どれくらい、いるのだろう?」

こう記された小説は、どんでん返しを重ねながら、〈いまのいま〉につながる終局へといたる。

未発表小説の公刊という仕掛けに満ちた構成。人名、地名、現存する事物の本質を暴露する刺激的な言い換え。ここに引用した数句にもうかがえる「読者を拒絶するような観念」。それらは、鉄の箱に閉じ込められてしまったような〈この時代の闇〉に、燐光を放つ。深海生物が自光するのは、闇の存在を知っているからだ。山口泉も闇を凝視し続け、考えるべきことを考えつくし、言うべきことを言いつくそうとしてきた。

それゆえ、彼の作品は「難解」だとされる。だが、こうして発信されるパスワードは、作者と魂の同質性をもつ者に、確かに感受されるはずだ。たとえそれに激しく対立しようとも、読むものを、〈心の自由〉へと誘うのである。

人間の尊厳が宿る写真集

高波淳『生き抜いた！——ハンセン病元患者の肖像と軌跡』（草風館）

二〇〇三年十一月、熊本県の「アイレディース宮殿黒川温泉ホテル」が同県所在の国立ハンセン病療養所、菊池恵楓《けいふう》園の元患者らの宿泊を拒否した。ホテル側は、いったんは宿泊を受付けながら、宿泊者が元患者とわかると「他の客に迷惑がかかる」と拒否したのだから、確信的な差別だったと言わざるをえない。

元患者らが各地で起こした「ハンセン病国家賠償請求訴訟」で、最初に「国の隔離政策は違憲」との判断を示したのは熊本地裁だった（〇一年五月）。地裁は強制収容による人権の剥奪、差別と偏見による莫大な損害を認め、国に謝罪と賠償を命じた。小泉首相は控訴を断念した。こうしてようやくハンセン病患者・元患者らの人権が奪い返され、新たな道のりが始まった。だが、その道が険しい悪路であることを、この差別事件が衝撃的に明らかにした。

ホテルと経営本社は、年末しぶしぶ「謝罪」した。だが、ホテルを擁護する多数の電話が当該ホテルや観光協会へかかり、菊池恵楓園の自治会には「賠償金目当てか」など、差別意識むき出しの嫌がらせの電話や手紙が百通以上も届いている。このみにくい行為者は、決して謝罪しない。

本書は美しい写真集である。このどうしようもない状況にあって、ますます輝きを増している。そのページごとに、人間の尊厳が宿っている。

すべてに強制の文字が冠せられる収容、労働、堕胎、断種手術、離別。差別の象徴であり、社会からの遮断を意味する塀と垣根、そして、肉親へとおよぶ偏見を回避するためでもあり、また当局の支配の道具でもあった「園名」。そこでの抑圧の象徴である監房と重監房。

このような人間破壊に対して、すさまじくも粘り強い闘いをくりひろげた人びとの肖像と言葉は、私たちにえりを正させ、差別と偏見にまみれた心を浄化してさえくれる。

そのなかにいく人もの在日同胞がいる。李衛《イウィ》（国本衛）さんは「日本のファシズム体制下、生活全域にわたる収奪によって、韓国のハンセン病発症率は日本の十倍である。植民地支配がなければ、わたしはハンセン病に罹患《りかん》しなかったのではないかと思えるのだ」と自著（『生きる日、燃ゆる日』毎日新聞社）で指摘した。金泰九《キムテグ》さんは「日本政府は（中略）植民地下の患者たちに対する人権侵害が視野に入っていない。このままでは終われない」と語っている。

差別に打ちひしがれた人びとに追い討ちをかける風潮、無知と偏見、そして無関心がはびこるいま、この写真集の真価はいよいよ高まっている。

難問を解決する糸口に

徐京植『秤にかけてはならない——日朝問題を考える座標軸』（影書房）

朝日首脳会談とピョンヤン宣言、朝鮮民主主義人民共和国（北朝鮮）の日本人拉致の是認と謝罪、「拉致報道」によって製造された北朝鮮に対する「国民的敵意」。それを背景にした「建国義勇軍」の連続テロ攻撃。さらに一点の大義なきイラク侵略戦争と、北朝鮮の「核抑止力保有宣言」。日本の有事法制定と自衛隊の戦場への派兵、社民党までが賛成（棄権）しての北朝鮮制裁法の成立。

隣人として、長い長い歴史を共有してきた朝日両民族にとって、とりわけ悲惨で不幸だった帝国主義—植民地主義時代と分断時代の百年のはてに、ある意味で、絶望的な難問がつきつけられている。はたして、両民族は互いにとって不幸だった過去を清算し、対立を解消して和解を進め、対等な人間同士として共存していくことができるのだろうか、と。

この難問は私たち在日朝鮮人に、特に重くのしかかっている。私たちは植民地主義の被害者でありながら、一方で旧宗主国の「繁栄」のおこぼれを身に取りこみ、しかし差別と闘って尊厳を守り生きてきた。だから〈被害者が加害者でもあった〉ことに、名状しがたい打撃を受けたのである。

「秤（はかり）にかけてはならない」とは、「戦争前夜」にあって、私たちの難問を、理性的で人間的に解決してゆく、ひとつの大切なパスワードである。

植民地支配も拉致も、ともに人の命を奪い、人生を丸ごとゆがめた。人の命と人生の重さを秤にかけられないのは言うまでもない。しかし、「秤にかけてはならない」とは、もう一歩進んで、私たちが毅然として「制度やイデオロギーとしての植民地支配という問題と、この拉致という悲劇的な犯罪を秤にかけてはならない」ということなのである。

本書は朝日関係の歴史と現状を、情理をつくして解説して、難問解決の糸口をつかんでくれるように、読者に語りかけている。たとえばピョンヤン宣言を、歴史的現実を踏まえて読み解くこと。また、「朝鮮とパレスチナ」が難民問題でつながり、植民地主義克服との現代的な難問で結び合わせられること。

朝日の関係正常化問題は、ますます難問化している。だが、はっきりしているのは、この難問は朝鮮半島の分断状態が不変であるとの設定によっては、絶対に解けないということだ。分断は植民地主義の結果である。その分断がいま急速に克服されている。これは、やはり植民地主義克服の問題である朝鮮民族全体と日本の関係正常化に、大きな影響を与えずにおかない。

本書はこうした大きな視点も提供してくれるのである。

「民衆責任」の思想

山田昭次『関東大震災時の朝鮮人虐殺――その国家責任と民衆責任』(創史社)

関東大震災(一九二三年九月一日に発生)時、関東一円で数千人の朝鮮人が、軍隊と警察、そして民間の自警団によって、白昼堂々と無残に虐殺された。その背景には日本帝国主義の朝鮮植民地支配があり、それに抵抗する三・一独立運動があった。だから日本政府は大震災時に「朝鮮人暴動」のデマを流した。日本民衆がそのとんでもないデマ=流言にやすやすと乗せられたのは、朝鮮人に対する偏見とべっ視、差別意識が、新聞・雑誌を通じて周到に形成されていたからだった。

権力とそれに踊らされる民衆、虐殺される抑圧民族の構図は、現在イラクでおこっていることと、ため息をつきたくなるほどに酷似している。

そう、戦後一貫した米国のイスラエルをテコにした中東地域への侵略的介入があり、それに原因して九・一一同時多発テロ攻撃が起こった。その後、「イラクの大量破壊兵器」のデマが流され、一方的な軍事侵略=虐殺がほしいままにされた。それに先立ち、七九年イラン革命以来の米マスコミあげての「イスラーム報道」=ネガティヴキャンペーンで意識コントロールされていた。

この「くり返される虐殺の歴史」は、何によって断ち切られるだろうか。

本書が提起する、人間の生活と歴史を、真に人間的にする思想は、「民衆責任」である。

実際に虐殺に手を染めるのは自警団員であり戦場の兵士たち、そして虐殺を傍観する人びとだ。国家は自警団員や兵士を、〈国のための殺人〉だからと免罪し、取り込もうとする。こうして国家に取り込まれていく民衆の歴史が、虐殺の歴史を再現してしまうのだ。

「民衆が自己の罪を告白しなければ、民衆を朝鮮人虐殺に赴かせた国家のより重い罪や責任は明白にならない。／つまり、民衆が国家によって朝鮮人虐殺にはまりこめられた自己の思想的欠陥を反省すると同時に、国家責任を明白にし、告発することが民衆に課せられた重要な責任である。民衆責任はこの二つの面を持っている。この二つのいずれも切り捨ててはならない」

著者の指摘は重く厳しい。だがそれを受け止めなければ、現に行われている虐殺を止め、今後起こりうるかも知れぬ日本での大々的な在日朝鮮人への迫害を、未然に防ぐことはできないと思える。つまり、本書に記された事実と思想を生かして、朝鮮と日本の関係を正常化すること。また、いまこの瞬間、世界でほしいままにされている虐殺を止めること。本書によってわたしたちは、こうした「民衆責任」も課せられていることに気づかされるのである。

写真に秘められた記憶の再生

西野瑠美子『戦場の「慰安婦」――拉孟全滅戦を生き延びた朴永心の軌跡』（明石書店）

白地に青で書名が記された、落ち着いた装丁の本を手にとる。それを開いたとたん飛び込んでくる裸足の、傷つき、やつれた、四人の女性の肖像。苦しげなひとりは妊娠している。このよく知られた「妊娠した朝鮮人従軍慰安婦」の写真は、ある意味で歴史遺産といえよう。

写真は多くの事実を物語る。だが、それと同じくらいに、写真はなにも物語ってはくれない。私たちは想像力で、短いキャプションを頼りに、こうした写真に向き合うほかない。そのため、写し取られた対象を、ひいては歴史を、誤って了解しているかも知れないのである。

本書によってはじめて、「岩肌で身を支えるお腹の大きな『慰安婦』」、朴永心《パクヨンシム》さんの、人間の未来のために絶対に埋もれさせてはならない記憶が、私たちに手渡された。こうしてこの写真は、歴史遺産としての価値が一層高まることになった。

一九二一年生まれの朴永心ハルモニ（おばあさん）は、十七歳のとき、日本人巡査にだまされて朝鮮から南京の慰安所に連行された。その三年後にはビルマ（現ミャンマー）へ移動させられ、翌四三年夏ごろ、中国雲南省の拉孟陣地の慰安所へ送り込まれた。そこは日本軍が重慶への輸送ルートを遮断しようと、無謀にもわずか一個師団千二百八十人の兵力で、中国雲南遠征軍四万八千五百人に対峙した辺境の最前線だった。

拉孟の日本軍は四四年六月、雲南遠征軍に完全包囲される。八月からは玉砕戦となり、九月七日、日本軍はついに全滅した。

「手足をもぎ取られ内蔵をさらけ出して死んでいった日本兵のように自分も無残に死んで異国の山の中に永遠に捨て去られるのかと思うと、生きることの悲惨さよりも死ぬことの恐怖に永心は怯えた。『地獄で死にたくない』という思いが、生きる執念を募らせていった」

朴永心さんは脱出する。そして七年ぶりに祖国へ生還した。

一般に知られることがなかった雲南省での戦闘の記録。豊富な写真によってロードムービーを見るように、日本軍の愚劣な人道犯罪が告発され、同時に敵と味方、将校と兵隊、侵略軍と地元民、マダムと慰安婦など、一筋縄ではいかない矛盾に満ち満ちた「戦争」の醜悪な様相が浮かび上がってくる。口絵にあるもう一枚の写真。「慰安所として使われていた建物から発見された」裸の女性の写真もまた、本書によってそのなぞが解き明かされる。

「二度とこのような女性に対する暴力が繰り返されない社会の実現を、心から願う」著者の、こん身の力作である。

在日朝鮮人文学の継承と変容、そして危機

磯貝治良『〈在日〉文学論』（新幹社）

「一九四八年に難民化した直後の十年間というもの、パレスチナ人は、沈黙した、知られざる存在でした」

このエドワード・サイードの言葉（『ペンと剣』クレイン刊より）は、「在日朝鮮人文学」から「〈在日〉文学」への変容を考えるうえで、小さくない示唆をあたえてくれる。

サイードは続けて、一九五〇年代の後半にパレスチナ民族意識の復興運動がおこり、多くのパレスチナ人が民族意識を小説や詩や戯曲などで表現するようになった、六七年の第三次中東戦争以降は、アラブ世界において、「文化的にはパレスチナ人の声が真実の声を代表・表象するようになった」と評価した。

つまり、〈当事者による文学〉がなければ、パレスチナ人にとってのイスラエル、在日朝鮮人にとっての日本など、支配の側の言説によって、マイノリティ（少数者）が一方的に表象され、沈黙し屈従した存在にされてしまう、ということである。

戦後の在日朝鮮人文学は金達寿《キムダルス》の小説群、許南麒《ホナムギ》の長編詩を始まりとし、二人の代表的な作品は、朝鮮戦争中に発表され、書き継がれた。それは植民地体験と民族存亡の岐路でなされた血を吐くよう

な営為であり、日本語で書かれていようとも、「われわれ意識」を表現する民族文学の機能を果たしていた。また、日本語で書かれたことによって、支配的な言説によく対抗することもできた。

第二世代とされる金石範《キムソクボム》、李恢成《イフェソン》ら、また少し後の梁石日《ヤンソギル》、宗秋月《チョンチュウォル》らも、第一世代の文学的特質を継承しているといえるだろう。「脱日本語的日本語文体」、「民衆を描く」、「くにのもの（という政治的テーマ）」などは、地下水脈となって、さまざまな作品に潤いをあたえている。

では、八〇年代半ば以降の「〈在日〉文学」はどうか。磯貝はこれを「〈私〉と〈ひと〉の関係性をキイワードに文学的アイデンティティが仕掛けられている」と特徴づけている。こうした「〈在日〉作家」らの作品も、〈当事者による文学〉といえなくもない。しかし、支配的言説への対抗性をいちじるしく喪失した、つまり文壇に歓迎される作品は、支配言説を補完し、在日朝鮮人文学が表象した生を現に生きている、いわば〈マイノリティのなかのマイノリティ〉を抑圧する言説に変身する危険性をはらみさえする。

本書に収録された金鶴泳《キムハギョン》論は、「〈在日〉文学」の文壇的代表格といえる竹田青嗣の、不遇性＝「〈在日〉文学」との批評方法を直接的にではないが、厳しく批判している。また、〈新たな帝国主義戦争の時代〉の在日朝鮮人文学＝生き方の課題をも示唆した、重要な論考である。

「親日」のあくなき追及

韓洪九《ハンホング》『韓国現代史——韓国とはどういう国か』（平凡社）

掛け値なしにおもしろく、視野が広がり、思考が深まる本には、なかなかお目にはかかれない。だから、それに出会えた喜びを、だれかに伝えたい。本書はそんな気にさせる本なのである。

本欄が読者の目に触れるころには、韓国国会では国家保安法廃止問題とともに進歩と守旧の激突案件である与党提案の「親日反民族行為真相究明特別法改正案」の処理がヤマ場を迎えているかも知れない。

なぜいま、半世紀以上も前の「親日反民族行為の真相究明」なのか。どうして、それが与野党激突の原因となるのか。その答えが本書の主旋律となっている。それは繰り返し奏でられる。さまざまなバリエーションで、あっと驚くような場面と場所、隔絶したような時に、米国がらみの問題にも、「親日」が、その血走った目と、血塗られた手をともなって、頭をもたげる。

「韓国人はしばしば韓国社会が抱えている多くの問題が日本の植民地支配に由来すると恨む。（中略）日本のせいだけにするのは正しくない。日本人が残していった否定的な遺産を清算できなかったのはまさしくわれわれ韓国人であり、ときにはわれわれ自身がそうした否定的な遺産を再生産してきたためでもある」

ここから明らかなように、本書は民主化時代の歴史家による、痛切な自己反省をともなった主体的な「歴史の話《イヤギ》」である。

といって堅苦しい「歴史の本」ではない。ヤクザから大統領、愚劣な裏切り者から大義に殉じた烈士、徴兵制と志願制、立憲君主制から共和制まで、ひいては「糞も味噌」もまな板にのせて縦横無尽に論じている。語り口は鮮やかだ。圧倒的な知識に裏打ちされた豊富な史実が、国境に限定されず、世界史的な広がりのなかで、他国との比較や批評的表現をともなって提示される。そして韓国現代史、ひいては朝鮮半島の現代史に埋葬された無辜《こ》の死者たちが、呼び出される。

「清算されなかった過去は繰り返されます。（中略）過去の清算は過去の問題ではありません。現在と未来のために、現実につながる過去を直視し、それと闘うことです」

本書のなかでもとくに美しいこの一節の後には、やはり「親日」問題が指摘される。それを日本語で読む者らは、「天皇制」の問題を思い浮かべなければならないだろう。韓国の「親日」、日本の「天皇制」。「親日特別法」が制定される韓国、天皇制が憲法第一条に明記された日本。重い重い課題を、一方は解こうとし、他方は完全に棚上げしようとしている。

なお、本書の続編が同じ出版社から来春にも出版されるという。最後に、この朗報をつけ加えておきたい。

多様な顔と仕事を紹介

高賛侑《コチャニュ》『在日＆在外コリアン』（解放出版社）

　私たちが在日同胞を物語るとき、あまりに一般的な語り口を復唱してしまっていることに気づくことがある。確かに在日同胞は、日本帝国主義が朝鮮を植民地支配したために、その結果として日本に住むことになり、現在までここで暮らしている人びとだ。日本政府と社会の制度的、因習的な民族差別が、どれほど在日同胞の生活と人権を脅かしつづけているかは、ここでくり返す必要はないだろう。植民地主義と排外主義、民族差別、さらには同化と帰化という言葉と事実が、在日同胞の物語に抜け落ちるなら、それは偽りの物語であるといっても過言ではない。

　しかし、それだけではあまりにも、のっぺら坊の物語になる。本書の第一部は、在日同胞の歴史と現実にしっかりと足をつけて立ち、さまざまな仕事を通して同胞らの、日本社会のマイノリティ（少数派）の、ひいてはマジョリティ（多数派）の命と人権を守り、豊かするために、理想と真しに向き合い汗を流す同胞らのルポルタージュである。ここに紹介された人びとの強い目の光に象徴される意思的な表情と多様な活動は、同胞社会のさまざまな可能性を示しているとともに、課題も浮き彫りにしている。それが少なくない分量で紹介される、高齢者問題や福祉問題である。本書はこうした、在日同胞問題の現在を気づかせてくれる。また、まっすぐに生きる勇気も与えてくれる。

第二部は、在日同胞問題、日本社会のマイノリティ政策を考えるうえで、とても重要な資料を提供してくれている。筆者は中国・朝鮮族、在米韓国人、旧ソ連・高麗人、在日韓国・朝鮮人、そしてカナダの多文化主義をレポートする。そして「各国で生きるコリアンを訪ね、在日同胞の状況と比較した私は、在外コリアンのなかで最もきわだった差別を受けているのは在日同胞だと結論づけるにいたった。なぜなら以前は他国においてもさまざまな問題があったが、いまなお、しかも政府自らが法・制度的な差別を温存・助長しているのは日本だけだからである」と憤りを込めて指摘した。

とりわけ日本文部省の民族教育への執ようで頑強な差別政策が「同化政策に執着」し、外国人の存在を認めない頑迷で偏狭な国家主義に原因していることを明らかにしている。

在日同胞の将来のための確固たるビジョンを筆者は必ずしも明確に提示してはいないが、それを考えるのは、私たちひとりひとりの仕事である。「日本の現状を追認した、日本政府の掌のなかでの議論」ではない、私たちの夢と理想にもとづいたビジョンの提示にとって、本書が欠かせない仕事であることはいうまでもない。

闇の底で自ら発光する智慧を求め

高史明《コサミヨン》『闇を喰むⅠ・Ⅱ』（角川文庫）

もう三十年近くも前になるだろうか。黄色いカバーに黒ぐろと『生きることの意味』（現在ちくま文庫所収）と印字されたこの著者の作品を、学生下宿の薄暗い部屋、そして洗たく場で、時間も忘れてむさぼり読んだことを、鮮やかに記憶している。自身が何者かわかりかねていた在日朝鮮人青年のすさんだ心は、この本からさしこむあたたかな光によって、やさしく溶かされていった。こんな経験をもつ同胞青年は決して少なくないはずだ。

しかし、『生きることの意味』がどんなに深い闇《やみ》の、底の底からつむぎ出されたものであったかは、本作『闇を喰《は》む』を読むことによって、ようやく知ることができる。また、それによって、『生きることの意味』という作品の価値はさらに高まる。同時に、この重厚な小説が、人間にとっての根源的な問いかけ、つまり〈なぜ生きるのか〉に答えようと、「人間の闇」を凝視しつづけた、息苦しくなるほどの絶望との苦闘の記録であることも知ることになるのである。

〈在日朝鮮人〉二世とは、何と矛盾の凝縮した存在であるのか。父母と言語世界を、朝鮮と日本の社会と文化を共有できず、戦前と戦後の世界と朝鮮、日本との激しい戦争、支配、解放、闘争、性、愛すべてに違和感を抱きつづけなければならない存在。

著者の分身であり、本書の主人公「金天三」は、植民地―帝国主義、冷戦時代のなかで貧しかった。日本人教師に徹底的にいじめ抜かれ、日本の敗戦による逆転。小悪党となって入れ墨し、朝鮮の長老らに刃物を向け、少年刑務所で殺人の一歩手前にまで踏み込む。朝鮮学校での疎外と対立からの上京。日雇いの仲間との闘争、逮捕された留置場でのリンチ。日本共産党への入党と軍事方針の実践。路線転換による党からの放逐。

「党を止めるかね。それとも朝鮮人であることを止めるかい」

信じていたもの、信じようとしていたものから裏切られつづけること。ある意味で、それが闇を喰み、生きつづける人間の宿命かも知れない。「まさか人間がそんなことまで……」とため息をついても、人間の歴史は戦争と大虐殺に彩られ続けている。いまも、世界のいたるところで。

世界の闇は、ますます深くなり、そこに生きざるをえない一人ひとりの闇も、そう私の心の闇も、黒の密度を増していることに気づく。だからこそ「金天三」とともに、闇の底、地獄へとともに旅して、闇のなかでみずから発光する智慧《ちえ》をさがさなければならない。

わたしたちは著者の愛息が十二歳で自死したことを知っている。まだまだ『闇を喰む』は完結していないのである。

異言語間の相互理解へ

真田信治編・著『在日コリアンの言語相』（和泉書院）

「母から同時に流れ出す乳とことば」（田中克彦『ことばと国家』岩波新書）との母語の定義がある。当たり前なようで、しかし実に深いこの定義に沿いながら本書を通読した。すると、一九五〇年代生まれの在日二世であるわたしの、母語と生活語である日本語とのかい離。ずっと〈日本人学校〉に通ったわたしの母語的語彙《い》が、教科書によって修正を迫られ、自ら屈服していった過程。成人した後に韓国語学習を始め、十年かけてある程度バイリンガル化した〈わたしの言語史と言語相〉が、よく追体験できた。本書は「オールドカマー」と「ニューカマー」が織りなす在日同胞社会の言語相の、〈歴史的現在〉が見渡せる、興味深い論文集である。

金由美《キムユミ》の「残存韓国語語彙の様相」で取り上げられる慶尚北道方言の韓国語＋日本語の混合コードの観察がおもしろい。わたしもご飯に汁をかけることを「マラスル」と覚えた。だからわたしは何の疑いもなく「マラシテ」食べたりしていたが、学校に通うようになって、「かけて」食べるというのが「正しい」と知り、親族と日本人との場の違いで、言葉を使い分けるようになり、やがて、「マラスル」とは言わなくなった。こんな記憶が呼び起こされる。また、「ニューカマー」が集住する大阪生野区新今里の看板に着目し、ハングル表記やカタカナ韓国語の調査を通して「在日コリアンの言語使用実態」を論じた金美善《キムミソン》の論文は、大久保や上野、川崎など各地の「コリアタウン」を歩くときに、新しい視点をあたえてくれるだろう。

なかでも、前田達朗の「『在日』の言語意識――エスニシティと言語」は労作であり、問題作である。前田は「『民族＝言語』イデオロギー」（との表現も議論を呼ぶ）が、在日同胞の朝鮮語獲得に果たす積極的側面を評価しながらも、それが「強制されて、その圧力に苦しむ」同胞の存在にふれ、「その言説から自由になり、個人が必要だと考えた朝鮮語の知識にたやすくアプローチできる」ようにならないか、と問題提起する。「少数言語とその話者、あるいはその権利」の立場からなされるこの提議は貴重だ。いわば、言語が「資格」とされることの危うさへの指摘だ。しかし、在日同胞の現実を考えると、「その言説からの自由」が、マジョリティへの屈服の「自由」にすりかわる怖さも排除できない。

また、同胞青年と精力的な接触活動を展開している民族団体の意識は、すでに「言語＝民族」を窮屈なアプローチとせず、かなり「自由」に言語への接近を図っている。前田の立論が、そうした民族団体の〈政治性〉にも踏み込み、彼らとの討論を通してさらに発展させられることを期待したい。

人類の遺産を平易に記録

卞宰洙《ピョンジェス》『作家と作品でつづる　ロシア文学史』（新読書社）

在日朝鮮人でなければ持ちえない感覚や批評精神がある。それは文学において、ある種の威力を発揮する。文学が、世界の闇《やみ》のなかで発言を封じられ、虐げられ、殺されていった人たちの言葉を表現する、あるいは、世界の骨組みを捕まえ、人間の本質を浮かび上がらせるために、服従しない者、反抗する者、荒れる者の言葉を伝えて、読む者に「現実」とは違う、別の体験をさせるものだとするなら、なおさらだ。

つまり、在日朝鮮人はこの世界で絶対的に少数者であるがゆえに、多数者が支配する「現実」との安易な妥協を、自身に許すことができず、濃淡の差こそあれ、批判者であり続けざるをえないからなのだ。

その意味で、〈朝鮮語を自由に使いこなせる在日朝鮮人が〉〈日本語で書いた〉〈ロシア文学史〉は、一般的なロシア文学案内とは異なり、やはり独特の内容をもっている。著者は執筆の動機を「ソビエト連邦崩壊という大事変と、その後のロシア混迷の現実から生じた」と明らかにし、十九世紀の批判的リアリズムのロシア文学と、それを継承したソビエト文学を「人類の貴重な文化遺産として当然残され、読み継がれるべきだ」と主張する。その主張は、本書のページの隅々から熱をもって発せられ続けている。

なぜ読み継がれるべきなのか。「国境をこえた独占資本の利潤追求、グローバル化がもたらした現代社会の混乱—侵略戦争・民族紛争・南北問題・環境汚染・退廃文化・拝金主義・自己本位主義—という現実に直面している現代人にとって、生きることの意味を問う上で、教訓的な遺産」だからだ。

著述は実に平易である。そして評価は上記の主張に照らして確固としている。これが本書の魅力だろう。トルストイ、ドストエフスキー、かろうじてツルゲーネフ、チェーホフの名前を聞いたことがある程度の読者にも、十分にロシア文学の作家と作品が理解できるように工夫されている。

ロシアの文学者たちは若くしてこの世を去っている。ツァーリによって逮捕・流刑・虐殺され、帝国主義との戦争で命を落としているからだ。また、骨身を削って書いた作品が、生前に陽の目を見ることも少なかった。これはまさに、文学の本質を哀切に物語るものといえるだろう。しかし、本物の作品はこうしていまに伝えられ、生きている。

正しく知ることが、正しく学び、学びをいまに生かすことにつながる。それは文学も歴史も同じことだ。人類精神の豊穣な遺産を、闇に葬らないためにも、本書が果たす役割は大きい。

「無意識の植民地主義」へ屈服していないか

野村浩也『無意識の植民地主義』（御茶の水書房）

「だまされたと思って、ぜひ読んでみて」

こんなふうに、いく人かの在日の友人に本書を紹介した。購入した彼、彼女らの反応は、ほぼ予想どおり、全面的な共感、あるいは同様の拒否で、中間はなかった。本書は在日朝鮮人にとっても問題作である。

著者の主張は鮮やかだ。「日本国領土全体のわずか〇・六パーセント、日本国民人口の一パーセントにすぎない沖縄に、在日米軍基地専用施設面積の七五パーセントが押しつけられているということは、圧倒的な不平等であり、差別であることはあきらかだ。しかも、沖縄人の意志を暴力的に踏みにじることによって成立しているこの基地負担の強要は、ひとりひとりの日本人が民主主義によって主体的に選択したものにほかならない。したがって、この日本人の行為は、民主主義的な植民地主義の実践としかいいようのないものなのである」

だから、「沖縄と連帯しよう！」という日本人に、「基地を日本にもって帰るのが一番の連帯ですね」と〈真の連帯〉を求め、日本人から「権力的沈黙」を返される。

著者がかんで含めるように、「くり返し」を重ねて論証するのは、沖縄のまぎれもない現実を踏まている私を、この社会で目覚めている在日朝鮮人の私を、苦しめる。それは「無意識の植民地主義」である。日本人のあいだ、はなはだしくは夢のなかにさえも入り込んで、苦しめる。例えば、郵便局で（朝鮮式の）名前を書き、日本語で用件を伝える。すると局員の彼、彼女は「日本語がお上手ですね」と親しみを込めてほほ笑み、韓流の影響か「アニョハセヨ」と返された時のとまどい。朝鮮を植民地支配したことも、そのために生み出された〈在日朝鮮人という存在〉も知らない、無知で武装した植民地主義。

植民地主義は、沖縄でも朝鮮でも、名前と言葉を奪い、文化を通して現地人を無価値で劣ったものと思い込ませ、植民地エリートを育成し、同化を迫る暴力で現地人を共犯者に仕立てていく。つまり本書には、在日朝鮮人にとっても、植民地主義への屈服度合いを思い知らされる〈劇薬〉がふくまれている。そして、「韓日民衆連帯」を口にする「良心的日本人」に、気安くもたれかかっていないかどうか、思想的な検証が迫られるのである。だから、〈味方を敵に追いやる執拗で出口のない主張〉との拒否が表明されたりもする。

しかし、沖縄への在日米軍基地の押し付けと「加害者を癒《いや》す沖縄ブーム」とが同一線上にある現実。侵略支配した〈天皇制大日本帝国〉の戦後処理として、米ソに分割占領され、冷戦の最前線として分断の悲劇を味わってもおかしくなかった日本が、それをまんまと朝鮮に押し付け、いま「韓流ブーム」と「北朝鮮バッシング」を、かくも楽しげに消費している事実。この日本人の植民地主義と闘うために、やはり「だまされたと思って、ぜひ読んでみて」と、本書を日本人の友人らにも勧めるだろう。

小説の楽しみを堪能

朴泰遠《パクテウォン》『川辺の風景』（牧瀬暁子訳、作品社）

この小説を読み終わって、点描という絵画の手法が思い出された。

点描法は極細ペンの先のみを使い、できる限り純粋な顔料を混合せずにキャンバスに並べていく。すると見る者の「視覚混合」で色の濃淡が表現される。近づいて見ると点ばかりだが、遠ざかるとパノラマが浮き出してくる。これは大変な技量がなければ凡作となる、難しい技法だという。

本作は植民地時代の朝鮮、ソウルの「朝鮮人町」を西から東へと流れる清渓川の「川辺の風景」を、粒よりの五十の短篇で細部にまで神経を配り、ち密に描いた〈大長編小説〉である。大事件はないが、暮らしがある。主人公はいないが、登場人物みんなが主人公ともいえる。洗濯女、漢方薬局の主人、床屋の小僧、妾、旦那、奥様、ソウルっ子、田舎者、金持ち、貧乏人、乞食たち。ろくでなしの亭主と不幸な母さん、娘に女給、病気と浮気。大人と若者。人びとの織りなす風景──笑いがあり、怒りがあり、悲しみがあり、狡《ずる》さもある。諍《いさかい》で涙にぬれるのはいつも女、という家父長制の時代。そして、暮らしをおおう日本帝国主義の植民地支配の影を、巧みに表現している。

こうしてこの小説を読む者は、いつしか一九三〇年代後半のソウル清渓川の上空を浮遊して、地上の大パノラマを俯瞰《ふかん》しながら、超高性能の望遠鏡と集音マイクを使ってあの場所、この家、その通りの彼、彼女らを見つめているのだ。いわば〈神の目〉をえた感覚が味わえる。つまり、掛け値なしに小説の楽しみを堪能できるのである。

小説『川辺の風景』が、朝鮮近代文学の古典として読み継がれてきたのは、その比類のない記録性にある。すでに失われてしまったあの時代——日帝時代のソウルの風景が、時代の空気と言葉が、朴泰遠の練達の文学的表現力によって、正確に、生き生きと書き残されたことは、大げさでなく人類の財産である。執筆が植民地時代の朝鮮で、「国語（朝鮮語）で自由に」小説が書けた最末期だったことも忘れてはならないだろう。

本書に付された訳注は懇切で詳細だ。言葉の意味だけでなく背景や語源、地理や風俗の説明までなされており大いに参考になる。また、著者の作品と生涯をあつかった解説もゆきとどいており、作品理解を助けてくれる。この蓄積が達意の翻訳となり、本編とあいまって、本書を〈一冊の本〉としてさらに充実させている。

〈生き延びた人びと〉の肖像

李朋彦《イブンオン》『在日一世』（リトルモア）

写真を見つめ、文章を読み、はやる気持ちのままにページを繰りながら、ため息とともに思い浮かんで、そして、ついには心に住み着いてしまった言葉がある。

〈生き延びた人びと〉

本書は、日本の植民地支配のために生まれ故郷の朝鮮から引き剝《は》がされた「在日一世」九十人の、「在日三世」写真家・李朋彦の手になる、写真と聞き書きで構成された、見事な肖像作品集である。

一世たちの歴史と現在が凝縮された場所。苦労に苦労を重ねて守ったパチンコ店、焼肉屋、鉄くずの仕切り場、薬局などの前に立ち、海女として潜りつづけた海岸、原爆ドーム、富士山、港、雪の原っぱを背景に、大邸宅の門前で、つつましい暮らしぶりの部屋で、夫婦がよりそい、あるいは孤独の影をひきずり、病の後遺症も生々しく、「成功」と挫折が交錯する一冊の本のページから、まっすぐにこちらへ向かう在日一世の視線。そして、はるか彼方に向けられたまなざし、瞑目《めい》しての祈り。

語られた植民地・朝鮮での過酷な生活、渡航のいきさつ、日本での差別と生きんがための苦闘、男の不実、受けた親切と裏切り、自尊心と卑屈、同胞同士と親子間の葛藤《かっとう》、深い悲しみとささやかな喜び。

一人ひとりの肖像と物語は、当然のことながら、特殊で、独自性をもっている。しかし、この人たちの人生は、他の多くの在日一世の人生だし、この肖像は単に、彼と彼女の肖像にとどまらない。本質的に植民地支配と戦争、民族分断と民族差別に運命をほんろうされた〈在日一世に共通する状況〉に根ざしている。李朋彦はそれを鮮やかに写し撮り、愛惜しながら書き留めた。

それにしても、「よくぞ生き延びて……」と、一人ひとりに話かけたくなる。なのに、少なくない一世が、「いまは幸せです」と答えてくれるのだ。だからなおさら、わたしたちは、この言葉に寄りかかり、甘えてはならない。なぜなら、こうして生き延びられなかった在日一世が確かにいるのだから。そして、植民地主義は世界で、ふたたび猛威をふるい始めているのだから。

ある評者が「この作品は『風景』をおさめた」と書いていた。そうではないだろう。作者は、数時間にわたって聞き、数十のショットの末に、一人に見開き二ページ分の作品へと昇華したはずである。「風景」などという静物的観点で、本作を評してはなるまい。活字にならなかった記憶、収められなかった表情。すべてふくみ込んで、徹頭徹尾、李朋彦が生み出した〈作品〉として、本書を評価すべきである。

在日社会が、祖国の不幸な歴史の反映として、民団と総聯に分裂し、残念なことに、その裂け目がいまだ十分に埋められていない現実がある。本作は地方民団本部の協力で生まれたという。わたしはぜひ、地方総聯本部や韓統連の協力もえて、『在日一世』の続編が生まれてほしいと思う。時間はもうあまりない。

「北朝鮮バッシング」の大政翼賛的状況に風穴

高嶋伸欣『拉致問題で歪む日本の民主主義』（スペース伽耶）

「そもそも北朝鮮による拉致事件はなぜ起きたかを考えると、そのひとつに戦後国交が正常化されていない日本との対立関係が背景にあったものと考えられる。そういった意味での拉致は戦争の延長、犠牲とも受けとめられる」

したがって、拉致問題発生の原因には、日本側にも応分の責任があり、問題の最も理性的かつ平和的な解決への早道は、唯一、朝日国交正常化を実現することだ——と記述し、語ったとしよう。するとやってくるのは、上からはマスコミの非難と批判の、下からはインターネット空間での罵詈雑言《ばりぞうごん》の〝集中砲火〟だ。

著者はこれを「戦時中の『非国民』呼ばわりを想起させるもの」と指摘し、「マスコミが（朝鮮民主主義人民）共和国バッシングの大政翼賛的状況に陥っている」ことにその責任の一端があると明らかにする。

本書は社会科教育の立場から、マスコミが権力のチェック機能を果たさず、立法、行政、司法の三大権力と肩を並べる「第四の権力」になりさがっている現状において、学校教育が「第五の監視役として、冷静な状況把握と議論の場となり、社会的責任を果たす力を持っていることを示そう」との問題意識を出発点にして書かれている。あわせて著者は、「国立大学の教員」という「国家公務員として身分を厚く保障されている」〈特権〉に安住するのではなく、逆にその〈特権〉を活用して、在日朝鮮人に向かう暴力的バッシングを防ぐ盾になるとの決心も、執筆の動機だと明らかにした。「石を投げるなら私に投げよ」とは本書の副題だが、いま、このように身を挺してくれる〈特権〉的知識人は極少数にすぎない。それゆえなお一層、著者の覚悟に深い感動をおぼえる。

こうして本書は、横並びのマスコミ報道、たれ流される未確認情報と、意図的に流布され訂正されない誤報、人権・人道を主張する「北朝鮮による拉致被害者家族連絡会」（家族会）や「北朝鮮に拉致された日本人を救出するための全国協議会」（救う会）が、北朝鮮や韓国の拉致被害者家族らに反人権・非人道的な言辞をためらわないというどうしようもない矛盾、さらには、「家族会」内部の対立・分裂、拉致被害者を見下す「救う会」幹部の言動などを、一般に公開されている情報を駆使して、反論の余地なく明らかにする。拉致問題を北朝鮮の現政権打倒、日本国憲法改悪、核武装まで視野にいれた日本の軍事力増強などの政治的思惑を実現する道具に悪用している勢力の実態が、あぶりだされる。

冒頭の引用は、拉致被害者の地村保志さんが帰国一年に際して明らかにした手記の一節だ（朝日新聞〇三年十月十五日）。地村さんは「このように国家間或いは国内の内戦に犠牲になり生き別れになった人々にとって唯一の救いは、家族の再会であると思う」と続けている。自分の家族だけでなく、大きな視点で家族の絆《きずな》を絶つ戦争に怒りを燃やし、平和を願う。これを「非国民」と罵倒《ばとう》させてはならない。本書は、閉塞《そく》している北朝鮮バッシングの大政翼賛状況に風穴を開けた労作である。

チマ・チョゴリ制服誕生と朝鮮学校の女性たち

韓東賢《ハンドンヒョン》『チマ・チョゴリ制服の民族誌』（双風舎）

街角から朝鮮学校女子生徒のチマ・チョゴリ制服が姿を消して久しい。日本人生徒の制服も、男子の学生服、女子のセーラー服から、男女ともにブレザー主体へと変遷している。しかし、チマ・チョゴリ制服の消失は、制服ファッションの変化の結果ではない。周知のとおり、チマ・チョゴリ制服が街頭から蒸発したのは、それが卑劣で陰湿な「北朝鮮バッシング」の標的にされたからだ。反撃が想定されにくく、周囲の暗黙の了解を知りつつ繰り返されたチマ・チョゴリ制服を着用した女子生徒への暴行傷害。それを未然に防ぐために、この制服は市井の人びとの前から消え去った。消失は単純なモードの変化ではなく、きな臭い暴力による強制追放だった。そうして日本社会の風景は、またひとつ、〈戦前〉に向かって変化した。

本書は、こうした状況で起こった他者強制的なチマ・チョゴリ制服をめぐる議論が、「民族文化、伝統文化の保護」と「安全確保と女性差別是正」という二項対立的なものになり、建設的にならなかったことに問題意識の初発を見いだす。そこから「チマ・チョゴリ制服の歴史に目を向けた本質的な意味を問い直し」「着用の当事者である女子生徒に寄りそった議論」の土台を提供している。こう書くと、とっつきにくそうだが、そうではない。実に刺激的で面白いのだ。

まず、制服は「同じ服を着た人間をある権力に従わせようとする制度」だといえるが、チマ・チョゴリ制服は、女子生徒の自発的着用が広がって制度化された歴史が明かされる。自発的着用が一九五〇年代後半の朝鮮民主主義人民共和国への帰国事業でわきおこった在日朝鮮人社会の「祖国・帰国ブーム」に端を発していること、民族伝統といいながら、チマ・チョゴリ制服は洋装化された改良民族服であることなど、目からうろこだ。特に当時を回顧するインタビューが興味深い。

次に、学問的側面では、「衣服というメディアを使って視覚的に表現する」民族的アイデンティティとそれにおけるジェンダーの相互関係、〈民族（本国・祖国）志向—同化志向〉の二項対立的立論の不十分性などに、最新の議論を踏まえた卓見が提示される。

そして、「朝鮮学校とその文化のようなもののおもしろさ」が全体をとおして伝わってくる。これを戦後の日本社会は、一貫して「異文化・異質・異端」として排撃し、抑圧してきたが、それが完成して行き着く先はファシズムだ。

チマ・チョゴリ制服は、着衣する当事者にとって「夏暑く、冬寒い」機能的にも問題の少なくない制服であるのは事実だという。したがって、その復活、市街への進出は、いまやありえないといえるだろう。しかし、である。

「（東京朝高生の）卒業を前にした三年生が思い出づくりのために誘い合ってチマ・チョゴリ制服で通学することはあるそうだ」

末尾に記されたこの文章に、視線がくぎづけになった。失われゆく風景を懐かしもうというのではない。しかし、なぜそうなったのかを、本書をとおして原点に立ち返り、さらに深く認識しておくべきだろう。

新たな視角の原爆文学

高炯烈《コヒョンヨル》『長詩　リトルボーイ』（韓成禮訳、コールサック社）

「リトルボーイ」は一九四五年八月六日、広島に投下された原子爆弾のコードネームである。ここから明らかなように、本書は、「ニンゲン」の人間に対する最大最悪の犯罪として永遠に記録される広島（そして長崎）への原爆投下を描き切った、七千九百行を超える一大叙事詩作品だ。

詩人は、秀吉の日本にはじまり、〈天皇制大日本帝国〉の過酷な植民地支配に呻吟《しんぎん》する朝鮮民族、生きんがために日本へと流浪してきた無名のアボジとオモニの苦痛、この支配を転覆しようとする民族革命家・李玉長《イオクチャン》、同化と差別に引き裂かれる亡国の民の子ども・金中輝《キムヂュンフィ》らの視点で、軍都・被爆地―広島を叙述する。この位置からの充実した表現は、恐らく原爆文学で初めてのものだろう。また、詩的想像力を高く飛翔させ、「リトルボーイ」自身にも語らせる。そして、さらに、完成までに八年を要したという、長い長い忍苦と努力による圧倒的な詩的写実力で、五十年の時を超えて（韓国語版は九五年六月刊行）、風化し続ける広島の地獄を確固として現出させた。まさしく画期的な作品だといえよう。

「朝鮮は日本が苦しめ、その日本を今は／アメリカが苦しめている時／朝鮮はどんな苦しみの中にあったか。／／巨大な車輪が転がって行く道、／その巨大な苦痛の下に敷かれている朝鮮／今その巨大な苦しみが始まろうとしている。／惨劇中の惨劇を誰が知るのか。」

広島の詩人で医師の御庄博実《みしょうひろみ》氏によると、当時広島市の人口は三十五万人で、そのうち十万人が直爆死した。朝鮮人は五万人住んでおり、そのうち三万人が直爆死だという。軍需産業に強制動員され、差別ゆえに集住していた朝鮮人の、日本人に倍する死亡率の高さにりつ然とする。「リトルボーイ」は叫ぶ。

「私を作った父たちよ。／どうして私を使うことができるのか。」

しかし、彼は広島の空に投げ出され「恐ろしい光速で／すべての有情無情の物体を通りすぎた。／私たちの思い出と彼らの虚偽と歴史を／ぶち壊して／大日本帝国の罪悪を／あっけなく隠してしまった。」

そして終焉《えん》。「その仕業は日本とアメリカがやったという事実を。／アメリカも日本も責任を負わなかった。」

その瞬間の広島の描写は、詩句の断片の引用を許さない。それは全体である。読んでもらうしかない。

「一九四五年八月六日は去っていかない。／(略)その日は過去ではない今日だった」

「リトルボーイ」の弟たち、皆殺し爆弾は、アフガニスタン、イラク、パレスチナ・ガザ、レバノンでさく裂し続けている。いずれ朝鮮でも……。

著者は日本語版序文で『長詩　リトルボーイ』を「誰も認めなかった」と書いている。発刊当時の韓国詩壇と社会は、まだこの作品の意義を理解し、受容できなかったのだろう。それから十年。韓日の詩人の共同努力で本作は第二の誕生を果たした。朝鮮半島での核戦争の脅威が高まっているいま、

『長詩　リトルボーイ』が韓国、北朝鮮、日本で広く読まれることを切に願う。真の朝鮮民族と日本民族の和解のためにも。

あとがき

本書は、この十年ほどのあいだに、その時どきの思いに突きあげられて書きつづり、康宗憲《カンヂョンホン》兄が主宰する韓国問題研究所の機関誌『韓国の声』、二〇〇四年から参加している労働者文学会の会誌『労働者文学』などに発表、あるいは私家版をつくって友人たちに読んでもらった小説、記録、エッセイ、そして在日韓国民主統一連合（韓統連）の機関紙「民族時報」などに掲載した書評を集めたものだ。このように多様な形式の文章を一冊の本にまとめたのは、やはり、〈この十年〉が、かかわっている。パレスチナ出身で米国の比較文化学者、エドワード・W・サイードは、自伝『遠い場所の記憶』（中野真紀子訳、みすず書房、二〇〇一年）を、こんな一節から始めている。

「どの家族も親と子供を創作するものだ。各人にそれぞれの物語を与え、性格を与え、運命を与え、さらには言語さえも与える」

私は、在日朝鮮人一世の父と、二世の母のもとに、三男一女の家族で創作された。そして、今度は妻とともに家族をつくり、親となり子どもを育て、自身と子どもたちを創作している。これが〈この十年〉だった。その過程で私は、戦時強制動員で朝鮮から日本へ連行された後、強制労働に従事させられ、その動員先から脱出し、解放後も日本に住み続けた父の死という〈家族の喪失〉を経験した。家族の創作があれば、喪失もある。こうした変化は、私の人生にとって、大きな画期をなすものだった。本書に収めた作品の大半は、私にまつわる家族の〈始まりと終わり、創出と変化〉を記録している。

同時に〈この十年〉は、私が暮らす日本社会の、いまも続く保守反動への地殻変動の日々だった。アジア・太平洋戦争の敗戦後、まがりなりにも日本社会の基層を形成していた平和主義と戦後民主主義的な価値と体制が、歴史修正主義をともなって、なし崩し的に解体されていった。二〇〇一年の米国中枢に対する九・一一同時多発テロ攻撃。それへの「報復」「対テロ戦争」を呼号して、ブッシュ政権がほしいままにしたアフガニスタンとイラクへの先制攻撃による侵略戦争によって、世界が壊された。二〇〇二年九月の朝日首脳会談で北朝鮮特殊機関による日本人拉致が明らかになって以来、やむことなく吹き荒れている「北朝鮮バッシング」を利用した排外主義的で差別的、好戦的な国家主義の草の根化によって、日本は明確に、「かつての〈戦前〉の地」となりはてた。在日朝鮮人に同化と屈服、追放を強要する陰湿で暴力的な社会のなかで、それにまつろわぬ在日朝鮮人は、当然ながらきわめて大きな苦痛と闘いながら、生きている。本書に収めた「在日を生きる――いまは、かつての〈戦前〉の地で」と、「壊れた世界の片隅で」の文章は、そんな闘いの、日常生活に即した記録といえるだろう。

その一方で、二〇〇〇年六月の南北首脳会談で開かれた、朝鮮半島の六・一五時代＝和解と協力、自主・統一時代の幕開け、その定着と発展。そして、それを支える韓国民主主義の成熟に、はげまされてもいる。そのおかげて、行きたくとも行けなかった故国・韓国を、私は四十六歳になって初めて、訪問することができた。その二年後には、妻と子どもたちとともに、父の故郷で親戚たちに会い、山にある先祖の墓を参ることもできた。

韓国籍の在日朝鮮人である私が、個人的な色彩が強い記録やエッセイを書くのは、本書に収めた

「横取りされた過去（一）」の冒頭に記したとおり、アフリカ生まれのユダヤ人作家、アルベール・メンミの方法と問題意識に完全に一致する。すなわち、市井に埋もれている、無名の在日朝鮮人である私の父、そして私と家族の人生は、他の多くの在日朝鮮人の人生であったし、この肖像と物語は単に父や私、私の家族の肖像にとどまらない。要するに、本質的に在日朝鮮人に共通する状況が確かに存在しており、〈在日朝鮮人の状況〉について語ることになると信じるからだ。

だからこそ、〈天皇制大日本帝国〉の朝鮮植民地支配によって運命をねじまげられ、故郷から引き剝がされた在日一世の〈記憶の火葬〉がなされ続けている現在、わが肉親、血族に限られようとも、無名の――そうであるがゆえの価値があると確信する――彼・彼女らの人生の断片なりとも、書き残しておくべきだと強く思ったのだった。これらの記録は、日本政府と社会が、意識的に過去の侵略支配を忘却し、わい曲・偽造しながら戦後責任をとることと、補償を放棄していることに対する、具体的な反論になるだろう。

いま私たちの焦眉の課題は、帝国主義―植民地主義との闘いで、まずは「わが民族同士」の和合の実現と、さらには、多様な民族相互間の連帯を固く築きなおすことだろう。そのためにも、わが子をはじめ在日三世・四世ら、次世代の在日同胞に自身のルーツを確かに知ってもらい、また日本の友人たちに在日朝鮮人の姿を伝え、相互理解を深めて連帯の絆を強める、ささやかな糧を提供したい。〈この十年〉の私の思いと、本書の意図は、これにつきる。

なお、本書の副題「いまは、かつての〈戦前〉の地で」という言葉は、詩誌『コールサック（石炭袋）』を主宰する詩人・鈴木比佐雄氏の詩想からのものだ。また、画壇の第一線で活躍される呉炳学《オビョンハク》画伯は、表紙に作品を使用することを許してくださった。記して心からの謝意を表します。

本書の上梓にあたり、立教大学名誉教授で歴史家の山田昭次先生に、ひとかたならぬお世話になりました。深く感謝いたします。また、金政夫議長をはじめ、韓統連の先輩と友人たち、在日韓国青年同盟と在日韓国民主女性会のみなさんの協力にもお礼を申しあげます。

きびしい出版事情にもかかわらず、出版を快諾してくださった影書房の松本昌次さん、編集実務を担当してくださった松浦弘幸さん、ありがとうございました。

二〇〇七年四月五日

黄《ファン》英《ヨン》治《チ》

初出一覧

記憶の火葬

記憶の火葬（「労働者文学」第55号、二〇〇四年六月　＊労働者文学賞2004受賞）
智慧の墓標（「韓国の声」第62号、二〇〇五年一月一日）
横取りされた過去（一）――外国人登録原票の写しを手にして（「韓国の声」第66号、二〇〇六年四月一日）
横取りされた過去（二）――アボジとオモニの外国人登録原票の写しを手にして（「韓国の声」第67号、二〇〇六年七月十五日）

在日を生きる――いまは、かつての〈戦前〉の地で

新井将敬代議士の孤独な自死――他者の価値観と方法の受容と裏切り（「韓国の声」第37号、一九九八年五月一日）
在日朝鮮人二世の親が日本で子どもを学校に通わせるということ（「韓国の声」第45号、一九九九年十二月十日）
中原中也「朝鮮女」、尹東柱「序詩」再読――誤読の許容範囲と喪失感（「韓国の声」第50号、二〇〇一年一月一日）
まつろわぬことの〈わずらわしさ〉（「労働者文学」第57号、二〇〇五年六月）
おばあちゃんの意地悪（二〇〇六年九月九日　朗読の会で発表）

壊れた世界の片隅で

「これが人間か」と「コレガ人間ナノデス」——他者（人間）を他者とするために（私家版、「韓国の声」第5 7号、二〇〇三年一月一日に後半部分を掲載）
「人間的な植民地主義」などない（二〇〇三年十月二十九日執筆、本書初出）
韓日条約四十年、韓国と日本のいま（「月刊労働組合」二〇〇五年八月）
平和のための正しい歴史認識を（「月刊労働組合」二〇〇六年十一月）

書評——知恵と希望を探して

『朝鮮半島の新ミレニアム』李泳禧著、徐勝監訳、社会評論社（「民族時報」第936号、二〇〇一年二月十一日）
『順伊おばさん』玄基栄著、金石範訳、新幹社（「民族時報」第943号、二〇〇一年四月二十一日）
『過ぎ去らない人々——難民の世紀の墓碑銘』徐京植著、影書房（「週刊金曜日」379号、二〇〇一年九月十四日）
『私の歩んだ道』李乙順（河本富子）著、桂川潤—聞き書き編集（「民族時報」第960号、二〇〇一年十一月二十一日）
『サンダカンまで——私の生きた道』山崎朋子著、朝日新聞社（「民族時報」第964号、二〇〇二年一月二十一日）
『鳳仙花のうた』李正子著、影書房（「民族時報」第1007号、二〇〇三年六月一日）
『曺智鉉写真集　猪飼野——追憶の1960年代』新幹社（「民族時報」1011号、二〇〇三年七月十一日）
『神聖家族』山口泉著、河出書房新社（「週刊金曜日」476号、二〇〇三年九月十九日）
『生き抜いた！　——ハンセン病元患者の肖像と軌跡』高波淳著、草風館（「民族時報」第1026号、二〇〇四年一月二十一日）

『秤にかけてはならない――日朝問題を考える座標軸』徐京植著、影書房（「民族時報」第1028号、二〇〇四年二月十一日）
『関東大震災時の朝鮮人虐殺――その国家責任と民衆責任』山田昭次著、創史社（「民族時報」第1033号、二〇〇四年四月二十一日）
『戦場の「慰安婦」』西野瑠美子著、明石書店（「民族時報」第1036号、二〇〇四年五月二十一日）
『〈在日〉文学論』磯貝治良著、新幹社（「民族時報」第1041号、二〇〇四年八月一日）
『韓国現代史――韓国とはどういう国か』韓洪九著、平凡社（「民族時報」第1046号、二〇〇四年十月一日）
『在日&在外コリアン』高賛侑著、解放出版社（「民族時報」第1049号、二〇〇四年十一月十一日）
『闇を喰むⅠ・Ⅱ』高史明著、角川文庫（「民族時報」第1056号、二〇〇五年二月十一日に掲載）
『在日コリアンの言語相』真田信治編、和泉書院（「民族時報」第1064号、二〇〇五年五月一日）
『作家と作品でつづる　ロシア文学史』卞宰洙著、新読書社（「民族時報」第1073号、二〇〇五年八月十一日）
『無意識の植民地主義』野村浩也著、御茶の水書房（「民族時報」第1076号、二〇〇五年十月一日）
『川辺の風景』朴泰遠著、牧瀬暁子訳、作品社（「民族時報」第1078号、二〇〇五年十一月一日）
『在日一世』李朋彦著、リトルモア（「民族時報」第1085号、二〇〇六年三月一日）
『拉致問題で歪む日本の民主主義』高嶋伸欣著、スペース伽耶（「民族時報」第1094号、二〇〇六年七月十五日）
『チマ・チョゴリ制服の民族誌』韓東賢著、双風舎（「民族時報」第1096号、二〇〇六年八月十五日）
『長詩　リトルボーイ』高炯烈著、韓成禮訳、コールサック社（「民族時報」第1099号、二〇〇六年十月一日）

黄 英 治（ファン・ヨンチ）

1957年、岐阜県生まれ
1981年、大阪経済大学経済学部（二部）卒業
大学在学中から在日韓国青年同盟（韓青）に参加
2004年、小説「記憶の火葬」で「労働者文学賞2004」受賞
現在、在日韓国民主統一連合（韓統連）宣伝局長
労働者文学会会員

記憶《きおく》の火葬《かそう》
在日《ざいにち》を生《い》きる——いまは、かつての〈戦前《せんぜん》〉の地《ち》で

二〇〇七年 六 月一五日 初版第一刷
二〇〇八年一〇月 六 日 初版第二刷

著 者 黄《ファン》 英《ヨン》 治《チ》
発行所 株式会社 影書房
発行者 松本昌次
〒114-0015 東京都北区中里三—四—五
ヒルサイドハウス一〇一号
電 話 〇三—五九〇七—六七五五
FAX 〇三—五九〇七—六七五六
E-mail：kageshobo@md.neweb.ne.jp
http://www.kageshobo.co.jp/
〒振替 〇〇一七〇—四—八五〇七八
本文印刷＝スキルプリネット
装本印刷＝形成社
製本＝美行製本

定価 二、八〇〇円＋税

ISBN978-4-87714-370-1 C0036